你改版了我的——初戀。

Our
First Love
2.0

我喜歡妳，只因為妳是妳

裴宵——著

目次

Prologue 遲來的發現

「沈心羿選手，這一箭又是十分！」體育主播激動的聲音，由耳機流入男子耳中。「沈心羿目前以四比零領先，並且開賽至今的每一箭都是滿分！在本屆奧運射箭女子個人銅牌戰中，持續保持領先。」

對街高樓的電視牆放送著亞運賽事的新聞快報，過路行人紛紛駐足關心，獨坐在咖啡店窗邊位的男子卻不為所動，心思沉浸在手機螢幕中的奧運比賽——

鏡頭跟著沈心羿移下發射線，以她為模糊近景，凸顯出側邊看臺擋板上的五環標誌，再將焦距拉回她戴著白色漁夫帽與太陽眼鏡的蜜色臉蛋。

她將短髮後攏露出雙耳，小巧的臉上讀不出情緒波動，姿態平靜得不像正在參加奧運。

鏡頭切到仍在發射線上的韓國對手，對手神色緊繃，發射時間只剩十秒才舉弓。

「對手這一箭必須射到滿分，才能在這一局跟沈心羿打成平手，將比賽延長到下一局。我們可以看到後面韓國隊的教練表情非常凝重，心裡可能在想：就算我們韓國隊號稱射箭界的『夢之隊』，對手一直射滿分，我們也贏不了啊。」主播忍不住流露不中立的愛國情懷。

男子大眼彎成弧，逸出低笑。

箭中靶。「不愧是經驗豐富的韓國選手，這一箭是十分，第三局結束，兩位選手以三十比三十平手，雙方各得一點積點，比數來到五比一，沈心羿繼續領先。下一局沈心羿如果能至少射到平手，再拿一點積點，就能獲勝，收下奧運銅牌。」評語立刻調整回來。

兩隊代表在靶前計分與拔箭時，賽場響起動感樂曲，讓觀眾的觀賽情緒不因等待冷卻。

趁著這段空檔，主播將話題帶給身旁的賽評：「任霆教練，您是沈心羿的大學教練，她在本屆奧運表現亮眼，資格賽排名第五，對抗賽也一路殺進最後四強，在四強戰鏖戰到同分加射才以半公釐之差負於第一種子的韓國選手，緊接著在銅牌戰對戰實力也很強悍韓國隊二號選手，以出色表現將對方逼得冷汗直流，可以跟我們分享一下您對她的了解嗎？」

「在我教過的學生裡，心羿是最優秀的選手之一。」銀邊眼鏡、髮絲黑中摻白、雖說身兼大學教練與教授二職，一身書卷氣質更偏向教授的任霆，語氣中有著濃濃的驕傲：「她很有目標、自律、認真，心理素質也比同齡選手更穩定，是每個教練夢寐以求的選手。」

預備鈴響起，兩位選手走上發射線站定，發射鈴響，由落後的韓國選手先發射，是一支壓線十分箭。

輪到沈心羿。她從容地舉起弓，以流暢的節奏拉滿弓，鬆手放箭——

「也是十分！」主播的聲音很振奮：「再兩箭，再穩穩射好兩箭銅牌就能到手！」

開賽至今晴空萬里的決賽場地忽然轉陰，鏡頭調到天空，灰沉的雲朵迅速堆疊起來。

韓國選手第二箭落到九分，浮現懊惱神情。

沈心羿不給對手喘息時間，保持之前的出手節奏，鈴響後立刻引弓發射。

「Ten!」主播情不自禁跟著賽場英文播報喊出分數：「雙方各剩一箭，而沈心羿本局持續領先，這場比賽很有機會可以拿下！成為首位拿下奧運射箭個人賽獎牌的臺灣選手……」比賽尚未結束，已迫不及待說起這場勝利的歷史意義。

雲捎來了雨，並來得很急，賽場瞬間被雨幕籠罩。

韓國選手放箭時，弓上震落整排水珠，箭飛到失常的七分區，她垂頭喪氣地走下發射線。

「韓國選手第四局的總成績是二十六分，沈心羿本局最後一箭只要射到六分，這面銅牌就能入袋！任霆教練，應該是十拿九穩了吧？」

「比賽不到最後一刻，都不能掉以輕心。」任霆試圖持平發言，卻掩不住對愛徒的期待：「但以心羿的實力，只要穩定發揮就很有機會。」

最後一箭，離勝利只有一步之遙。

發射鈴「嗶」地響起，沈心羿卻沒有像之前一樣立刻舉弓，二十秒的發射時間，倒數鐘上的數字不斷變小。

「各位觀眾，我們可以看到現場下雨了，雨會影響箭的飛行，沈心羿應該是在等待出手的時機。」

沈心羿盯著靶，除了胸口隨著呼吸明顯起伏，沒有其他動作，任憑時間流逝。

「心羿，把握時間。」明知選手聽不到，任霆仍忍不住喊出聲。

等待似乎是錯誤的判斷。風雨越來越強，靶上方的黃色風向旗失去控制地左右亂舞，遠方傳來悶雷聲。

「只剩十秒！」主播焦急的聲音，與轉播畫面中帶隊教練的揚聲提醒同步。

沈心羿依舊沒有動作，雨水浸溼她的帽簷，帽簷下的表情被雨掩去。

「九、八、七……」時間即將用罄，她身後的教練開始大聲讀秒，觀眾也不由自主加入，讀秒聲一聲響過一聲。

倒數鐘上顯示「三」時，沈心羿終於舉弓，同時間，攝影席的快門聲此起彼落，捕捉這可能是比賽最後一箭的畫面。

她在倒數到「一」時放箭，高速旋轉的箭枝，穿越層層雨點，飛向箭靶。

箭中靶，沈心羿的表情首次出現了變化，雙唇輕啟，深吸一口氣。

現場觀眾也紛紛露出驚愕神情。

「這……」主播一時啞然，數秒後才開口：「沈心羿選手的這支箭，射在靶紙右下角的黑色區域，是一支三分箭。本局由韓國選手拿下。」

全場因為這戲劇性的失手譁然，比賽的氣勢瞬間逆轉。

「沒關係，現在比數是五比三，沈心羿依然領先。下一局只要平手，還是能拿下這場比賽的勝利。」計分的空檔，主播開口安撫，講評任霆也連聲稱是。

下一局賽事在騷亂的氣氛中開始。

男子研讀螢幕上沈心羿細微的表情變化，暫時分了神，過了半晌，主播的聲音才又流入耳中：「很可惜，沈心羿在第五局不敵風雨表現失常，讓對手拿下關鍵兩點扳平比數，並在隨後的同分加射中射出七分箭，不敵對手的九分箭。比賽結束，沈心羿以五比六與銅牌擦身而過，痛失站上奧運頒獎臺的機會——」

男子按下靜音鍵，讓影像在手機螢幕上繼續流動。

沈心羿步下發射線時，神色已恢復冷靜，卻像裂了一條縫的瓷娃娃，隱隱有某種情緒從隙縫中滲出。

她力持鎮定和對手及對方的教練握手恭賀後，拿起器材，步離風雲變色的賽場。

男子按下暫停鍵，深邃眸中映著她退場時雙肩下垂、背部微縮的最後身影。

為什麼他沒有早點發現？

Chapter 1

重逢，陌生的他

「沈教練，感謝妳對本校射箭隊的貢獻。學校也很惋惜不能與妳繼續合作……」

臺北山上的某高中，剛辦完離職手續的沈心羿到校長室和校長致意，校長說了些她一定能找到更適合去處的勉勵之詞後，她識趣地道別。

又要換工作了……

她四年前碩士畢業後，輾轉在幾所高中擔任一年一聘的代理教練，這是第一所跟她續約到第二年的高中。原本學校很滿意她的帶隊表現，有意與她續約，卻因為她兩個月前開車載選手出賽全中運時，天雨路滑與人擦撞，雖然無人受傷，也有提早出發，沒耽擱到抵達比賽場地的時間，但有選手家長抗議意外影響了孩子參賽的心情，她便為此事負起責任辭職。

其實，選手們沒受賽前的驚魂影響太多，最終獲得了與自身實力相符的賽果——實力強勁的幾位選手依然繳出亮眼戰績，其他實力居中的選手在途中被淘汰。雖然勝敗乃兵家常事，她也曾是選手，明白賽前發生任何意外都會在選手心理上添加負擔，更別說是在升學重要參考、每年最重要的賽事全中運發生；想到犯了險些影響選手前途的大錯，她也很自責，在途中被淘汰的選手家長抗議前，就已考慮著辭職負責。

夏日豔陽自通往校門的長階梯兩旁的樹頂灑下，沈心羿邊走邊將手伸出來，凝視光點在自己的蜜色皮膚上跳舞。

有時，她會想念當選手的日子——屏息瞄準時，世界瞬間安靜的感覺、隨風吹來的青草香，或是像這樣，太陽微微刺在皮膚上的觸感。

雖然當教練帶隊時也會遇見相似風景，但角色不同，感受完全兩樣。

曾是射箭界倍受期待的明日之星的她，高二開始便是國家培訓隊常客，還在大四那年選上奧運代表隊國手，風光一時。

但一切自她六年前在奧運失利後就走樣了。她陷入嚴重低潮，沒再入選過代表隊，連在旁陪練的培訓隊也選不上。

她曾試圖重回巔峰，在就讀碩士班期間繼續努力練箭，但成績依然不見起色，最後便和大部分臺灣的運動員一樣，以畢業作為選手生涯的句點，轉執教鞭。原以為能在教練工作中找到新天地，卻依然是當著流浪教練、犯錯丟工作等種種不順遂。

是不是……她不夠努力、不夠好，才會得到這些結果？

她在長階梯中段停步，拍拍臉頰振作心緒。

沈心羿，振作點，自憐對現況毫無幫助，至少妳不是無處可去。

聽說她即將失業，大學時代的教練任霆向她伸出了橄欖枝——邀她下學期回母校S大當助理教練。

但這次出的錯讓她產生陰影，想到回母校任教，比起期待或懷念，更多是害怕萬一又出錯，真的耽誤學弟妹前程該怎麼辦的戰戰兢兢，於是她請教練再給她一些時間考慮。

考慮的這段期間使她察覺，當教練工時長、責任重，其實不是她想長久從事的職業，開始思考心目中理想工作的模樣——

有沒有一份工作，是她能做、能學到新東西、也不會因為犯錯對他人造成無法挽回的影響？

思及此，沈心羿掏出手機。

她最近在求職網上四處丟履歷，試圖找一份不是校隊教練的正職工作。

還是只有垃圾 E-mail 跟廣告簡訊……

也是。她從九歲開始練箭，投注多年精力在其中，需要射箭專業的工作是有優勢，但其他工作，她只是個再平凡不過的應徵者。

大概還是只能先回學校當助理教練吧……

她收起手機繼續往前走，人到校門旁的教職員機車停車棚時，手機在口袋裡震動起來。

她帶點期待抽出手機，一看，轉為驚訝。

是她多年的摯友，同為退役射箭選手的校隊學姊孫羽翎。

她們會定期聯絡更新近況，但新事業忙碌的學姊可不會在上班時間找她閒磕牙，她接起：「學姊，怎麼了？」

「心羿，現在方便聊聊嗎？」孫羽翎嬌柔的聲音傳來，聽到她應聲同意，便切入主題：「聽說總教練邀妳下學期回S大當助教，妳答應了嗎？」

她還沒機會跟孫羽翎提這件事，但她們都是S大校友，她不意外孫羽翎有所耳聞：「還沒，我跟總教練說下週給他答覆。」

「太好了！」孫羽翎聽來鬆了口氣。

「什麼意思？」

「『射手之翼』現在有個正職員工的缺，我想在上網徵才前先問妳有沒有興趣？」孫羽翎提起她與學弟男友周少倫試營運中的休閒射箭場。

「你們不是人都找齊了？」

之前徵人時她曾收到邀約，當時還認為自己想在教練圈長期發展、與學校也有續約默契的她婉拒了。她確定辭職時，徵才已結束，與工作機會失之交臂的她也就斷念。

「有個學弟今天提離職了，」孫羽翎嘆氣：「說父母希望他找份更穩定的工作。」

沈心羿回想之前去參觀射箭場試營運的印象，提供的服務內容很多元——除了射箭課，還有體適能課程、練習場地租借、器材銷售、射箭生存遊戲等服務，很有熱忱想向民眾推廣射箭與運動的好處。但公司規模小、業務新、又還在草創期，能否成功通過市場考驗還是未知，從上一輩的角度看也許不夠穩定；但她覺得工作能發揮員工的體育專長，又能走出體育人的小圈子，跟社會大眾有所連結，對退役運動員是不錯的就業新選擇。

雖然心動，該問的還是要先問清楚：「工作內容是？」

「因為我們規模小，工作內容會比較多元：每個人專責的職務、門市值班、活動支援，還有，我們希望妳能開幾個射箭課的時段。」

其他工作內容都在意料之中，但還得教課啊……

「我知道妳想做點別的啦。」孫羽翎明白她沒出口的心思：「但妳的國家級教練證跟國手資歷放出來會很有吸引客人的效果。我們的目標客群是沒接觸過射箭的一般民眾跟業餘玩家，射箭課一堂一小時，一週開三堂就行，授課鐘點費另計，可以賺點外快喔。」

她明白她能勝任。為了在開始新正職之前仍有收入，她暑假已找好在運動中心當鐘點教練的兼職，工作就是教一般民眾射箭。

孫羽翎繼續解釋：「妳主要的工作會是當器材顧問，負責器材的進出貨、維修跟隨時掌握庫存；妳當教練時就有在訂購跟維修器材，一定比原本負責的那個剛畢業的學弟更快上手。至於需要支援的活動，是帶射箭生存遊戲、外出宣傳擺攤、跟一些不定期的館內活動。」

孫羽翎跟她解釋排休跟門市早晚班輪班規定，並強調極少需要加班。專責工作是她熟悉的、能做些她沒嘗試過的工作、雖然是排休制，但工時明確，不像當教練時，每次比賽前選手有突發狀況就必須加班、雖然還得教課，但不像學校教練負的責任那麼重大，相對輕鬆……

簡言之，各方面都比回母校當助理教練更符合她的需求。

但……

「妳擔心回來會遇到『他』嗎？」孫羽翎搶先解讀她的沉默。

「才不是。」她像被捉個正著的賊，明明腦中浮現了他身影，卻立刻否認。

射箭場開在離孫羽翎老家不遠的新竹郊區，而她和「他」的家鄉也在這座風城。

她有聽說「他」去年從國外回家鄉定居工作，但兩人失聯多年，即使回到同一座城市，茫茫人海中巧遇的機率太低，為此放棄失而復得、像為自己量身打造的工作太傻了……對吧？

「那妳還有什麼顧慮嗎？」孫羽翎一心想招募她，非探究理由不可。

「我只是想……」她無視那道身影，趕快擠出理由：「你們快開幕了一定很忙，但我沒辦法這麼快上工。」

雖然她老家在新竹，但早已不再有家可回，她得找到租房，運動中心的班也得找到人接，她和孫羽翎解釋了狀況。

「沈心羿，妳的情況我會不清楚嗎？我當然願意等妳。」孫羽翎的語氣聽來像在電話那端翻了白眼。「聽著，這份工作雖然會讓妳遇到很多當教練時沒遇過的狀況，但也因此能學到很多新東西；不是我想自誇，但我真的覺得這次妳不該再輕易拒絕。」

很有孫羽翎風格的強勢徵才讓沈心羿揚起笑意。

「好，學姊，我們約個時間見面談吧。」

兩人約好碰面詳談福利與待遇的時間，在愉快氣氛中結束了通話。

她發動機車，騎上馬路，催動油門往前奔馳——

希望她停滯已久的人生，能藉這個機會脫離泥淖，往前邁進啊。

至於那抹腦中不經意浮現的身影，她任它隨著迎面而來的風被吹散到身後，隨之升起的難解心緒，也一併沖淡在風中。

他是遙遠的過去了，過去不可能改寫，所以，別再多想了吧。

兩個月後，「射手之翼」休閒射箭場暨射箭器材經銷公司，在射箭界眾友人祝福下熱鬧開幕。

英挺帥氣、笑容溫暖的公司負責人周少倫，領著來參加開幕儀式的眾人在場館中巡禮。

「為大家介紹，右手邊是三十公尺的室內電動靶道，左手邊是我們的器材展售門市兼辦公室、多功能教室、重訓室、洗手間跟休息區，從這邊能看到窗戶的挑高二樓是用餐區。」

沈心羿走在人群尾端，很有成就感地環顧她加入一個多月以來布置的成果。

雖然「射手之翼」三個月前便陸續招生開課、並在週末進行門市的試營運，正式開幕前仍添了不少東西——門市兼辦公室的迎賓沙發組、一樓休息區的長凳、二樓用餐區的販賣機等，都是她與孫羽翎花時間比價做功課後選定的；一樓入口外的牆面也請藝術家彩繪了呼應場館名稱的美麗打卡牆。

周少倫向來賓演示完如何操作電動靶，打開場館側門，引導眾人到戶外區的鐵皮雨遮屋頂下站定。

「這裡是戶外區。既是符合國際標準的戶外射箭場，也能舉辦團體射箭生存遊戲……」

沈心羿看著戶外場地花了一個月剛養起來的綠油油草坪，再度讚嘆大學同學周少倫與學姊孫羽翎的用心。

射箭場規劃得十分完善，室內與室外，休閒與專業兼顧，希望能穩定經營下去。

也希望，幸運獲得一份工作內容有意義、同事間氣氛融洽的新工作的自己，能長久做下去。

巡禮結束，周少倫招呼賓客到二樓用餐區享用茶點。今早開幕茶會來的都是老闆跟老闆娘在體育圈的熟人，大家在進門的長桌拿了茶點飲料，便移往座位區坐下邊吃邊聊。

沈心羿忙著補上茶點時，大學教練任霆走了過來。

「心羿，這個射箭場看起來真棒。如果妳想重拾弓箭，想抽空練習也很方便。」

「謝謝總教練。」聽到昔日恩師老話重提，她不自在地低下頭：「我現在想專心把工作做好，沒有足夠時間練出成績，還是算了。」

任霆為愛徒的回答皺眉：「心羿，認真工作很好，但只要妳想，工作之餘還是可以重拾弓箭，成績並不是最重要的事。」

「總教練……」沈心羿苦笑。任總教練作風獨樹一格，在成績至上的競技體育圈中帶領校隊，卻老說成績不重要，每次見她，又惜才地勸她重拾弓箭。

她是因為總教練對她恩重如山，才沒吐槽他話中的矛盾。

她當年陷入低潮後，對自己漸漸失去信心，恩師任霆仍時常給她鼓勵與指導，讓當時的她有了堅持下去的勇氣。

當她傳出引咎辭職的消息，任霆不介意她剛犯過帶隊的失誤，主動邀她回母校當校隊助教，讓當時十分徬徨、感覺往下墜落的她，像抓住一根救命繩索，不至於直墜谷底；她告知決定不回母校工作時，任霆不僅大度地表示理解，還為她有更好的工作機會開心，這一切都令她感激又愧疚。

「妳在這裡有份穩定的收入，有空檔也能重拾興趣，不是很棒嗎？」任霆笑得和藹，又說了和她告知當時類似的話。

她很感激恩師溫暖的鼓勵，但她不認為玩票性質的重拾往日興趣，對現在的自己有何幫助。之前她都回得委婉，或許該把話說白，讓總教練別再一見她就開勸，這樣雙方都輕鬆。

「總教練，我沒打算重拾弓箭了。」

任總教練一向尊重學生的自由意志，這麼說他就不會再提了。

「教練的話給妳壓力了嗎？抱歉。」任霆聞言，不再勸進。「妳一直是認真的孩子，不管妳決定做什麼，最重要的是，教練希望妳別苛責自己、把日子過得開心。」

上午開幕完，下午是對外開放的免費體驗活動。

為了吸引更多民眾參加今天的免費體驗，他們雇工讀生在市內人流多的路口發了半個月的傳單，也在社群媒體投放廣告，成效似乎不錯，整個下午不斷有客人進來體驗三十分鐘的射箭課，教練群一刻不得閒，連喝口水的時間都分秒必爭。

下午三點半，又結束一人次的體驗課程，沈心羿拿起腳邊水瓶時，久違的熟悉嗓音自背後傳來：「嗨，教練，請問我可以上妳的課嗎？」

她立刻僵住，深呼吸鎮定心神，才轉身看向面前高眺挺拔，笑起來眉眼更顯深邃迷人，明明已是事業有成的科技新貴，卻仍保有大學生般陽光笑容的娃娃臉男子。

「耿霽……」這個名字許久沒在唇齒間化為語音，她口舌一陣乾澀。

雖然回到同一座城市，她壓根不覺得他會出現在「射手之翼」，因為她以為，他永遠不會想再見到……

六年前，無情甩了他的前女友。

與耿霽分手那一天，在沈心羿的記憶中依舊鮮明。

「我們分手吧。」

她手指微顫，在通訊軟體中送出訊息。

訊息立刻被已讀，他視訊電話的要求傳來，但她沒接起。

他改丟訊息：「昨天的事我真的很抱歉……我絕對不會再讓朋友來我家開 Party 了，妳可以原諒我嗎？」

「不必道歉，被告白並不是你的錯。」雖然想起昨晚視訊時，微醺的亮麗女孩突然闖入他房間，趁他不備從背後抱住他告白的畫面——即使他立刻掙脫，嚴肅拒絕表白，將女孩請出房——她胸口依然一陣刺痛，但這個插曲不是她提分手的理由。「我想分手，是發現我沒有能力兼顧戀愛跟夢想。現在是奧運選拔最關鍵的時期，我沒辦法再配合你的時區視訊、調適談戀愛帶來的心情起伏，這些事開始影響到我選拔賽的表現了。」

她不愛哭，此刻卻必須以拇指與食指強按住眼頭，才能壓制住多餘的感傷。

他們的世界距離一直很遠——他是一路讀第一志願、現在在國外名校留學的高材生；她是一路念體育班、以訓練為天的運動員。會兜在一起，只是青春裡的一場意外，她早覺得他們有天會走散的……

她只是一直不忍心，才將早該發生的分離拖到了今天。

「心羿……」耳邊彷彿聽到他嘆息著喚她名字的好聽嗓音，她閉了閉眼，才有勇氣看他下一句回訊：「接我視訊好嗎？要分手，我希望妳看著我說。」

不好。

見到他的臉、聽到他的聲音，她怕自己好不容易下定的決心又會動搖……

「我該去吃早餐了。」她正在國訓中心為了半年後的奧運培訓，冠冕堂皇地拒絕。「跟你視訊，會影響我接下來的訓練作息，而且我先去吃飯的室友隨時可能回來，我也不想被撞見在談分手。」

他像是不知如何面對突如其來的分手，顯示了好久的「輸入訊息中」，終於在三分鐘後送來了一句——

「跟我交往，拖累妳追夢了嗎？」

「對。」她硬著心打下，「我們本來就是不同世界的人，只是一直勉強配合對方。我不想再錯過一次奧運，決定排除所有干擾專心訓練，請你理解。」

送出如刀的傷人話語時，她清楚這會直擊他要害，精準地重傷他，卻感覺自己也被刺得鮮血淋漓。

但她沒辦法再這樣下去了……

他默然片刻，才回：「意思是……不管我再做任何努力，妳還是想分開嗎？」

他好聰明，也好了解她，幾句對話，就徹底理解了她想表達的……她將湧上喉頭的酸澀用力嚥下：「對。我不會再聯絡你，你也別聯絡我，徹底退出對方的世界，可以嗎？」

要斷，就斷乾淨。即使此刻像親手將那把利刃刺進胸膛……而這道傷口永遠不會癒合。

優秀的他一定會遇見與他更相配、更能帶給他幸福的人；而將所有青春賭在運動員生涯上的她，若不抓住機會表現，未來就什麼都不是，她不能辜負自己的努力與家人的期望……

所以，對不起。

手機螢幕沉寂片刻，才突然跳出一句：「妳等等想吃什麼？」

他像想迴避結論，丟來一句他們以往常問對方的話。

她掙扎半晌，才決定最後一次回覆這個無傷大雅的問題：「蛋餅跟豆漿吧。」

她轉頭看向國訓中心宿舍外的眩目晨光，想著他那邊現在將近傍晚時分，他還沒吃晚餐吧？打算吃什麼？然後告誡自己不能再關心，以免他重燃錯誤期待。

「真不錯，我也想吃。」他閒聊般地回道。「滑雪場這裡開始下雨了。」

她忍住追問他究竟是陳述事實或比喻分手的心情，立刻封鎖並刪除所有他的社群帳號與手機號碼，讓這句話成為他們最後的對話。

六年後，她對他說的第一句話，傻氣到近乎無禮：「耿霽……你怎麼會在這裡？」

「來找妳啊。」他笑得毫無芥蒂，彷彿不介意那些過往。

這六年，生活圈截然不同的兩人，像兩顆不同星系的行星，在各自的軌道上運行，未曾交會，也從未有任一方發出任何形式的聯絡訊號。

雖然是她要求的，但她總忍不住想，他對她分手後立刻斷絕聯絡的舉動應該很心寒吧……

明知這麼問很傻，她還是忍不住：「為什麼……」你會出現？

「因為，有件事一直困擾我。」

他笑得燦然，她卻湧現一股異樣感，直覺不該接話，卻沒忍住：「什麼事？」

「我六年前出了一場滑雪意外，可能是當時腦震盪的後遺症吧，到現在都有部分記憶想不起來。」他陽光好看的笑籠上陰影。「雖然失去的記憶不影響生活，卻讓我很困擾，覺得自己的人生像永遠缺一塊的拼圖。」

他散發的異樣感……是因為失憶？

她曾聽說分手後他出了嚴重的滑雪意外，當時除了骨折，還有失憶的狀況，知道他並非信口胡謅。

「最近我終於發現，有個叫沈心羿的女生從我的記憶裡消失了，所以我決定來找她。」他朝她踏出一小步。

她後退一步。「那你為什麼認得我，知道我在這裡工作？」

他浮現受傷神色。「妳知道嗎？要認出一個人，記憶並不是必要條件。我用了幾種方法，再加上一點運氣才找到妳。」

她不解地等他解釋。

「前陣子不是亞運嗎？我在 YouTube 上被推播很多亞奧運的比賽，其中一個是妳以前比奧運的影片。我一看就覺得妳好眼熟，問了大學射箭社的學弟，才確定我居然認識妳這個奧運國手。」他話鋒一轉，「學弟告訴我，我們不僅認識，以前交情還蠻不錯的？我們之後怎麼會失聯呢？」

她被他問得語塞。

幸好他沒有追問的意思，續道：「至於我是怎麼找到妳的，只能說我運氣不錯。我先問了以前射箭社的指導教練，他告訴我妳剛從高中教練離職，之後的動向，可以找S大的人打聽；過沒兩天，射箭社學弟在群組裡轉發『射手之翼』要開幕的消息，我點進官網，看到妳居然在教練陣容裡。我想起教練的話，就翻出大學時用的社群帳號，我印象中好友名單裡好像有幾個S大的人……」他往周少倫的方向一瞥，「我登入，發現阿倫在『射手之翼』快開始試營運時曾丟訊息邀我來，就敲了他聊聊。阿倫人很好，雖然很久沒聯絡，我又好多事都記不得了，還是把我當成學長尊敬，對我有問必答，還邀我有空來看看。」

這番解釋使她啞口。雖然兩人失聯多年，過往的紀錄、與兩人共同的聯繫並未消失。所以，這六年他未曾聯繫，不是遵循她的要求、也不是對她心冷，而是……忘了她？

她壓下被難以置信的狀況攪亂的心緒：「你找到我了，然後呢？我不明白你的意思。」

「我的意思是，」他凝視她的目光變得幽深。「我覺得我有很重要的東西在妳這裡，我想把它找回來。」

他的宣告使她呼吸一窒。「我不知道你說的東西是什麼。」

「我也不知道，」他語氣輕鬆，眼神卻有著不相稱的認真。「但我總覺得它對我很重要，沒了它我的人生就不完整，妳願意幫我一起找嗎？」

他真摯的眼神令她動搖。

當年周遭朋友雖然知道他們交情好，他們曾低調交往過的事，卻只有孫羽翎知情，口風緊的孫羽翎，甚至對男友周少倫都不曾透露此事。

也就是說，如果他遺忘兩人之間的一切，她可以輕易封鎖消息，假裝這場祕密戀情不曾發生，擁有兩人過往唯一解釋權的她，甚至，有機會將他們充滿遺憾的初戀改寫成另一個版本……

沈心羿，妳在想什麼？他的說辭太超乎想像，未經查證，怎麼能輕易採信？

「抱歉，現在射箭場很忙，不是敘舊的時候。」她官腔地答。

「我明白。」他笑，「我只是想，如果我來找妳上課，既能運動，如果妳願意，或許也能告訴我一些過去的事？」

「你的體驗時段只剩二十分鐘，後面還有別人在排隊。」他太過積極的提議讓她冷汗直流。

「別緊張，我不是指現在。之後的平日晚上，我會來找妳上課。」他笑著往入口處櫃臺一指。

「今天報名有八折優惠，我剛報完名，跟妳打過招呼就要走了。」

「你再說一次？」她不敢相信她聽到的。

「個人射箭課可以指定教練，我指定了妳。」見她半信半疑，他從長褲後口袋抽出課程契約，教練那欄寫著她的名字，並已由負責報名的同事蓋下「已繳費」的確認章。

「雖然妳收費比其他教練高，但妳的國手資歷傲人、還有四年高中甲組教練經驗，專業有價嘛。」他認同地點點頭，揚起得意笑容。「還好我動作快，妳未來三個月的授課時段還空著，我就全包了。」

「你——」他的笑容令她氣結。

因為她更想做教練以外的工作，與孫羽翎討論後，決定將授課鐘點費訂得高一截，在她加入後這一個多月的試營運，這種定價策略也成功發揮了引導客人選擇其他收費實惠的教練課的功能，沒想到勸退了一般客人，卻被他包下。

她很快恢復冷靜，勸說道：「我們其他的駐場教練也有豐富教學資歷，除非你有進階的訓練需求，不然沒必要多花錢指定我。課程契約有七天猶豫期，建議你再考慮一下。」

「妳不願意幫我上課？」他失望地垂下眸，「你們剛開幕，我也想以行動支持老朋友的新事業……」

如果他報名，確實會幫助衝高射箭課的業績、她也有額外收入，但他們交往過啊……雖然他表現得像不記得有這回事。

尚未釐清他是否真的失憶前，她要用什麼心情面對他、向他訴說他們的過往？說了真話，最後很難不觸及尷尬的分手話題；說了謊話，又得提心吊膽地怕被拆穿。

看著面前熟悉又陌生的深邃眼眸，沈心羿有種預感，這件事無論如何都沒有最佳解法。

隔週一早上，孫羽翎將正在製作器材型錄的沈心羿拉上無人的二樓用餐區。

「妳今天真的要幫他上課？取消課程是會產生違約金，但狀況特殊，我退費賠錢給他沒關係的。」

「學姊，我們不是討論過嗎？就算退費給他，『射手之翼』每天開門營業，只要我在這裡工作，以他的個性，一定還會想其他名堂來找我，要不斷想新招應付他，反而更累。」

「但他來意不清，失聯六年忽然出現，說忘了與妳的過去，想藉著上課重拾回憶？我想想還是覺得太可疑了。」孫羽翎皺起美麗柳眉。「你們交往過，萬一他是打著失憶的幌子想占妳便宜呢？雖然他以前人不壞，但這麼久沒見，防人之心不可無。」

她感激好友保護自己的心意，但事情就如她一開始預感的棘手，所以她看開了：「既然無論如何都得面對他，有錢賺不是比較開心？館內有監視攝影機，也有其他員工跟客人，他沒機會對我怎樣的。」

「可是我擔心妳——」

她打斷孫羽翎，重申她們之前討論過的應對策略：「契約還在猶豫期，我先幫他上一堂課，說不定能說動他換教練或自願退費。」

她不願因為前男友的出現，放棄這份工作內容跟環境都像為自己量身打造的工作，也不想造成公司的困擾，想用對公司跟自己都比較好的方式解決。

孫羽翎也知道這是目前最可行的方法，但仍是不放心，便轉移怒氣：「可惡，阿倫幹麼邀他來，沒跟妳提這件事，還讓他在大家忙得不可開交時報名成功？」

正好上二樓想找女友討論店務的周少倫，聞言朝沈心羿發送求救眼神。

「他們以前交情不錯，邀朋友來自己開的店沒什麼不對。」沈心羿連忙眼神示意周少倫先下樓迴避，以免掃到颱風尾。「阿倫不知道我跟耿霽交往過，而且開幕前他那麼忙，每天都有回不完的訊息、處理不完的狀況，忙忘了也情有可原；那天負責報名的會計小玫也不認得耿霽，這不是任何人的錯。」

「如果那天妳當場告訴我，我不會讓他得逞的……」

「老闆娘，放輕鬆。」她輕拍孫羽翎捏成拳的纖手。「妳那天負責掌握活動流程，還要處理從馬桶阻塞、客人沒地方停車、幫小孩找爸媽各種緊急狀況，我怎麼忍心拿不緊急的小事煩妳？」

耿霽那天報了名、來找她說完話、和周少倫匆匆打過招呼就走了。她知道若跟孫羽翎提這件事，講義氣的好友一定會優先處理，但當時孫羽翎正在辦公室內安撫被粗心父母忘在射箭場的小朋友，小朋友哭得驚天動地，一時說不出父母的名字或聯絡方式，讓孫羽翎束手無策又焦頭爛額。孫羽翎有壓力一大就容易眩暈發作的老毛病，沈心羿不想讓已經壓力爆表的好友又多一樁煩心事，而且她射箭體驗的下一組客人也在等了，若要當場處理這件意外，想必會造成更多混亂。

迅速評估完事情輕重緩急的她，便向周少倫說，這件事晚點再由她向孫羽翎提。周少倫雖然不太明白原因，向來留心女友健康狀況的他，也看出孫羽翎已為了當天接踵而至的突發狀況心力交瘁，便同意了。直到活動結束，全體員工享用完慶功的熱炒外送後各自返家，辦公室只剩留下幫忙收拾的她與老闆伉儷，她才輕描淡寫地跟孫羽翎提起耿霽曾短暫現身，而且報名了她開的課一事。

如沈心羿所料，孫羽翎一聽到就擔心地直問要不要讓她出面聯絡耿霽拒絕掉這件事。但已將耿霽可能的反應推演一遍的沈心羿，認為若他不達目的不輕易放棄的個性沒變，即使拒絕，他還是會找理由出現，與其疲於奔命地與他鬥智，不如正面對決比較輕鬆，便極力表現淡定安撫孫羽翎；類似的對話，這些天已上演數次，最後孫羽翎總是會用這句話結尾——

「心羿，妳確定這樣真的沒問題？」今天也不意外地出現了。

要怎樣才能讓學姊安心？沈心羿想了想才道：「妳也說了，耿霽以前人不壞，而且再怎麼說他也是我前男友，請相信我有應付他的能力好嗎？」

她好說歹說，總算平息孫羽翎找她來這裡工作，卻害她被前男友纏上的愧疚。

「我還是覺得，」孫羽翎語氣仍帶懷疑，「他那麼鬼靈精，真的會失憶？」

沈心羿失笑：「學姊，妳還記得當年告訴我他失憶的是誰嗎？」

「我聽我媽說的，誰知道她是不是加油添醋？」孫羽翎輕哼。

孫羽翎與耿霽的父母是多年來保持聯繫的留學時代好友，孫羽翎自小就不時透過父母聽到與她同齡的耿霽的消息。但孫羽翎跟這位活在父母嘴裡的「別人家的小孩」一直不太熟，直到沈心羿因緣際會地跟耿霽熟起來，孫羽翎跟耿霽的熟度才連帶提升一些。

當年剛分手，沈心羿就透過孫羽翎聽說在國外留學的他出了滑雪意外，除了鎖骨骨折與全身多處挫傷，因為高速滾落雪坡時頭部遭到多次撞擊，造成腦震盪，清醒後出現失憶症狀，一度讓遠在臺灣的父母擔憂不已。但因為是傳了好幾手的消息，詳情早在轉述中散失，既然她已決心不再與他聯絡，便沒再去探究。

分開的這些年，她從孫羽翎那邊聽說他過得不錯。雖因滑雪意外休養了大半年，後來還是順利拿到美國名校碩士學位，之後進入矽谷的新創科技公司工作，公司業務發展迅速，他加入數年後便實現了人人稱羨的矽谷夢——公司首次公開募股上市後，股價一飛沖天，所有跟著公司走過草創期的員工，手中持股的價值一夕翻倍，他三十歲前便賺得豐厚的第一桶金；工作之外，據說他熱衷各種極限運動，假日不是往海邊跑、就是去山裡、甚至飛上天空，過得精彩充實。原本耿家父母以為在矽谷過得順風順水的兒子，下一步會效法他的同事們在矽谷買房，定居在使他們夢想成真的高科技聖地，他卻毫不戀棧，去年請調回臺灣分公司當新部門的主管，成為臺灣分公司最年輕的部門主管，並用在矽谷賺到的錢在市郊買了房……當年的意外並沒有阻礙他去過上與優秀自身相符的、精彩又有自主權的成功人生。

她一直以為那場意外應該沒影響他太多，沒想到他竟說，覺得人生缺了一塊……

「至少，他發生過滑雪意外這件事是真的。」沈心羿停頓片刻，輕嘆：「而且意外發生在我跟他分手那天。」

從孫羽翎當年的轉述，她知道耿霽是在她提分手的那個雨夜，不顧同行友人勸阻執意滑難度最高的雪道，在溼滑的結冰坡面上止不住下滑高速，不慎滑倒重摔。

她當年認識的他，雖然常以淘氣大男孩的面貌示人，卻不是輕率行事、執意犯險的人，她總覺得如果不是她突然提分手……

雖然並非直接造成意外發生，她一直覺得自己有間接責任，心懷愧疚過了六年。

或許，面對他，能使她從鎖鏈般纏繞多年的沉重愧疚中解脫。

雖然她也不確定，他是否真的失憶，接近她的動機是否真如他所言，只是想拾回人生。

但既然無法輕易避開，她只能試著面對。

只是，她究竟該如何面對來意未明，既熟悉又陌生的前男友？

Chapter 2 飯友，請多指教

晚上七點，沈心羿踏出射手之翼的門市兼辦公室，便看到耿霽已備妥弓箭器材、穿戴好護具，在室內射箭場等著她。

「耿先生，感謝您報名。先跟您確認：您購買的個人射箭課時間是一、三、五晚上七點到八點，共三十六堂課……」一上課，她公事公辦地宣讀課程規定。「如果發現課程不符您的需求，到本週五都能換課程或退費。以上您的權利跟義務，請問您都清楚了嗎？」

聽她宣讀完落落長的規定，耿霽忍俊不禁笑出聲：「謝謝妳解釋得這麼清楚。但妳不用這麼客氣吧？不是聽說我們以前蠻熟的？」

「你說你失憶了，那就當作我們剛認識吧。」

其實，這是她唯一想到面對他的方法——將一切歸零，當作是初識。

孫羽翎已與周少倫確認過，耿霽和周少倫聊天時，也隻字未提曾與她交往，表現得像不記得這回事。

為了賠罪，孫羽翎禁止男友再向耿霽透露任何她的事。而她思考過後，決定既然他不提這件事，那她也不提，以久未聯絡的普通朋友設定與他相處，感覺也比較輕鬆。

「嗯……」他食指摸摸高挺鼻梁，她記得這是他思考時的習慣動作。「妳這麼說也有道理。」

他的不計較使她稍微放鬆，卻也不知該接什麼話，便開始上課：「你還記得怎麼射箭嗎？希望加強的地方是哪裡?有想設定什麼目標嗎?」

如果他說只是來練個身體健康,她就要趁勢建議他轉到收費更實惠的教練課。

「前陣子社團的老人盃我回去玩了一下,技術性的記憶我沒忘,只是很久沒練生疏了,至於目標……」他指向後方牆上貼的海報。「就在那場比賽獲勝吧。」

沈心羿不必轉頭看,也知道他說的是預定本期課程結束後舉辦的「第一屆射手之翼冬季盃射箭賽」。

「這個目標對你不會太簡單嗎?」名為比賽,那本質上是為了給這一期射箭課的學員驗收學習成果與聯絡感情的活動。「參加這種比賽不需要報名我的課,換成其他教練,學費可以退差額,或轉用到體適能課程、重訓室的使用點數,划算很多。」

「怎麼會簡單?」他還是笑笑的,但眼神變得認真。「海報上不是說,個人賽的獲勝條件是『與上課期間的測驗成績相比,進步幅度最大』?我的進步幅度要贏過零基礎的新手學員還挺難的吧?請這裡最好的教練也不為過啊。」

「……」她早該想到,口拙的自己怎麼辯得過口才好的他?

她放棄與他爭論,繼續上課——先要他射幾箭給她看,評估他現有實力後給了建議,他照著建議修正動作,問她是否有改善。一堂課的時間很快過去,失憶的話題沒再被提及,她一開始繃得很緊的神經漸漸放鬆下來。

「還有什麼問題嗎?」下課前,她習慣性地問。

「有!」他好學生式地舉手。「聽說我們高中就認識了,可以告訴我是怎麼認識的嗎?」

與兩人過去相關的提問突然出現,本已放鬆下來的她呼吸一頓。

「如果妳不想說也沒關係……」他一臉想知道,又怕她不願回答的表情。

他貼心地給了她拒答的理由，她卻沒有趁機搪塞過去。

如果可以，她盡量不想對他說謊——雖然重逢當時她曾異想天開地認為或許能藉機改寫他對兩人過往的回憶，冷靜思考後，自知不擅長編織謊言，也不確定他的失憶說辭是否為真的她決定——只要說出無傷大雅的客觀事實，不提兩人曾短暫交往或她的主觀感受，讓回答維持在安全範圍就是她能做到最好的事了。

「因為你翹課，我們才會認識的。」

「我翹課？」

在他驚奇瞠大的眸中，她看見十二年前突然闖進她生命的淘氣學長——

沈心羿記得第一次遇見耿霽那天，是升高一暑假的某個炎熱午後。

她提早進入高中校隊隨隊練習，那天的練習時間剛結束，學長姊就走得一個不剩，射箭場瞬間只剩下她——因為這週末是暑訓開始前的最後休假，大家趕著回家享受珍貴的自由。

但才搬進校隊宿舍的她沒有回家的打算，離晚餐還有段時間，她便獨自留下加練。

只有她一個人的射箭場很靜，除了她弓箭發出的聲響，就只有射箭場盡頭那排枝葉繁茂的大樹偶爾輕風撩過的沙沙葉聲，與枝枒間與之合奏般的唧唧蟬鳴。

她有次不經意往那排大樹一瞥——發現有個男孩悠然躺在最角落的那棵樹下、緊鄰隔壁高中圍牆的那道小草坡上。

男孩身上的卡其色制服，表明他是隔壁市內第一志願男子高中的高材生，在她這個綜合高中的體保生眼中，就像不同世界與物種的陌生生物。

都翻牆進隔壁校了，是翹課吧……高材生也會翹課？

這激起了她的好奇心，每次走過去拔箭都偷偷觀察他。

他將雙手枕在腦後，夏日午後的陽光滲過枝葉，碎鑽般鑲上他輪廓立體的好看側臉與修長身形，畫面瀟灑得很不真實。

她從未翹過課或練習，更別說翹到這種有危險性的地方，還睡得安然，如此藝高人膽大開了她眼界。

雖然無法理解他的行為，她視線卻總往他飄。看著他悠然自適的身影，剛到新環境有些緊繃的她，心情也跟著放鬆下來。

她沒打算去跟他搭話，覺得耀眼的他不屬於她的世界，再過不久，他應該就會像不小心誤入人間的神仙，回去他的仙界了吧。

他繼續睡他的，她繼續練她的，直到夕陽西沉，她準備收弓鎖門的時分。

他沒有回去自己的世界，而且還在睡……

新生的她不敢直接鎖門，怕若出問題會被教練罵，只好鼓起勇氣走向他所在的小草坡。

直到她在距離他一公尺處站定，他仍睡得好沉，長睫在臉上投下兩弧上揚的淡影，配上他微揚的唇角，整張臉都像揚著笑意。

感覺是個愛笑的男生……叫醒他應該不會生氣吧？

該怎麼叫比較好？

他的卡其制服襯衫上只繡了校名跟學號，無從知曉年級和姓名，但釦子整排沒扣、率性向兩側敞開的領口露出內著的黑色班服T恤，是學長吧？

她鼓起勇氣：「學長，不好意思，我要鎖門了。」

「……嗯？」他睜眼，她發現他有對深邃好看的大眼睛。「現在幾點了？」

「六點。」

「六點？」他唰地坐起身。「完蛋，我書包被鎖在教室了，妳怎麼不早點來叫我？」

沈心羿靜靜看著抱頭崩潰、瀟灑陽光帥哥形象一秒全毀的高材生學長，心想第一印象果然不怎麼可靠。

「學長，我要鎖門了。」她重申。「請你離開射箭場。」

「學妹，我也很想離開，但我需要妳的幫助。」崩潰完的他視線轉向她。「我皮夾跟書包一起被鎖在教室了，沒錢搭公車回家，可以借我公車錢嗎？明天一定還妳。」

「所以……妳有借我錢嗎？」她只是簡單敘述，他卻聽得興味盎然。

「有，因為我要鎖門。」她照實答，略過他用那雙無辜大眼看得她心軟的部分，還有他翻牆離去時，居然在圍牆上回頭燦笑和她說明天見，害她在原地怔了半晌才回去鎖門的部分。

「那我之後有還妳錢吧？」

她看了眼時間。「下課了。今天修正的動作，你可以在家對著鏡子拉弓練習。」

他略顯失望，但很快便重展笑顏。「好。今天謝謝妳，心羿教練。」

他的笑容一瞬間令她想起當年初遇，他在圍牆上轉頭道別的那個燦爛笑容。

多年不見，他的笑容依然如陽光明朗清澈，難以想像會包藏任何黑暗心思。

「那……我下次還能來上課嗎？」他懇求地問。

「……」而且，他也依舊敏銳，察覺她仍未完全相信他失憶的說辭，刻意冷淡想嚇退他。

其實他今天上課態度很認真，就像他之前說的，像想從與她的互動中喚醒記憶，並沒有利用上課時間說或做使她感覺不舒服的事，也沒有強迫她回答關於過去的問題，她都覺得自己整堂課擺冷臉給他看有點惡劣。

「依照課程契約，決定權在你。」她放棄毫無作用的勸退，給了中性的回答。

「太好了，」他露出打從心底開心的笑容，「那下次見。」

他道別時的燦爛笑容，令她像當年那般怔忡半晌才回神。

這次，他們究竟會變成怎樣？

「第一堂課怎麼樣？他有沒有哪裡很可疑？做什麼讓妳不舒服的事？有任何不對勁，立刻告訴我！」

與耿霽的第一堂課是週一晚上，週二射箭場公休，週三一早在儲藏室幫網上訂購器材的客人找貨時，孫羽翎進來關心。

「就像我訊息裡說的，他表現得很正常，我也沒事。」她找出客人訂購的射箭指套，對好友又問一次課程結束當晚就傳訊問過的問題覺得感動又哭笑不得。

「沒事就好。」孫羽翎鬆口氣。

「他是老師最喜歡的那種學生，很聰明，一點就通。」在庫存中找著客人指定款式的箭袋時，她中肯地評價。

「妳明知道我問的不是這個，」孫羽翎白她一眼。「妳覺得他是真的失憶嗎？」

她翻找存貨的手停了下來。「我不知道，但他表現得像第一次聽到那些過去的事。」

「我還是很難相信他真的忘了妳，但連阿倫都這麼說……」孫羽翎嘆氣，「阿倫不會對我說謊的。」

「學姊，別擔心，」她將所有應出貨的商品放進紙箱，「如果是演戲，讓他演下去也沒關係，反正累的是他。」

第一堂課的相處，耿霽給她的感覺跟過去並沒有太大不同——還是那個陽光開朗、再怎樣擺冷臉也嚇不退的樂觀性格——雖然失聯六年，畢竟相識多年又交往過，她對他的人品還是有著信任，不太相信他接近她是心懷不軌；一開始的緊張與提防，也在出乎意料順利的第一堂課後緩解不少。

雖然她仍無法確定他是否真如宣稱的失憶，但他態度毫無異狀，也沒有換教練或退費的意思，她想，與其費盡心思想迅速摸清他的底細，不如順其自然以這個設定與他相處，從中觀察他的反應再做打算。

三個月的時間，應該足夠她摸清狀況了。

就當作，他們之間暫時被按下了 Reset 鍵吧。

早上出完貨，下午沈心羿埋頭更新官網及購物網站上的射箭商品資訊，從螢幕抬頭，才發現再過半小時就是她和耿霽的上課時間。

射箭場在郊區，外送平臺上能點的外賣店家有限，而且此時叫外送，送到時她也來不及吃，已有點餓了的沈心羿決定先去二樓的販賣機投罐飲料墊胃，上完課再在下班路上買晚餐。

她推開場館二樓用餐區大門，熱麵條拌著醬油與豬油的誘人鹹香就鑽進鼻腔。

好香……是高中母校對面那家乾拌意麵的香氣？

她本能地循著香氣望去，見耿霽坐在靠窗的座位吃著意麵，旁邊放著一碗她當年每次吃乾拌意麵一定會點來配的骨肉湯。

他記得這家店？他們高中時第一次一起去吃的店……

「嗨！」耿霽看到她，燦笑著朝她揮手。「吃晚餐了嗎？要不要一起吃？」

對一個飢餓的吃貨如她，這是種極致誘惑……但她拿出萬分的意志力拒絕：「不用，謝謝。」

「這是我高中時最喜歡的麵店，就算忘掉別的事我也沒忘記這個味道，相信我，絕對好吃。」

別的事……比如他們的過去？

他無心的用詞有些刺痛她，才發現要無視過往與他相處，有時很扎心。

那些曾對他們別具意義的事物，現在都不再有意義了。

她投下硬幣，瓶裝奶茶碰一聲落下，她趁取出飲料時整理波動的情緒。

沈心羿，妳早知道這不容易。既然決定面對他，面對自己的愧疚，就好好將這三個月堅持到底。

她起身時，他的聲音傳來：「怎麼辦？我好像買太多了，下課再吃麵就糊了……妳能幫我吃嗎？」

她回頭，見他苦惱地指著桌上另一份意麵。

她幾乎要懷疑他特地買了她的份……但她警告自己不要自作多情。

敵不過他再三懇求，還有外送平臺訂不到的心愛美食的誘惑，她還是吃了那份乾拌意麵，並忍不住想起兩人第一次吃這家意麵那天的事。

沈心羿沒把翹課學長的「明天見」放在心上，覺得兩人應該再也不會見面，公車錢也沒指望他會還。

豈料，隔天早上她自己在射箭場加練時，他竟翻過圍牆，朝她揮手燦笑走來。

他的如入無人之境讓她傻眼，只能無言看他走近。

「學妹，妳看到我怎麼像看到鬼？」她瞪大眼的樣子使他忍俊不禁。「我昨天不是說『明天見』嗎？」

昨天他們根本沒約啊……他這麼篤定她今天會來練習？

從口袋中掏出零錢還她後，他沒有離開的意思，跑去拉了張摺椅坐下看她射箭。

「……」第一志願的高材生這麼閒嗎？不趕快回去讀書？

沈心羿不知如何應付這位總是出乎她意料的學長，於是決定——無視他。

但這位學長不是能讓人無視的類型，她射出一箭後，他居然像看了什麼精彩絕倫的表演，啪啪啪地熱情鼓掌——

「好帥！我在後面聽你們的練習聲很久了，但第一次這麼近看人射箭。」他面露崇拜。

「……」她困擾地瞥他一眼。

發現她臉色不豫，他立刻乖覺地做個拉上嘴巴拉鍊的動作。

她才享受了片刻安寧，去拔箭時，他跟上來，憋不住似地用問題轟炸她：

「學妹，妳練多久了？」

「一個人練習不無聊嗎？」

「為什麼別人都回家的時候妳不回家？」

「為什麼妳射箭的時候整個人閃閃發光？」

「六年」、「不會」、「奶奶說不用」、「你有散光」等簡答並沒有使他被她的冷淡嚇退，每次她去拔箭，他就會想出更多問題問她。就算她總是簡答、遇到太瞎的問題乾脆拒答，他也能毫不氣餒接著問下去。

人不可貌相……這個不說話時看來挺瀟灑帥氣的學長，居然是一開口就人設崩塌的超級話癆。

沈心羿也不知道自己為什麼不趕他走，也許是剛到新環境還沒交到朋友，又是第一個離家住宿的週末，也想有個人陪吧。

在他的鍥而不捨之下，省話如她也透露了不少——開始練箭的契機是嚮往文武雙全的小學校隊學姊、小學跟國中畢業的學校、未來的夢想是在奧運奪牌等。

問完所有想問的問題後，也許是覺得要禮尚往來，他說：「學妹，剛剛都是我在問，妳有沒有問題想問我？」

她不擅長跟剛認識的人聊天，本想口是心非地說沒有，但仍忍不住好奇：「你為什麼要翹課？還跑到射箭場後面？那裡不安全。」

「學妹，原來妳會說這麼長的句子？」他面露驚嘆，看到她的白眼後笑得更開懷。「因為最危險的地方就是最安全的地方啊，我們學校教官一定不會來這裡找人。而且我觀察過，你們都射很準，只要乖乖待在角落，被射中的機率比闖紅燈被車撞還低。」

他外行人的樂天讓她捏把冷汗，覺得有必要提醒：「那是你運氣很好，那裡偶爾還是會有脫靶箭飛過去，不是最安全的地方。」

聰明的他立刻聽出言外之意：「那最安全的地方在哪裡？」

他反應可以不要這麼快嗎？沈心羿不想成為煽動他繼續翹課的共犯，任他怎麼套話都不肯透露。

她堅持不透露，他也固執不放棄，直到太陽高掛頭頂，在戶外晒了一早上的兩人又累又餓，終於無法再僵持下去。

「學妹，要不要一起去吃午餐？」他問。

經過一早上的相處，她覺得學長雖然聒噪了些，被她連連冷淡對待卻不生氣，其實人不壞；但還是對這邀約有些猶豫，畢竟才認識不到二十四小時。

不過，練習加上被他問題轟炸了一早上，她現在真的餓壞了，滿腦子想著要趁週末去發掘學校附近好吃的店家。學校不准訂外食，住宿生又只有週末能外出，整個禮拜她都吃校內一百零一家的福利社熱食部，菜單踩雷完一輪，她熱愛美食的心都悲憤起來了，一直期待著今天啊……

「妳是新生，不知道哪間店好吃吧？」他像會讀她的心。「我帶妳去吃學校附近最好吃的意麵，熱呼呼的手工意麵裹著醬油跟豬油，再拌上老闆特製的甜辣醬加辣油，超香超好吃！最後用湯頭清甜的骨肉湯做 Ending，根本是人間天堂！」

胃內饞蟲在他生動的敘述下群起暴動，敵不過美食誘惑的她答應了他的邀約。

餓壞了的她，麵一上桌，胡亂攪拌兩下便迫不及待地夾起一筷吃下，滑進口中的鹹香肥潤正是她此刻渴求的滋味，撫慰了今早在烈日下揮汗練習的疲憊。

嚥下麵後，她回過神，發現他瞠大眼，愣愣地盯著她。

「……幹麼？」該不會被她狼吞虎嚥的樣子嚇到了吧？

「呃……學妹，」他笑出來，眸中星光燦然，「妳忘了加醬，加醬更好吃喔，我告訴妳拌麵醬料的黃金比例！」

他熱情地傳授甜辣醬與辣油的黃金比例，她照做，發現真的使美味再升級，於是，在他閒聊般的新一輪提問中，心情愉悅的她不慎透露更安全的蹺課地點是大樹旁收納靶跟靶架的儲藏室後方。

後來想想，他拉她去吃午餐大概是為了問出這項情報吧？但當時沉浸在吃到美食喜悅中的她沒有多想，沒料到這無心失言竟使兩人從此牽扯不清。

「妳看，我就說意麵很好吃吧？」

她因為懷念的滋味憶起往事時，被他這句話拉回現實。

她轉頭看著似乎真將過往忘得一乾二淨的他，花了幾秒調適，才淡淡回應：「很好吃，謝謝。」

「看妳吃東西的樣子，就知道妳跟我一樣是道地的吃貨。」他撐著頰，眼中笑意閃爍。「聽說，我們以前是常一起吃飯的飯友？」

提問不經意地出現，她措手不及。「……對。」

這是他們的共同朋友都知道的事，沒什麼好隱瞞的。

「好吧，我得招認，」他突然坦白，「我請妳吃意麵，是想確認一件事。」

什麼事？

「我想回想起跟妳當飯友是什麼感覺。」

他想起什麼了嗎？她突然有些緊張。

「然後我發現——」他將尾音拖長，令她懸著一顆心。「妳加進意麵的醬料比例跟我完全一樣，兩匙甜辣醬、一匙辣油，我跟妳口味一定超合。」

「是嗎？」她放下心的同時，也莫名有些失落。

失落什麼？她該鬆口氣的——他沒有想起那是他傳授給她的吃法，她就不必多費唇舌解釋往事……她如此說服心中矛盾。

「真的！知道要這麼吃的人絕對是老饕。」他讚賞地點頭，「以後我來上課的時候，要不要先一起吃晚餐？我可以像今天這樣下班順路外帶過來，跟懂吃的人當飯友一定很愉快。」

當年他想跟她當飯友的原因……也是因為這樣嗎？

往事再度闖入沈心羿腦海。

「學長，你再不起來我要直接鎖門了。」

接下來的兩週在校暑訓，沈心羿都不得不在下午練習結束，與隊友打掃完場地準備鎖門前，找藉口繞到儲藏室後方喚醒某位每天下午固定翹暑輔的學長。

見他還在裝睡，她追加一句：「你書包又被鎖在教室是你的事。」

認識才兩週，她對第一志願的高材生知書達禮、品學兼優等幻想泡泡被這位翹課成性的學長全部戳破，對學長的敬意蕩然無存，跟他說話的語氣也變得不客氣。

「你們練完啦？」他毫不心虛地睜開眼，從小草坡站起伸展修長四肢。

他的悠哉讓沈心羿氣結。「你會不會太常翹課了？可以不要讓我每天來叫人嗎？」

「可是這裡是我唯一可以安心睡覺的地方……」他可憐兮兮地瞅著她。

她已經對這種裝可憐免疫了。「想安心，回家睡。」

「我爸媽會擔心。」他換上一臉好孩子樣。

他應該有個很溫暖的家庭吧……她壓下心中升起的羨慕：「在教室不能睡？」

「高中男生比猴子還吵。」他嫌棄地搖頭，好像他少爺不算其中一員。

領悟到繼續對話只是浪費時間，她使出絕招：「學長，我不用在這裡跟你抬槓，只要我去跟教練講一聲，以後你就再也不能來這裡了。」

「學妹妳不要這麼狠心！」他伸手想拉她衣袖求情，被她嫌棄地避開。「不然……從今天開始妳每來叫我一次，我就請妳吃一次飯，都是我嚴選的店家，我保證！」

「住宿生平日不能離校，沒辦法外食。」她冷淡道，心裡卻為了誘人的提議動搖。

「那週末。」他反應很快，「明天就禮拜六了，妳明天早餐算我的，妳去練習前，我請妳吃學校附近最好吃的早餐。」

上次的意麵確實使她驚豔，令她對他的飲食品味有了信心，她為了美食出賣良心，答應了這個交換條件。

隔天早上，他真的依約出現在他說的那間早餐店門口，帶她進去，熟門熟路地向老闆娘點了兩份雙蛋蛋餅加冰豆漿。

煎得外酥裡嫩的手工蛋餅上桌，她先夾了一塊嚐原味，手工現擀餅皮的Q彈、麵皮的麥香配上蔥蛋恰到好處的鹹香，不沾醬就十足美味。

她心滿意足地吃完那塊蛋餅，發現他單手撐頰、雙眼含笑地盯著她。

「幹麼？」他的眼神令她有些心慌。

「上次跟妳一起吃麵就發現，妳吃到好吃的東西會不自覺微笑。」他點點自己的唇角，「妳笑起來唇邊有對小梨窩，很可愛，讓人覺得妳正在吃的東西一定很美味。」

語畢，他夾了塊蛋餅入口，細細品味，朝她泛出一個心滿意足的微笑。

他說她的小梨窩……很可愛？

撫養她長大的奶奶總說她不笑比較好看，久而久之，她自己也這麼認為。

他卻說她笑起來……很可愛。

她不知如何理解此刻心中陌生的波動，拼命告訴自己這只是他的無心之言。

接下來，他自顧自地解釋兼抱怨同學們開口閉口都是升學話題讓他很煩躁才會翹課，沒發現她花了整頓早餐的時間才有辦法再次直視他。

在他的美食賄賂下，沈心羿在那個暑假吃遍了學校附近好吃的店家，和他自然而然成了飯友。即使他升上高三後翹課的行為收斂許多，無需再請她吃飯，他也依舊堅持在週六早上找她吃早餐。

她沒有問過他為什麼，可能也永遠不會知道原因了。

「晚餐想吃什麼？」

週五晚上快六點，沈心羿在辦公室收到耿霽的訊息，才確定他之前的提議是認真的。

「有人要當免費外送員？」準備和男友一起下班的孫羽翎瞥到她手機的通知，停下腳步。「自從他自稱失憶不請自來地纏著妳，我們四個人還沒一起吃過飯呢。不然叫他外帶四人份，我幫妳試試他。如果他反應不對勁，我當場退費給他，叫他別再來了。」

沈心羿猜這頓飯氣氛鐵定不會太輕鬆，但她也想看耿霽如何面對孫羽翎的犀利質疑，便傳訊問他。

他倒是爽快答應了，確認每個人想吃的店家並下完單後，說他取餐完就過來。

「親愛的客人，您訂購的餐點已送達。」

六點半，耿霽準時提著餐點出現，招呼他們到辦公室迎賓兼休息區的沙發組用餐。

「耿先生，你會不會太自來熟了？不是自稱失憶？」拿了自己跟男友點的潤餅，孫羽翎一入座就開砲。

「阿倫告訴我，我們四個人以前有陣子常一起吃飯啊。」耿霽將自己與沈心羿點的鴨香飯拿出來，不慌不忙地回應。「對吧，阿倫？」

被點名的周少倫正在替養在辦公室的黑貓歐歐添飼料，不顧手一偏把飼料灑了，立刻澄清：「那是第一次跟學長聊的時候說的……」

「耿霽，不准拖阿倫下水，」孫羽翎沒有中離間計。「你從以前就是個心機鬼，誰知道你是不是裝失憶探阿倫口風？」

「我以前心機很重嗎？」耿霽一臉無辜地轉頭問沈心羿。「為什麼妳學姊這麼討厭我？就我記憶所及跟阿倫告訴我的，我跟她交情不怎麼深，熟的是我們兩家的父母。」

沈心羿不知道怎麼在好友在場時解釋其中的複雜緣由，只好回答她能回答的：「心機的話，有點吧。」

「豈止有點，」孫羽翎不顧美女形象大翻白眼，「他剛認識妳的時候，不是瞞著妳他其實認識我？」

「我有這樣嗎？」他驚訝向她求證，見她點頭，追問：「那妳怎麼知道的？」

他的雙眼澄澈通透，她忍不住想，或許他是真的忘了吧。

認識飯友學長已經三個月，好笑的是，沈心羿還不知道學長叫什麼名字。

「高材生學長明天也會來找妳吃早餐嗎？」週五晚上，她與孫羽翎固定的熱線時間，好友甜美又八卦的聲音從電話中傳來。

是小學校隊的學姊學妹的她們，因為孫羽翎升國中時決定上臺北練箭，遠離孫母三天兩頭的嫌棄與反對，她們從此在不同城市，只有比賽時碰得到面。但兩人友情沒有因距離轉淡，一直是勤於聯繫的超級好朋友。

「應該會吧。上次他遲到很久，我以為他不來了就自己點餐吃，他到了之後超失落，叫我下次一定要等他一起點餐。」想起他喃喃抱怨的樣子，她忍不住好笑。

「高材生學長對妳一定有好感！」

「不是吧，我跟他妹同年，我覺得他是把我當作可以聽他訴苦的妹妹。」

一起吃了三個月的早餐，就聽學長訴苦了三個月，沈心羿對學長已有相當了解——他是家中長子，有個與她同年，今年升上市立明星女中的妹妹，他全職家管的母親是留美的教育碩士，父親則是留美電機博士，可說一家都是高材生。不僅如此，成績優秀又恰巧在父母雙方家族中都是頭一個出生的孫輩的他，被長輩們塑造成激勵堂表弟妹們上進的榜樣，對他有著深深的期望。

他在科學園區的科技公司擔任高階主管的父親，對他的期望很具體——希望兒子複製自己的成功模式，把目標放在T大電機系，大學畢業再出國拿個學位，未來在國外或回臺灣找份好工作，安居樂業過一生。

至今都毫無異議地照著父親的期望走來的他，卻在升大學這個選擇未來方向的十字路口開始感到迷惘，於是有了翹課與找她吃飯兼訴苦的行為出現。

「他有妹妹，不代表把妳當妹妹看吧？如果不是對妳有意思，為什麼老找妳？」孫羽翎堅持如此解讀。

「因為跟我吐苦水最安全吧？」他們是不同領域的人，也沒有共同朋友，那些抱怨沒有外傳的風險。「我的器材上有姓名貼，他陪我練習那天一定有看到，他卻從來沒叫過我名字、也沒告訴我他的名字，對喜歡的女生不會這樣吧？應該是因為我是現在唯一願意陪他吃飯、聽他抱怨的人，等他上大學就會忘記我這個路人學妹了。」

她覺得自己只是他生命中的過客，沒有非知道他名字不可的念頭。

知道了，她怕自己會開始在意，所以……還是這樣就好。

「沈心羿，不要老說這種話。」孫羽翎突然嚴肅起來，「妳很好，一定會有人喜歡上妳，我從不懷疑。」

好友強勢又暖心的發言讓她失笑，連聲說學姊遵命我會記得，將這個話題收尾。

聊完了她的事，接下來輪到孫羽翎的近況。沈心羿做好某個名字又要出場的心理準備，開始聽好友抱怨——

「我媽真的很煩！我都完成她開給我的條件，拿到全中運金牌，說好要直升S大繼續練箭了，她幹麼還跟我提那個耿霽？他念的是你們隔壁那間醜駱駝色制服的高中、大學目標是T大關我屁事？」

沈心羿覺得自己大概很有聽人訴苦的天賦。不管好友學姊、還是飯友學長，都很愛找她訴苦，為什麼呢？

學姊的煩惱，跟飯友學長的煩惱正好相反——也可以說是一體兩面——從小堅持走運動員之路的學姊，一直遭到母親強力反對，並不時以朋友家很會念書的小孩為例刺激她，希望將女兒導回「正軌」。

與他們不同，沈心羿知道自己在這方面是幸運的，雖然這份幸運來自苦澀的因緣際會——雙親的婚姻關係在她五歲時破滅後，她便由沈家祖父母撫養，各有新生活的父母從不過問爺爺奶奶教養她的方式。

爺爺相當疼愛是沈家獨孫的她，也憐惜她小小年紀就沒有父母在身邊，見她小學三年級加入校隊後由自卑寡言漸漸變得沉穩大方、開始交到朋友，便全力支持她選擇這條非主流的路，她說出國中想繼續練箭時，也使出渾身解數說服本來持反對意見的奶奶。

爺爺在她升國二的暑假因病過世，奶奶因為答應了爺爺，便讓她繼續練箭。她也努力練習，以越來越好的成績回報爺爺奶奶的栽培。

雖然，爺爺過世後，她僅剩的至親奶奶只關心她的比賽成績，從不關心成績之外的事，她遇到挫折時也會覺得無處傾訴。

雖然偶爾也有想找人傾訴的念頭，但她不擅長表達，比較擅長默默傾聽他人的煩惱給予支持……或許因此學長、學姊才一致愛上把她當樹洞盡情訴苦的感覺？

「……我媽這麼喜歡他，幹麼不認他當兒子？我這麼叛逆真是抱歉啊！」孫羽翎總會越講越氣，今天也不例外。

「是妳表現得太好，妳媽發現大勢已去不甘心，才又拿耿小胖來刺激妳啊。」她從未見過被孫媽媽捧成模範的這男孩，但他的大名如雷貫耳多年，彷彿她也認識了這個人。

據孫羽翎的敘述，這位名叫耿霽的男孩是個對吃的興趣超越一切的小胖子，因為有點念書的小聰明，又很會甜言蜜語討大人歡心，從小便是各家長輩要自家孩子「向人家看齊」的惹人厭模範兒童——因為孫羽翎上國中後沒再見過他，描繪出的形象是他小學時的樣貌。

這位耿同學一路品學兼優，除了身材沒有其他能攻擊的點，沈心羿便總是開玩笑叫他耿小胖，用這招使好友解氣。

「算了，不管那個死胖子了。」孫羽翎果然消氣，「妳什麼時候才要問高材生學長的名字？下禮拜我要聽到他的名字！」

「學姊妳饒了我……」

屬於姊妹淘的話題再度開啟，沈心羿頻頻求饒才混過去，沒想到隔天就意外得知飯友學長的大名。

一早，她照著兩人的默契先到早餐店內找好位子，拿了杯冰豆漿邊喝邊等，喝掉半杯時，聽到他在櫃臺幫兩人點餐。

「學妹，早。」他笑著入座，看到桌上的半杯豆漿，表情轉為挫敗。「可惡，我以為我這禮拜很早到了！」

「真可惜，下週請早。」沈心羿發現學長很不擅長早起，除了第一次有準時出現，之後都是她先到。

她以為他們的早餐之約不會持續太久，畢竟學長每次都遲到，感覺早起對他是件痛苦的事。但三個多月過去，他雖然會小小遲到，卻從未缺席，似乎非常珍惜與她共進早餐的時光。

沈心羿吃著剛送上的蛋餅，看著也拿了杯冰豆漿睡眼惺忪喝著的學長，突然想起昨晚孫羽翎要她問學長名字的事。

一起吃了三個月的早餐，還不知道學長的名字，很奇怪嗎？

「學妹，發什麼呆？今天的蛋餅不好吃嗎？」一回神，他關切地盯著她。

「……沒有。」不行，她問不出口。

她怕一問下去，會有什麼事情改變，雖然她也說不清是什麼。

「妳吃到蛋餅竟然沒笑，這不太對勁，」他一臉覺得事態嚴重，「妳真的沒事？」

她還沒回答，便見到另一個男孩從後面一個拐子勾住他脖子。

「耿霽，全班都在猜禮拜六第一個到學校自習的怎麼會是你，原來是要陪妹子吃早餐？」

太過熟悉的名字出現，沈心羿耳朵自動抓到了關鍵字。

不會有這麼巧的事吧？應該是她聽錯了。

「別鬧，你嚇到學妹了。」他掙脫同學的箝制，同學要求以一頓早餐作為不亂傳八卦的封口費，他無奈掏出口袋中零錢時，悠遊卡跟著被掏了出來，掉在地上。

沈心羿替他撿起悠遊卡，也是數位學生證的悠遊卡，上面一字不差地印著那個如雷貫耳、少見到不太可能重名的姓名。

「……你小學時是個小胖子嗎？」她沒頭沒尾地問了這句話。

他卻立刻面露驚慌：「我不是故意不告訴妳……妳告訴我妳小學時很崇拜校隊的學姊、又聽到妳畢業的小學，我就知道妳認識孫羽翎了。我怕妳去找她問我的事，她對我八成沒好話，所以想晚點再跟妳提……學妹，妳不要生氣好不好？」

那一刻沈心羿發現，飯友學長外表陽光帥氣，言行也直率爽朗，卻並非毫無城府。

還有，他似乎非常害怕失去她這個飯友。

「我考慮一下。」

「後來我們……應該有繼續當飯友吧？」耿霽像個入戲的觀眾追問後續。「阿倫說過我們大學時常一起吃飯。」

「你真的什麼都不記得？」孫羽翎再次質疑。「所有高中跟大學的回憶？抱歉，這真的很難說服我。」

耿霽放下筷子，正色道：「剛清醒時我很混亂，不知道自己為什麼會在醫院，很多事也都不記得了。後來通過旁邊的人告訴我、自己找過去的照片來看，再加上時間的力量，有陸續浮現片段的記憶。我想起了我的同學、老師、參加過的社團跟裡面的人，甚至想起幾個你們S大的人，所以我有很長一段時間完全沒察覺……」他轉向她，神色憂傷。「她從我的記憶裡消失了。」

他的眼神深沉哀傷，沈心羿幾乎要相信他的話。

「就算你不記得，你手邊完全沒留下心羿的照片或訊息？」孫羽翎仍然不信。

「我滑雪出意外時，用了六年的手機跟著摔進滑雪道旁邊的山溝不見了。」耿霽嘆氣。「以前我沒有備份照片跟對話紀錄的習慣，之後雖然試著搶救，找回來的資料還是很有限，而那裡面並沒有關於心羿的紀錄。」

科技雖然便捷，資料瞬間歸零的狀況卻也不是不可能發生啊……而且她不喜歡被拍照，和他從沒合照過，留下的應該只有一起吃過的食物照跟聊天的訊息，如果那些都消失，確實有可能沒留下任何紀錄。

「那你怎麼想起有心羿這個人的？」孫羽翎繼續盤問。

「前陣子不是亞運嗎？有天 YouTube 的演算法就推給我心羿以前的奧運比賽影片，」他眼神變得幽遠，「一看到影片裡的她，我立刻知道我一定認識這個女生，而且她一定是個對我很重要的人。只是怎麼也回想不起來、手邊也完全找不到紀錄……突然發現自己少了一部分人生的感覺真的很糟糕。」

他語氣悲傷，但孫羽翎不買帳地追問：「你看過醫生嗎？醫生怎麼說？」

「醫生跟我說，腦震盪造成的失憶雖然大多會隨著時間恢復，終其一生找不回某些記憶的病例也很常見。」他聳聳肩。「我去神經外科回診追蹤到腦震盪的症狀都消失，醫生說我沒問題了才沒再去。最後一次回診，我問醫生尚未恢復的記憶該怎麼辦，醫生說，雖然不保證見效，但去接觸相關事物有機會觸發儲存相關記憶的神經連結，進而喚醒記憶……」他轉頭看她。「所以，當我發現心羿的存在，才會想來上她的課。」

聽他輕描淡寫地帶過求醫的過往，思及他曾經歷的痛苦與不適是這些話語的多少倍，沈心羿被強烈的愧疚淹沒。

「妳怎麼了？」他立刻注意到她表情的轉變。「是我自己找死硬要在下雨天滑雪，摔成那樣是我活該。」

沈心羿看向孫羽翎，讓好友看清她眼中的愧疚。

她明白孫羽翎並非真的不信任自小認識的耿霽的人品，是愧疚找她來工作卻害她被前男友纏上、也為了替她把關，才會以特別嚴格的標準質疑耿霽的說辭；但他出了意外這事千真萬確，而她一直為此良心難安……

多年的好交情讓孫羽翎看懂了她的心軟，嘆口氣，接話道：「你是活該，自己把重要的回憶撞丟了，過了這麼久才眼巴巴地跑回來找。」

孫羽翎的態度軟化讓耿霽難掩驚喜，正色道：「我知道我這樣說，你們一定難以置信。只要願意讓我來上課，我就很感謝了。」

孫羽翎沉吟片刻，做出最後結論：「如果心羿願意，就讓你上完這一期。但下次如果你想上課，請直接來找我，我已經跟所有員工知會過，不會再讓你偷偷報名了。」

「謝謝老闆娘寬宏大量。」耿霽泛出釋然笑容。

「我可沒準你來。」孫羽翎嘴硬。「一切由心羿決定。」

眾人目光轉向沈心羿。

他來上課的動機確實不是單純想學射箭，但他對此很坦白，上課時也有拿捏好相處的分寸，沒讓她覺得不舒服，如果三個月就能平息六年來她的愧疚、他的失落……

辦公室的掛鐘響起整點報時，她起身，以平靜語氣宣布結論：「上課了。」

「遵命，教練。」他立刻燦笑跟著起身。

取消課程最後的可能性消失後，未來的三個月，不管發生什麼事，沈心羿都必須面對這個自稱失憶的前男友。

Chapter 3 心動，飯友以上

「今天過得怎麼樣？」耿霽將紅糟肉圓與貢丸湯放到沈心羿面前，接過她給的餐費。

自從課程確定繼續，耿霽每次來上課都會外帶外送平臺無法送到射箭場的美味晚餐、或根本沒參加外送平臺的在地小吃到二樓享用。值晚班時特別渴望美食撫慰辛勞的沈心羿，看到他開心用餐的樣子，對他提議課前一起吃晚餐的猶豫，漸漸被吃貨的本能給勝過，在他又邀了幾次後，還是答應成為他的飯友。

課程轉眼來到第四週尾聲，沈心羿也在耿霽如當年初識時主動釋放善意的閒聊中漸漸能以自然的態度與他相處：「還可以，都在準備明天早上你們公司來參加活動的東西。」

為了感謝老闆娘寬宏大量讓他繼續來上課，耿霽投桃報李，聽說他們公司今年度的 Team Building 活動原定場地因為尚未通過消防安檢就開幕營業，被民眾檢舉後勒令停業，便向急著找替代方案的人資部門提議將活動改辦在射手之翼，成了射箭場第一筆團體活動的訂單。

「我今天差點來不了。客戶想盧我們留下來 debug，但我不想讓我們 team 的人加無謂的班，美國總公司負責的工程師下禮拜才會休假回來，有些問題非找他不可，跟客戶解釋老半天，才勉強同意我們下週一一早再繼續……」

他們每次吃飯的閒聊模式都是這樣——他會先關心她的近況，再抱怨兩句工作上的事。

沈心羿不太了解他抱怨的內容，但靜靜聽著，感覺很像回到高中時代。

知道高材生學長的大名後，沈心羿煩惱了一下是否該繼續跟好友討厭的對象當飯友，但下次的早餐之約時間一到，她還是出現在了早餐店。

因為，就算他是造成好友陰影的人，她已和本人相處了三個月，明白那些關於他的傳言是被長輩誇大而失真，本人其實挺親切好相處的。雖然他隱瞞身分的確使她當下感覺不太好，想想孫羽翎對他的偏頗評價，她也能理解耿霽不想因為不實傳言被討厭的心情。

反正她仍覺得他高中畢業後兩人就會失聯，只要別告訴學姊高材生學長就是耿小胖，她還是可以跟他當個期間限定的飯友吧。

她的寬容使耿霽大為感動，鄭重表示要為他之前的隱瞞賠罪，會請她吃早餐到他畢業。

週六與他一起吃早餐是她辛苦的校隊訓練之餘難得的放鬆時光，她也不推辭，順理成章地與他繼續當著一週吃一次飯的飯友。

季節由初識的盛夏，經過起風的秋日，轉眼到了臺灣北部溼冷的寒冬。

在早餐店外寒風夾著子彈般的雨點構成的背景圖中，他端著熱豆漿走來：「這種天氣在室外練習會不會很辛苦？」

「還好，習慣了。」她握住豆漿紙杯，暖意滲進冰涼指尖。

「妳手怎麼了？」他發現她右手食指與中指纏著OK繃。

「天氣冷，練習時容易磨破皮。」她被盯得有些發窘，將手藏到杯後。

「練這麼勤？最近還有比賽？」

她搖頭。「今年的賽都比完了，最近訓練其實比較輕鬆。」

她的生活單調到近乎無趣——訓練、受傷、比賽都是家常便飯，除了孫羽翎，他是唯一會不厭其煩關心這些事的人。

對從未自奶奶口中獲得類似關懷的沈心羿，這些關心像手上這杯熱豆漿一樣溫暖。

「真有點羨慕妳。」他皺皺高挺鼻梁，「我段考才考完，過兩個禮拜又有模擬考，沒個止境，高三生沒人權嗎？」他笑著嘆氣，垂下的肩卻彷彿壓著千斤重擔。

兩人動筷吃起早餐，照慣例，她默默吃，而健談的他邊吃邊分享本週生活、或最近親朋好友發生的事。

他是慢熱的她上高中後第一個真正的朋友。也許因為他是男生，跟她的女生好友孫羽翎給她的感覺不太一樣，但她還不是很清楚哪裡不同，依然將他定義為一起吃飯的朋友。

她只知道，她喜歡跟他吃飯、喜歡他的關心、喜歡聽他天南地北的分享他世界裡的一切。

從他分享的話題，她感受得到他是一個溫暖的人——他會以煩惱的語氣提起上次她見過的他的死黨同學最近家裡出狀況，不知能怎麼幫上忙、或是用沒轍的語氣談起不擅長數學的妹妹——對身邊親近的朋友與家人，他都有一份關心。

雖然，她不清楚同樣得到關心的她，在他心中如何被定義……是朋友，或是類似妹妹的存在？但既然她和他妹妹同年，他大概是把她當妹妹看吧？

其實她也不確定自己是怎麼定義他的。以模糊的「朋友」一詞概括，卻又覺得他和以往稱作朋友的人都不一樣——她喜歡待在他身邊、他話再多，她都有耐心聽完、即使他最近關於升學壓力的抱怨，漸漸多過其他話題，她也心甘情願靜靜傾聽……她沒有兄弟姊妹，不曉得有哥哥是什麼感覺，但一直是有些嚮往的，或許這些連自己都解釋不了的、超過會為朋友付出的程度、超越朋友之上的親近感，是將他當成了理想中的暖男哥哥？

她放任自己如此想，不去面對顯而易見的矛盾——如果對他只是妹妹對哥哥的情感，為什麼有了想獨占這份時光的心思，不和他聊孫羽翎的事，也難以對一向無話不談的孫羽翎啟齒學長的身分？

學期轉眼過了三分之二，外頭的氣溫越降越低，他那張笑起來很迷人的臉上，笑容也如降溫般逐漸褪去。

她這才明白，旁人眼中外表出色、頭腦聰明、性格開朗、擁有許多令人羨慕的特質的他，並沒有因此比同齡人少些迷惘。

她很想再看到他溫暖的笑容，卻不知道該怎麼做，只能一如往常傾聽，希望讓他好過些，但他還是像正經歷一場緩慢的日食，笑容中的光芒日漸黯淡。

她終於警覺事態嚴重，是直到他表情空白地說出這句話——

「學測只剩一個月了，可是我一點都不想念書。」

「那……你想做什麼？」她第一次主動出言關心。

他驚訝地停下筷子，雙眼定定盯著她。

幹麼這樣看她？她只是比較慢熱、比較口拙，不代表她不會關心人啊。

在她想到該怎麼打破這股奇妙的氣氛前，一個迷人的笑容弧度從他唇角擴散到眼梢。

他終於笑了。

釋然的同時，他眸中跳動的星芒，使她心中升起一股陌生的騷亂，她不明白那是什麼，撇開眼切斷那份奇異感受。

「我轉學到妳們學校，加入射箭隊還來得及嗎？」她聽到他聲音帶笑。「我很喜歡看妳射箭，整個人散發一種特別的光芒，看的人彷彿也得到力量，說不定我學了射箭也——」

他的話太異想天開，方才奇異的心情被想吐槽的衝動取代：「當運動員是我想做的事，又不是你的，你應該去做自己想做的事。」

「可是我不知道我想做的事是什麼……」他嘆氣。「念哪間大學、選什麼系、出國留學都是我爸想要我做的事，不是我的。」

他表情又暗下了，讓她不太好受，於是追問：「你真的沒有任何想做的事嗎？」

「嗯……真要說的話……」他眼中又浮現笑意。「我想跟妳一起吃更多好吃的東西。」

他在說什麼？幹麼又眼神發亮的看她？

她雙頰瞬間如火燎，無法承接更多他過分明亮的視線，狼狽地轉開眼。

「你再亂說話我要走了。」

她作勢起身，他當了真，情急拉住她手腕挽留，下一秒，兩人定格看著交握處，觸電似的同時縮手。

「對不起，」他尷尬地打破沉默，「我只是抱怨一下，妳不要生氣。」

「嗯。」她胡亂應了聲，覺得耳根好燙。

那天，自欺很久的她終於不得不承認，他對她而言，不是理想中的暖男哥哥、也不只是一起吃飯的朋友，而是……

喜歡的人。

沈心羿察覺了自己的心意，卻無意渲染這份悸動。

因為，雖然她念的高中已不禁止學生談戀愛，校隊隊風依然保守，有不成文的禁愛令，教練三令五中隊員不准談戀愛，若被發現，輕則禁賽數個月、重則被退隊。看重運動員身分的她，到高中畢業都不能、也不打算談戀愛。

而且，理智告訴她這份悸動終將消逝。她才高一，而他即將高中畢業，就算此刻他也有同樣心情，那是因為現在情境特殊——她是念男校的他少數有互動的異性。聽說上大學後的花花世界很精彩，這份心情終究會被新環境與新鮮的人事物沖淡，期待這份淡淡的情愫能維持到她兩年後升大學，太不切實際了。

她繼續安於單純的飯友關係，無視任何他有心或無意釋放的訊號。

這樣的日子卻在某天驟然畫上休止符。

學測放榜的那週末，他一進早餐店便反常地安靜，原本總是他負責說話的早餐時間，頓時氣氛凝重得讓沈心羿很懷念他的聒噪。

大概……是考得不理想吧？

升學考試對一路以體育升學的她是陌生的領域，她不知如何安慰他，便耐心等他開口。

「學妹，」喝完一整杯豆漿，他終於發言，嗓音比平時更低沉。「可以回答我一個問題嗎？」

一開口就是提問使沈心羿有些不安，但他好不容易才肯說話，她不想錯過這個機會：「嗯。」

他揚眸凝視她，神情認真：「妳喜歡跟我一起吃飯嗎？」

突兀的問題讓她一愣。

「我們一起吃了半年的早餐，我想知道妳是怎麼想的。」他幽深眸色中有她解讀不出的心思。

「問我的話，我很喜歡。妳呢？」

像告白卻又不是的曖昧發言使她頭腦頓時一片混亂：「那個，我……」

「妳不用這麼緊張，」她的無措逗笑了他，「我換個方式問：我畢業後，妳還想跟我當飯友嗎？」

「可是……你不會留在新竹念大學吧？」他說過他爸媽希望他念臺北那間全臺灣最好的大學，因此她一直認為他畢業後，兩人的飯友關係就會自動劃上句點。

「先不考慮那個，我想知道妳的答案，這對我很重要。」

為什麼這對他很重要？他考慮留在新竹念大學？或是週末回來找她？但教練很看重她，要她備戰年底的奧運培訓隊選拔賽，已為她排好從暑假開始的加強訓練計畫，到年底的選拔賽前她的時間都會被練習占滿。即使他有空回來找她，她恐怕也沒空赴約，更別說她若順利選上培訓隊，緊接著就要進駐國訓中心培訓一整年，甚至更久……

在她低頭沉思的片刻，腦中設想過許多可能，卻沒有一個感覺行得通。

她早知現實如此，才從未抱著能長久當飯友的期望，他卻開口問了……

「學妹？」

她抬頭，看見他眼中的期盼。

他只是想要一個希望，讓他撐過這段難熬的升學時光吧。

「可以的話……」她望進他的眼，含蓄道出只敢放在心底的奢想：「好飯友難找，能繼續當下去……當然好啊。」

沈心羿第一次知道自己的話語能對人施予魔法——他雙眼像被魔杖叮一聲點亮，眸中又有星辰閃爍，一個迷人的笑在他臉上泛開。

「好，我決定了。」

好久沒見他笑得這麼燦爛，她有些眩目，慢半拍才回應：「決定什麼？」

「想做的事，我決定到大學去找，現在開始我會先好好準備考試。」他神色認真地直視她，

「但妳可以答應我一件事嗎？」

「什麼事？」

「我需要一個念書的動力，所以……」他笑，「如果我順利考上T大，我們繼續當飯友好嗎？我知道妳訓練很忙，但妳有空時，一起吃飯吧。」

為了讓他有動力拼大考，她點了頭：「好。」

「好！」他振奮起來，「剩下要請妳的早餐讓我先欠著。考完試前，我暫時沒辦法來找妳吃飯，之後一定還妳。」

她沒問他若考試結果不如意怎麼辦。因為不論結果如何，他們能繼續當飯友的機率都很低，只是釋然他終於重振了精神。

兩人的飯友緣分比她預期的更早劃上句點，她心中略為惆悵。

暑假過半時，他大考放榜，一舉考上父親期望的T大電機系，她接到他的通知時非常替他高興，卻只有簡短回個訊息恭喜他——因為加強訓練的行程緊湊，別說放假，她連使用手機的時間都被教練嚴格控管，根本沒空檔與他約吃飯。

開學後，他曾趁週末回家約了她幾次，都被忙著訓練或出賽的她無奈回絕，漸漸他也就沒再嘗試約她，兩人因為各自生活的忙碌自然失聯。

如她所料，分屬不同世界的他們終究踏上不同的道路，就此錯開。

至於繼續當飯友的約定……

太難了，怎麼可能實現呢？

「我下班趕來時只有一個小飲料攤順路，喝這個行嗎？」吃完飯，她神遊的思緒，被手背暖暖的觸感拉回。

她接過他遞來的金桔檸檬，湧上一陣懷念。

時間也許改變了他不少，或許還拿走他的一些記憶，但他還是有不變之處。

「你以前也請我喝過這個。」於是在她心中，這個並不新潮、卻有著令人懷念的酸甜滋味的飲料從此有了特殊意義。

「真的？」她的主動告知使他泛出驚喜笑容，「我在什麼狀況下請妳喝的？」

她凝視他期盼的眼，決定將這段屬於他的回憶還給他。

「耿霽最近真的沒再找妳？我以為他會更積極的。」每年的第一場全國賽青年盃的賽場上，孫羽翎趁著開賽前找她閒聊。

「學姊，要我說幾次妳才肯信？我跟他去年底之後就沒聯絡了。」沈心羿翻開計分小冊的背面，在畫滿正字的紀錄上又添一筆，上頭累計的數字讓她忍不住嘆氣。

四十九。自從她與孫羽翎連袂選上奧運培訓隊，成了天天見面的隊友，好友已經連續七七四十九天問這個問題，活像個難纏怨靈，即使她每天耐心回應，也沒有成功超渡的跡象。

「他都為了妳去參加他們學校的射箭社了，我不覺得他會這麼輕易放棄妳。」孫羽翎曖昧地戳戳她，引得沈心羿白眼連連。

她沒有告訴孫羽翎飯友學長就是耿霽，但耿霽居然在升大學的暑假提早加入他們學校的射箭社團，還跟孫羽翎所屬的S大射箭隊在花蓮移地訓練時巧遇。共同訓練兩週，敏銳的孫羽翎從耿霽口中挖出許多重磅情報——包括他就是她的祕密飯友學長、兩人約定只要耿霽考上T大就要繼續飯友關係、耿霽還大方承認是因為她才對射箭產生興趣——從此在孫羽翎心中，隱瞞飯友學長身分的她、與宣稱為了她學射箭的耿霽便連上了一條剪不斷的紅線，沈心羿的否認自此都是無效抗辯。

沈心羿一方面覺得好友不計較她的善意隱瞞、也能將自己對耿霽的成見與她跟耿霽當飯友兩件事分開看很大度，另一方面又對好友從此殷勤關切她與耿霽的進展感到無奈。

「我跟他不是那種關係。就算他是因為我開始學射箭，我們生活圈差太遠，已經好幾個月沒聯絡，別說當飯友，連見面都難。」再度澄清完，她轉移話題：「要說不放棄，L高的周少倫對妳才是一心一意。他光是今天就已經偷看妳至少，我看看……二十次。」

她秀出手上本是用來計算練習箭數，今早被她拿來統計好友收到學弟愛慕眼神的手按計數器，惹得孫羽翎作勢要捶她。

她都擺好了防禦姿勢，孫羽翎卻突然收手，甜笑道：「我們來打個賭，我賭耿霽一定會再出現在妳面前。」

好友毫無根據的篤定激起了她的好勝心。「賭什麼？」

「如果他再出現，妳不准再給我做無聊的統計，而且妳手指甲要讓我做彩繪，沒滿一個月不准卸掉！」孫羽翎最近迷上美甲，休假時便在國訓中心四處尋找練習對象，但習慣十指素淨的她總在好友拿出工具時藉故逃跑。

「期限到？」賭注有點大，她先確認一下。

「這週日。」

今天是週三，賽事最後一天，她們完賽後立刻要回高雄的國訓中心繼續閉關集訓，雖然疑心好友的篤定，沈心羿覺得自己的贏面還是比較大，為了耳根清淨值得賭一把：「我贏的話，一個月別跟我提他的名字。」

接下來她們各有賽事，沈心羿將賭注拋諸腦後，心思放回比賽。

今天是高中、大專、與公開男女子共六個組別的個人對抗賽，賽事採交叉進行。沈心羿比完第一場比賽，覺得今天場地的風刮得她指尖發涼，得想辦法別讓身體冷下來，算算離下一場比賽還有約一小時，便決定去販賣機投罐熱飲暖手。

她人到體育場入口旁的販賣機時，見到一群大學生圍著一位稍早在公開組晉級的中年男選手聊天。

那位中年男選手她不熟，但聽他們聊天的內容，似乎是那群大學生的社團指導教練。

她心一跳，不自覺在那群人中尋找熟悉的面孔，也許是她的注視太明顯，引起其中幾人回頭注目。

但，那群大學生中並沒有她想的那個人。

她在傻什麼……有射箭社團的大學，全臺灣不只一間吧。

她壓下心中的失落，掏出硬幣準備投下——

「等等，學妹……」快一年沒親耳聽到的嗓音在背後響起，沈心羿的手僵在半空中。「不用買，有人要請妳喝飲料。」

她轉身，提著一袋飲料，因為一路跑來微微喘著，朝她綻放燦爛笑容的耿霽便在眼前。

才告訴自己他不可能出現，他就驚喜現身，沈心羿一時間好沒真實感，難以形容的騷動自胸口泛開——

原來，她這麼想念這個笑容。

還有……笑容的主人。

「你怎麼會在這裡？」她將說不出口的想念與激動，藏進一句平凡的問候。

「跟社團的人來看我們教練比賽啊。」他往中年男選手一比，「剛剛也有看到妳的比賽喔。我跟大家打賭我認識妳，都沒人相信我。」

他從袋中拿出兩杯飲料，朝那群頻頻投來好奇眼神的大學生笑道：「我贏了，說好這兩杯你們請。」

直到暖暖的飲料握在手中，與他到體育場空曠的看臺區坐定，沈心羿才有了他就在自己身邊的真實感。

「雖然只是喝杯飲料，不過……」他笑著將手上的飲料杯與她的相碰，「我們總算又當飯友了。」

她啜了一口金桔檸檬，酸酸甜甜的滋味在舌面漾開時，她泛出一個淺笑。

即使之後又要錯開，今天能與成了大學生的他象徵性地履行飯友之約，她還是很開心，感覺完成了未竟的心願。

她放下飲料，發現他盯著她看。「幹麼？」

「妳是不是在想，這樣就算完成了我們的飯友約定？」

他怎麼知道？

「妳雖然總是把話藏在心底，卻是個想法都寫在臉上的老實人。」他好氣又好笑地看她一眼，「當初我說要繼續當飯友，妳一臉覺得我在癡人說夢。」

呃，這麼明顯？

「對。」他沒好氣地伸手輕敲她額頭一下，「所以我決定證明給妳看，只要我說出口的事，不管多難我都會讓它成真。我在此宣布，下次我們不會只是喝飲料。」

他哪來的自信覺得還有下次？她揉著額頭，有點感動又有點不服氣——她今年除了出外比賽，都要在高雄培訓，這次是剛好比賽辦在北部，不可能她去哪裡比賽，他就去哪找她；更別說之後培訓隊的行程越來越緊湊，得密集出國參賽。

她還是不看好兩人的飯友前景，但他都努力出現在她面前，便沒開口潑冷水。

他似乎看穿她的悲觀，本想說些什麼，最後卻只是轉移話題地問道：「對了，國訓中心餐廳的飯好吃嗎？」

她不爭氣地被他逗笑，「還行。不過中心外左營大路上的美食更多。」她壞心地跟他提了她休假外出常光顧的幾家人氣小吃，看他越聽越餓的表情便有種惡作劇成功的得意。

他也主動交代了近況——他過著以社團為重心的繽紛大一生活，除了射箭社，還同時參加了幾個不同性質的社團，四處探索自己的興趣。

聽他敘述充實精彩的大學生活時，沈心羿忍不住想起自己非典型的學生生活：她加入培訓隊後，上課改到了國訓中心，每天作息圍繞著訓練安排，一般的學生活動，比如社團或校慶，一概與她無緣。

這是她選的路，她不會抱怨，只是……

只是，即使他努力地創造出一次交集，他們在彼此的世界依舊沒有立足之處，連繼續當飯友都難如登天。

所以她覺得孫羽翎設想的粉紅泡泡不可能成真，即使她不受禁愛令束縛，一北一南的他們也沒機會發展。

「啊！」想起好友，她才發現自己忘了一件事。

「怎麼了？」

她氣得瞪他一眼。「你害我輸掉一個月的身心靈自由了。」學姊一定早就看到他了，可惡！

回到國訓中心，她不甘願地被畫上粉嫩嫩的彩繪美甲，再加上孫羽翎用耿霽的名字繼續在她耳邊念咒，她還不能以周少倫的名字還擊，過了憋屈的一個月；後來她們開始忙著出國參加大小賽事，耿霽沒機會再出現在她面前，她耳根才又清淨下來。

「之後呢？我們下次當飯友是在哪裡？妳在南部、我在北部，聽起來真的很不可能啊！」他捧著飲料，像個聽床邊故事的孩子催促後續。

「上課時間要到了，下次再說。」但她今晚只打算說到這裡。

因為，接下來的回憶，她沒把握能將它述說好，而不流露她當時的心意。

如果他忘了追問，那段過往就永遠由她私藏吧。

沈心羿在隨後的暑假與孫羽翎等奧運培訓隊的隊友出國參加世錦賽，順利完成教練團設定的打進團體八強、拿到奧運滿額參賽權的目標回國後，九月，她成為高三生。

到了高中生活的最後一年，她自然開始思考未來該選哪間大學就讀。

一般生升學有明星志願，體育生當然也有——論訓練的環境與資源，體大是首選；未來若打算走教職，師大跟教大最老牌；除非有其他考量，如S大附中畢業的孫羽翎想續留S大接受同一位教練的指導、或某些選手想培養第二專長，才會將第一志願放在其他學校。

她的技術與經驗在培訓過程中穩定成長、競賽表現越來越出色，是備受期待的潛力新星，大學也打算繼續走競技的方向，高中母隊教練與培訓隊的教練一致推薦她選體大，依她的競賽成績，錄取也是十拿九穩，她卻對這個理所當然的選擇感到遲疑。

因為她成績不錯，就應該選擇所謂的的明星志願嗎？

她忽然理解了耿霽高三時迷茫的心情。

「心羿，妳可以來S大啊，這樣我們不管在國訓還是回學校都可以見面了。」孫羽翎聽了她的煩惱，熱情邀她來當自己的學妹。

「學姊，不是每個人都像妳是學霸。」S大體育獨招的學科門檻是所有學校裡最高的，國、英、數都得過後標，單靠術科考不上。雖然她在國訓都有乖乖上課，課後也會和孫羽翎一起去中心的圖書館念書，但她重心還是放在選上奧運正選國手，實在沒把握自己能兼顧舉辦時間十分接近的學測與奧運代表隊選拔賽；因此雖曾聽孫羽翎提過S大的教練開明、隊風自由、全隊感情融洽，讓國、高中都過著高壓又封閉的校隊生活的她有些嚮往，卻不曾認真列入考慮。

也許是考慮升學問題時總不由自主想起耿霽，她鼓起勇氣丟了訊息給他，說有事想問他。

「學妹，這是妳第一次主動聯絡我。」他看到訊息後，立刻回電，聲音驚喜。「妳不知道我現在有多感動……」

等他表達完內心激動，沈心羿跟他解釋聯絡他的理由，希望他能看在她當年聽他傾訴升學壓力半年的份上，給她一點過來人的經驗分享，與非體育圈人的第三方意見。

他聽完，笑道：「問我，我當然希望妳選S大。」

「為什麼？」
「因為S大也在臺北，我們要繼續當飯友就容易多了。」
她認真問，他卻回這種不正經的？「當我沒問，再見。」
「等等——」他拼命阻止，她才沒掛了電話。「如果妳選擇的理由，是因為大家都說這樣選最好，而不是妳自己認為好，妳可能會像我一樣後悔……我不希望妳也後悔。」
他語氣誠懇，接著也認真提供意見：「我上網查了S大的簡章，學科門檻也不是真的那麼難。妳說妳國文跟英文還行，只有數學沒信心達標，請個數學家教不就行了？」
「我現在要去哪請數學家教？」他忘了她過的不是一般的高中生活嗎？她在國訓中心能接觸到的人，可沒有能將高中數學講得簡單易懂的人。
她聽到他輕笑出聲：「我高中畢業前不是欠了妳幾個月的早餐沒還嗎？我可以趁妳週末放假外出，去高雄教妳數學，如何？」
「你別開玩笑了。」她覺得他只是隨口說說，沒將這話放在心上。
但她低估了耿霽說到做到的性格。
培訓隊練六休一，週日休假一天。隔週日早上，她和孫羽翎照慣例外出逛街放風時，竟在國訓中心門口巧遇半年不見的耿霽。
他勾著剛選上第二階段奧運培訓隊，成為她們隊友的周少倫的肩，笑得燦爛。
「學妹，我答應每週日幫學弟補習學測，妳也一起來吧。」他朝她眨個眼。「上完課記得帶我去吃妳上次說的那間餛飩加蛋喔。」
「……」上次在全國賽碰面時她聽耿霽提過，他們T大射箭社寒暑假會去周少倫就讀的L高移地訓練，他與周少倫因此成為不錯的朋友；她也知道跟她同樣高三的周少倫打算考S大，晚上會勤跑國訓的圖書館念書……

但她沒想到耿霽居然將這些關係串起，真的出現在她面前。

「每週？交通費很貴吧……」她想確定他清楚自己承諾了什麼，每週從臺北跑來高雄太瘋狂了。

「別擔心，我努力考上T大，總算享受到這塊招牌的好處。」他笑著解釋：「我在這附近接了個週六晚上上課的高三學測衝刺家教，包來回車馬費和週六的食宿，週日來教你們是順便。」

於是，耿霽成了她與周少倫的學測數學家教；而知道她有禁愛令在身，擔心耿霽踰矩造成她麻煩的孫羽翎在一旁列席監督，也為兩位考生解答文科問題。

如耿霽半年前預言，他們又當起了飯友。正確地說，是連同孫羽翎與周少倫，四個人一起成了週日早上在麥當勞上家教課、中午一起去附近吃飯的飯友，除了培訓隊外出參賽，週週見面。

每當她覺得不可能，他總會以出乎意料的方式，讓她看見新的可能性。

她原本克制得很好的喜歡，也隨著每週的共處，逐漸失守。

「我知道我們後來怎麼又當上飯友了。」

耿霽公司的 Team Building 活動當天早上，他自告奮勇在活動開始一小時前先來幫忙場布。他抱著遊戲用的充氣掩護，追上搬著泡綿箭靶的沈心羿。

「你怎麼——」沈心羿問到一半，突然想起：「阿倫告訴你的？」

「嗯。阿倫人真的很好，我想我懂為什麼以前我會願意免費當他的家教。」

她忘了家教這事有人證……那時他確實也幫了學科成績欠佳的阿倫大忙。

耿霽出現後，從孫羽翎的緊張反應，周少倫才得知耿霽與她交往過，而自己無心向耿霽透露的訊息造成了她困擾。周少倫在孫羽翎的陪同下來向她道歉，並保證以後不會再對耿霽多談過去。

但沈心羿想兩個男生曾是不錯的朋友，若一點過去都不能提，未免太不近人情，而且那些是屬於他們的共同回憶，他們當然有權利重溫。就跟周少倫說，關於她的事，若耿霽想知道，請他直接來問她，其他往事則不用顧忌。

「阿倫都說了，我就不用覆述了吧？」她試圖含糊帶過。「總之我們四個人當了一學期的飯友，之後我考上S大，我跟你就繼續當飯友。」

「阿倫交代得很清楚，但他的版本缺了些我想知道的部分。」他將手上抱著的東西往旁邊一放。「阿倫是為了孫羽翎想考S大，那妳呢？可以輕鬆上體大的妳，為什麼會想花時間念書考S大？阿倫說他不能代妳回答，要我直接問妳。」

「我——」可惡，她搬石頭砸自己的腳了嗎？

「這題心羿不必回答，」隨後抱著安全弓箭的孫羽翎適時出現。「你有權知道屬於你的回憶，但無權過問別人的動機吧？那並不屬於你。」

「噢，」耿霽被點醒似地笑了，「有道理。抱歉，當我沒問。」

驚險度過這關的沈心羿，接下來都在忙著支援活動——布置遊戲場地、跟他公司的同事們講解遊戲規則、示範如何使用安全弓箭、遊戲開始後擔任裁判等等，沒再有機會與耿霽獨處。

這個由國外引進的射箭生存遊戲，規則與躲避球相似——由兩隊分據場地兩邊對戰，目標是將對手全部打下場——只是攻擊武器由球換成了安全弓箭，場中多了可當作掩護的充氣掩體，以及射中對方場中的泡綿箭靶一次，可以復活一名隊友。

玩過幾場後，參與者都已上手，因為遊戲奪冠的隊伍可以得到公司頒發的團隊精神獎金，遊戲氣氛變得相當較真，箭雨齊飛的場內殺氣騰騰。

運動神經優異、本來就會射箭的耿霽自然是場上最活躍的人。參賽者一一被射中下場，只有他從未出局，他的隊伍不出意料一路殺進冠軍戰，誓言將獎金拿到手。

「Jim 提議 Team Building 改玩射箭遊戲的時候，我還覺得會不會很危險或很無聊，沒想到挺有趣的，而且看他射箭真是賞心悅目。」

沈心羿聽到在場邊休息的女同事們聊起他，耳朵不自覺尖起來。

「欸，妳們 team leader 到底有沒有女朋友？」有人以八卦語氣探問與他同部門的女同事。

「我哪知道？」女同事抱怨跟耿霽同隊一直贏不能休息很累，被眾女催促才續道：「他不太聊這方面的事……但有也不意外吧？」

「希望他不要有女友，但有男友我可以！」

女同事們開始歪樓討論他是攻還是受、如果在ＡＢＯ世界中應該是個 Alpha 吧，或是以陽光人設隱藏 Omega 的身分呢……

看著在場上活躍的他，沈心羿有種微妙的心情。

那個曾對未來迷茫的男孩，現在如此耀眼——有份人人稱羨的工作、工作之餘也有健康的運動興趣、還有對他投以欣賞目光的異性——各種主流價值定義的成功，如今他都已擁有。

她衷心為他高興，但也同時……對一事無成的自己感到自卑。

或許當年她是那個耀眼的體壇新星，而他是隨波逐流、沒有人生目標的高材生，但那是學生時期的事了。出了社會，處處都提醒她，夢想填不飽肚子，像他這樣，老實走上符合社會期待的路，才能擁有相對輕鬆自在的人生。

擁有一切的他，為什麼要回來尋找與她的回憶？找回又如何？她不再是當年那個她了……

沈心羿突然覺得胸口有些悶，連忙深呼吸調整。

「裁判，我要復活一名女隊員。」場上的耿霽朝她舉手，比向被他射中的對方箭靶。她轉身叫人，與他同隊的女同事卻搖頭連連說跑不動了，再上場只會拖累隊友，想將機會讓給被打下場的同隊男同事。

「可是對方陣中還有一名女生，依規則必須復活女隊員才公平。」沈心羿第一次當這個遊戲的裁判，一時不知如何處理例外狀況。

「怎麼了？」耿霽走近關心，釐清現況後，笑道：「不然，妳來當我隊友？」

「我？不行，我是裁判，也不公平——」

為了獎金殺紅眼的兩隊只想趕快讓冠軍戰繼續進行，同意耿霽的提議，讓與獎金分配無關的她，以不拿弓箭的方式加入湊足人數，裁判由在一旁拍照紀錄的孫羽翎代替。

遊戲重新開始時，耿霽朝她安撫一笑：「放心，我會保護妳。」

「……謝謝你喔。」沒有弓箭自保的她不跟著他必死無疑，突然成為弱女子讓她好不習慣。

耿霽被她的大白眼逗笑，往右一指：「我們往那邊跑，我會發射掩護火力，妳只要跟緊我就行，好嗎？」

在他的指示下，他們一起在箭雨中換了幾次掩護位置，終於來到交火最激烈的區域。

她雖然必須靠他保護，卻也替他撿起不少對方射偏落在場中的箭，讓他當作回擊火力。

戰況激烈的遊戲中，也許是專注著跟他一起在箭雨中求生，她漸漸忘卻方才的低落情緒。

「下場動一動，心情好點了嗎？」他接過她撿來的箭，趁著再度踏出掩體攻擊前與她閒聊。

「妳剛剛在場邊的樣子讓我有點擔心，現在表情好多了。」

他怎麼看得出來？

「有人告訴過妳，妳是個會把很多事寫在臉上的老實人嗎？」他笑著解答完，轉身攻擊。

有……當年的你。

過了多年，她依舊沒長進地好讀懂；他卻多了份社會人的成熟圓融，令她更難探清底細。

他一箭射完躲回掩體，又來找她閒聊：「對了，妳知道我聽說我曾經跑去高雄當你們的家教，第一個想法是什麼嗎？」

他忽然提起先前的話題，她不想回應，將身體探出掩體撿一支落得離他們較遠的箭，對手發現可趁之機，兩隻箭瞄準她射了過來——

「小心！」他立刻伸手將她拉回掩體，下一秒，她被他有力的雙臂緊緊圈進懷中護著。

正當她不確定這個幾乎算是擁抱的動作是他怕遊戲輸掉一時情急，或是有意為之，就發現他突然全身僵硬，呼吸變得急促。

「你還好嗎？」他異常的反應讓她顧不得還在他懷中，抬頭詢問。

「抱歉。」他回過神，立刻紳士地鬆開懷抱。「我只是突然想起一件事……去高雄當家教的時候，我是不是像剛剛那樣抱過妳？」

他突如其來的回憶湧現讓她措手不及。

「好像是在人很多、很吵的地方……」他瞇起眼，似乎想在悠邈的記憶中搜尋更多線索，但很快便搖頭表示放棄，求證似地望向她：「有這件事嗎？」

「那不算擁抱……只是跟剛剛類似的意外狀況。」她希望他別再追問。

「原來如此。」他接受了她的說法，泛出一個笑：「妳知道嗎？昨天聽說家教的事，我就想，就算我跟阿倫交情再好，也不可能為他專程南下當家教，我猜……」

他想說什麼？她思緒因為他重提這個話題又亂起來。

「我猜我是為了妳去的。」他眼中多了份柔軟，「我想那時候，我一定喜歡妳。」

他說什麼？

也許是才剛被他擁抱，這早過了有效期限的告白，卻在她心上泛出漣漪。

他說完，撿起落在腳邊的箭，轉身攻擊。將對方攻擊火力最強的射手射下場，對方場上只剩一人，場邊他的隊友頓時歡聲雷動。

他又退回掩體。「對了，當時我有跟妳告白嗎？」

她傻住，沒料到他會突然問出這個問題。

「如果我有，那算是屬於我的回憶，我可以問吧？」他順手撿起對方射偏落到兩人腳邊的箭，準備做下一次攻擊。「遊戲結束後，可以告訴我嗎？」

沈心羿看著他探身出去攻擊的背影，當時的回憶無法克制地湧現。

「你覺得今天買到酥餅的機率高嗎？」沈心羿望著攤前排隊的人龍。

週日早上的家教時間結束後，他們四人通常會到麥當勞對面、聚集在地美食的公有市場吃午餐。今天數學家教進度順利，提早結束，因為周少倫有英文問題想請教孫羽翎，耿霽便說他想先去排平常一出爐就迅速完售的酥餅攤，等周少倫問完問題四人再一起去吃飯。沈心羿不想留在因為家教距離大幅拉近的周少倫與孫羽翎旁邊當電燈泡，也在意能否買到老是向隅的人氣小點，便跑來跟耿霽一起排隊。

「嗯……」他算算前面排隊的人數。「這要設定每個人購買行為的機率模型，沒辦法用高中數學算出來。」

「誰在問你數學？」才剛被數學折磨完的她忍不住翻白眼。

「排隊也挺無聊，不如我們來算一題數學吧。」他卻魔鬼家教魂上身，看著她燦笑：「這裡有十個人排隊，假設我跟妳不認識，剛好排在一起的機率是多少？」

「排個隊你也不放過我……」她嘆氣，還是認命地在腦中回想他今早教過的相同排列組合題型的算法，將思路說給他聽，一步步推演算式。

她是不是很M？

但他都不辭辛苦每週跑來教她跟周少倫，這使她也想勇敢面對因為長年重心放在訓練，程度落後到她曾覺得無力追上，視如畏途的數學大魔王。

這段家教時光中，除了她對數學的態度變了，她發現，自己的想法也有些變了。

第一個變化是，她開始不滿足於期間限定的飯友關係，想與他當更長久的飯友——S大是綜合型大學，也與T大同在臺北，若考上，便能體會和他一樣的普通大學生活，兩人也有更多機會見面。

因為他努力理解並接近她的運動員世界，使她也變得想理解並接近他的一般生世界。

「答案是……」快排到他們時，她終於解出答案：「五分之一，百分之二十？」

「不錯嘛。」他的笑容在南臺灣的燦陽下，分外溫暖耀眼。「這就叫名師出高徒？」

他凝視她的燦亮眼神，得意又帶著兩人這段家教時光中新培養出的一份親暱，雖然只是被看著，她卻覺得那視線如一條柔韌的線，將她溫柔牽繫，卻又帶著某種渴望將她拉近的力道，禁愛令在身的她，只能故作鎮定地瞥開眼：「『名師』，要買幾個甜、幾個鹹？」

雖然她將話題平淡帶過，老實說真的是他教得好。同樣的內容老師上課講解時她完全聽不懂，他卻不斷變換方式，找到她能懂的方式解釋，現在她可以解出基本的題型，考過S大的學測門檻不再是遙不可及的目標。

也因此，她心中產生了另一個變化，有份小小的想望萌芽——

原本被她歸類在「不可能」的他與他的世界，如果她也努力……

是否會變成「有可能」？

最後他們買了兩甜兩鹹的酥餅打算四人分食，她拿出錢包，想將他先代墊的錢還他，拉開零錢夾拉鍊時，沒控制好力道，失手將所有零錢灑在市場的溼黏地面上，立刻慌忙蹲下撿拾。

「妳總共掉了幾個硬幣？」他替她張望四周，告訴她哪裡有零錢的蹤跡。

「我不確定……」她在行人熙來攘往的腳步間撿著硬幣，只想趕快結束這苦差事。

「等等，先別撿。」

「為什麼？」她手沒停，「你不是要趁機出硬幣正反面的機率題考我吧——」

她忙著回話，沒注意到朝他們高速靠近的引擎聲。

他突然伸手拉起她，她還沒搞清楚狀況，就被他緊緊抱住，下一秒，從市場人潮中鑽出的機車從她背後呼嘯而過。

一時間，兩人都定了格，喧囂的市場彷彿突然安靜，全副感官只感受得到對方的溫度、氣息、與分不清究竟是誰的，激動得像洩漏了祕密的心跳節拍。

他們從來沒有這麼靠近過……

她的零錢又灑了一地，但她無心在意零錢，腦中的思緒跟心跳一樣亂。

「妳……」他語氣輕鬆地開口，擁著她的手卻微微發抖。「真的差點嚇死我。」

她衝動追問：「為什麼？」

因為她是運動員，不能受傷？還是……

他低頭看她，緊鎖著她的認真眼神，讓她後悔自己的一時嘴快。

她幹麼追問？即使他現在告白，禁愛令在身的她也無法回應，而且萬一她根本會錯意……

「有些話現在說了會造成妳的困擾，」他放開她，以一種認為她應該知道答案的語氣說道：「等妳考上S大，只要妳想知道，我隨時可以告訴妳。」

她不確定自己到時是否有勇氣聽到答案，但她承認，他這句話，成了她努力考到S大入學的學測級分門檻的動力。

即使她在與學測時間相近的奧運代表隊複選賽以些微之差落選，她也不後悔將訓練之餘的時間全花在念書上，覺得自己兩方面都盡了力，雖有遺憾，仍坦然接受落選的事實。

現在想來，那段時光她所有的行動，如此明白地揭露了她的心意。

Chapter 4

曖昧，咖啡香氣

「妳成為大學生的第一餐，不請妳吃好一點實在說不過去，是吧？」

S大的新生訓練結束那晚，耿霽帶沈心羿到臺北知名的江浙餐廳，點了一桌的美食慶祝。

沈心羿看著桌上色香味俱全的小籠包、排骨炒飯、紅油抄手、酸辣湯等店家招牌菜色，開玩笑道：「你不是之後找我吃飯都要吃這種等級的吧？我會破產。」

「每天吃我也會破產，」他拍了整桌菜的紀念照後，夾了一筷辣味黃瓜到她面前的小碟，「但有值得慶祝的事的時候，偶爾奢侈一次不過分。妳吃吃看這個，超好吃！」

她夾起一塊送入口，醃漬得鹹香入味又帶著恰到好處麻辣感的小黃瓜令她不自覺瞇起眼，揚起滿足微笑。

她也不曉得是食物真的很可口，還是想到兩人都付出了努力，此刻才能一起吃這頓飯，因而格外美味。

她睜眼，見他撐頰笑看她，眼波溫柔。

她耳朵熱了起來，怕再下去會洩漏自己的無措，硬是打斷美好氣氛：「……幹麼？」

「心羿，」他第一次直呼她名字，「妳想聽我之前沒辦法跟妳說的話嗎？」

他突然丟直球，毫無心理準備的她嚇壞了。「你在說什麼……而且幹麼忽然叫我名字？」

他似乎立刻明白她還沒做好準備，沒繼續進逼，笑道：「我們都認識三年了，繼續叫『學長』、『學妹』也太生疏了吧？以後我們直接叫對方的名字就好。」

她雖然逃過了可能使兩人關係改變的曖昧話題，卻逃不過他想為兩人的關係立下某種里程碑的決心，此後他真的再也不叫她學妹。

一開始她不太習慣，總覺得他喚她的語氣中多了絲親暱；在他的要求下，她也不准再叫他學長，想找他吃飯，就必須直呼他的名字。

在他的堅持下，她屈服了。

從此，他們比以前更殷勤地當起了飯友——不管誰提出邀約，只要邀約成立，他便二話不說騎機車出現在她學校門口，載她滿臺北地吃美食。脫離規矩嚴明的高中校隊和與外界隔絕的培訓生活的她，第一次過上自由繽紛的學生生活。

此外，大三接下T大射箭社社長的耿霽，趁著暑假在花蓮移地訓練再次巧遇S大射箭隊的機會，大膽向S大的任霆總教練請求，讓校內只有與其他運動社團共用的克難練習場地的T大射箭社員，這學期開始，每週日早上可以來借用S大射箭場練習。

雖然兩人已成功繼續當飯友，他沒有停止理解和參與她的世界，反倒更加積極。

老實說，她很感動。

雖然兩人目前仍只是時常一起吃飯、週日在同一個場地練習的好朋友，但隨著他越來越理所當然地出現在她日常生活中，她漸漸覺得，兩人之間的差異與阻礙，只要有心，或許都能找到方法克服。

不過，打破她好不容易培養出的樂觀的消息，很快便出現了。

「我聽我媽說，耿霽他爸最近催他開始準備留學考試，他有跟妳提這件事嗎？」

期中考過後某天，沈心羿從孫羽翎口中聽到這個消息。

她想起耿霽高三那年提過他父親對他的未來規劃，確實有出國留學這一項。

「沒有。」但自從兩人又在同一個城市求學，耿霽只是一天到晚約她吃美食、週日來S大一起練習，從未提起出國的話題。

「妳不問他嗎？雖然他才大三，不是馬上就要出去，但先有共識比較好吧？」

「我又不是他的誰……」她上大學這一個半月來，兩人雖然頻繁見面、開始直呼對方名字，但他似乎察覺到慢熱的她仍需要時間適應這些變化，沒再提起任何曖昧的話題。

「妳一個禮拜跟他吃飯的次數，快比跟我吃還多，妳說妳不是他的誰？」旁觀者清的孫羽翎才不相信，「現在妳沒有禁愛令了，既然你們互相喜歡，為什麼不更進一步？」

因為……她其實很享受此刻的關係，不願操之過急破壞美好現狀。

但孫羽翎的話提醒了她，即使現狀美好到近乎理想，他們終究要面對一直都存在的問題——有太多因素能使兩人再度分離。

她只是以為，未來必定會再次進國訓中心培訓的她，才會是那個造成分離的人。

她只是以為，臺灣這麼小，高雄他都當自家後院說去就去了，或許分離也沒那麼可怕。

但如果兩人根本不在同一塊土地、同一個時區……她不知道那會變得怎樣。

一度對兩人的未來燃起些微信心的她，被突來的冷酷現實打醒。

「怎麼了？還是比較喜歡我們高中旁邊那家早餐店嗎？」

那週日早上，耿霽在去S大練習前，先帶她去臺北知名的中式早餐店用餐。

她搖頭，拿起店家招牌的厚燒餅夾油條大口咬下，讓口腔被溢著芝麻與蔥花香的燒餅、與外酥內嫩的油條占滿，便不必回答他太過敏銳的提問。

「妳在煩惱寒假世大運選拔的事嗎？還是下學期的亞運培訓隊選拔？」他卻堅持探究，她只能胡亂點頭蒙混過去。

……你想出國嗎？

……你會出國嗎？

「以妳的實力，我有信心妳會選上，上次奧運選拔的遺憾不會重演的。」

聽著他會錯意地替她打氣，好幾次問題到了嘴邊，她仍問不出口。

他們，或許還是保持飯友關係就好。能像現在這樣一起到處吃美食，已經是她高中時不敢奢望的奇蹟了。

若再進一步，將對方擺到更重要的位置，她害怕那些橫亙在他們之間的現實，會毀了這份好不容易擁有的小小幸福。

吃完早餐，他大眼懇求地望向她：「陪我去外帶咖啡好不好？咖啡社的學長推薦我一家等等去S大會順路經過的店，說他們的SOE拿鐵超棒，我想跟妳一起喝喝看。」

她看著他談到美食就放光的雙眼，忍不住微笑：「好。」

如果他們終究會分別，她決定這麼做——把握此刻，與這個總如陽光為她的生命帶來明亮與溫暖的男孩，創造能留在彼此心中一輩子的，美味又美好的回憶。

她不需要與他更進一步。

她的喜歡，他也不需要知道。

當時，她認為這就是最佳解。

「早安，要來杯咖啡嗎？」

週六帶完耿霽公司的活動，週日沈心羿排的是朝九晚六的早班，而且今天輪到她負責提早半小時來開館。八點四十五，沈心羿完成包含餵飽門市的店貓歐歐在內開館前的所有步驟，去茶水區倒水時，見到耿霽笑瞇瞇地提個紙袋推門而入。

「……我不記得我有跟你約喝咖啡。」她指尖不安地探進長褲口袋，握緊其中的小物。

昨天耿霽那隊在他輕鬆殲滅對方最後一名隊員後奪冠，拿到獎金的隊員們晚上去吃了熱炒慶功，參與冠軍戰的她也受邀，但她怕耿霽會找機會要她回答最後那個告白問題，便以今天早上要提早來開館為由婉拒；而耿霽被隊員們催著推薦店家，沒空追問，她便幸運地逃過一劫。

「我們是沒約。」他笑著將紙袋放上茶几。「但我等等跟阿倫有約，特地早起了，想起今天是妳來開館，想說先來找妳喝杯咖啡。」

他從袋中取出的，卻不是咖啡，而是琳瑯滿目的手沖咖啡用具——手搖磨豆機、濾杯、濾紙、手沖壺、咖啡壺、溫度計、電子秤與一包咖啡豆。

她怔怔看著桌上的咖啡器材。

「別擔心，喝過我的手沖咖啡的人都說很好喝喔。」

她知道……

那些人裡面，曾經也有她。

他拿了茶水區的電熱水壺燒水，趁燒水時熟練地做起其他準備——將濾紙折好放進濾杯、量好豆子、開始磨豆。

「這是我最近很喜歡的，衣索比亞耶加雪菲產區的七四一一〇品種日晒豆，」他一邊磨豆子一邊和她介紹，「聞起來有股茉莉花的香氣，喝起來帶著莓果跟桃子味，像水果茶一樣酸甜爽口，我想妳應該也會喜歡。」

豆子磨到一半時，水燒好了，他請她幫忙接手磨，他則將熱水裝進看來光澤如新的不鏽鋼手沖壺，以熱水溫好濾杯與濾紙後，將磨好的咖啡粉倒入濾杯，將濾杯與咖啡壺放上電子秤，按下秤上的計時鍵，開始專心沖咖啡。

熱水接觸到咖啡粉，馥郁的咖啡香氣立刻瀰漫在辦公室中。看著他專注地一邊觀察咖啡粉的膨脹度與香氣變化、一邊分次沖下熱水，沈心羿有種回到大學時代的錯覺。

精確地說，是回到她大一，週日早上，只有他跟她的S大射箭隊隊辦內——

❦

「這給你。」她將一個紙袋遞給他。

「這麼好？是什麼？」他接過，瞥到袋內紙盒上印的商品名便笑彎眼。「妳怎麼知道我想要這隻Takahiro的作弊壺很久了？」

「『這隻壺乍看沒什麼特別，可是水流的操控性絕佳，手感好到被說是新手也能輕鬆沖出好咖啡的「作弊壺」，很多日本的咖啡師都大推這隻。』」她學著他平常說話的語氣。「我聽到耳朵都快長繭了，就當作是你平常沖咖啡給我喝的回禮吧。」

「謝謝，我會把它當成傳家之寶用一輩子的！」

他像拿到心愛玩具的小男孩，拿出外型質樸的細嘴不鏽鋼壺，鑑賞藝術品似地從各種角度欣賞，又用手機拍照留念。

見他開心，她脣角也不自覺勾起，心情跟著飛揚。

因為高中過著嚴格的校隊與培訓生活，不常外食，沈心羿原本很少喝咖啡。上了大學，耿霽三不五時帶她去喝好咖啡，後來甚至直接帶器材來隊辦沖給她喝，沒過多久，味覺敏銳的她便和他一樣愛上了這種滋味深邃豐富的琥珀色飲料。

因為他從不跟她收咖啡的錢，平常載她到處吃飯的油錢他也不讓她分擔，她想來想去，決定用存下的比賽獎金買他惦記了很久的高級手沖壺當回禮。

「耿小胖學長，不要再幫它拍照了。快九點了，再不趕快沖，等一下你又會變成沖咖啡的志工。」她替他到茶水區煮熱水，催他去磨豆子。

週日S大校隊不用練習，最近會來自主加練的隊員，只有為了世大運選拔加緊練習的她、周少倫、還有大四的小右學長。周少倫跟小右學長通常下午才會出現，反而是來借場地練習的T大社員們因為珍惜一週只有一次的正規場地練習，除了大考週，都會準時九點到場；而社員們上次撞見耿霽在隊辦沖咖啡給她喝，立刻變成人人都要來一杯咖啡的熱鬧場面。

耿霽磨好豆子，接過她燒好的熱水倒進新的手沖壺，設置好手沖器具便開始沖煮。

沈心羿非常喜歡看他沖咖啡的樣子。在那短短的兩、三分鐘內，她總在氤氳的咖啡香氣中見證平時像個大男孩的他搖身一變，成為她見過最帥、最有魅力的咖啡師——神情自信專注，手法從容優雅，唇畔揚起迷人淡笑，整個人彷彿蘊藏著光。

雖然他說他只是因為大一時被學長騙著團購了全套器材才開始自己手沖咖啡，但她看得出來，他沖煮咖啡時散發出的光芒，是高三的他、甚至如今大學生的他沒有的光芒。

他總說她射箭時有種光芒，她想，沖咖啡時的他也散發出了那種光芒。

耀眼得令她無法移開視線，只想一直看著這樣的他。

「喝喝看我用妳送的手沖壺第一次沖出來的咖啡。」他將萃取完成的咖啡分裝到杯中，遞給她一杯。

她深深嗅聞咖啡的迷人香氣，然後輕啜一口——

「怎麼樣？」他像看著咖啡沖煮大賽的評審似地看著她。

「香氣很足，喝起來順口又有層次，很好喝。」她回報完，迫不及待再喝一口。

她的肯定讓他笑彎了眼，也拿起自己那杯喝了一口，與她相視而笑。

「我說不定是個被電機系耽誤的咖啡天才，乾脆休學去開咖啡店好了。」

沈心羿不知道他這番玩笑話有幾分認真，低頭喝咖啡，不吐槽也不附和。

上學期轉眼要結束了，他還是沒跟她提他父親希望他出國的事。

但從他最近常常開這種休學的玩笑，她想他一定是煩惱著的。

即使他順利考上人人稱羨的第一志願，對未來的掙扎與迷惘，卻沒有到此為止——雖然他已經非常優秀，來到更菁英匯聚的地方，就更明白人外有人。他說系上的同學分三類：一是資質逆天，凡人看不到車尾燈的天才同學；二是資質中上，只要投入精力就能收穫成果的秀才派；三是放棄競爭、另尋出路的外逃派。而他，隨著當時心情在後兩者間徘徊掙扎，若繼續待在這個領域，感覺已看見未來數十年的人生樣貌，而他對那樣的人生毫無憧憬，令他不禁懷疑接受師長建議拼命考上這裡的意義。

對未來陷入更深的迷惘的他，投注大把心力在社團活動，同時跑了好幾個社團，將大學生活過得多采多姿，卻避談未來。

看出他在逃避，卻也沒有什麼好建議的她，只能像高中時那樣，陪他吃吃喝喝，傾聽他願意說的，但不主動提起關於未來的話題。

她不是不在意、不想問，但兩人能相處的時光有限而珍貴，她不願當那個破壞美好氣氛的人。

而且，已決定只當飯友的她，有權利問他關於未來的問題嗎？

「心羿，我有個問題想問妳。」

她抬頭，見他仍是掛著笑容，眼中卻多了抹認真。

「什麼問題？」她隱約覺得這個對話模式有些熟悉，屏息等著他的下一句話。

「如果我說，」他停頓一下，難得流露緊張，「我想一直跟妳當飯友，妳願意嗎？」

「一直」的意思是……？

乍聽普通的問題，卻使用暗示未來的曖昧用詞，她不知所措地拿起早已喝盡的咖啡杯，假裝啜飲逃避他專注的視線。

他上次丟直球嚇到了她，這次改丟變化球嗎？但她還是沒準備好接球啊……

見她逃避，他伸手拿開阻礙視線的杯子，讓她必須與他目光交會。

他的眼中，閃爍著再無掩飾的赤裸情意，與袒露真心伴隨的一絲脆弱。

「聽我說，我的意思是——」

她卻害怕他的解釋會改變兩人美好的現狀，出口打斷：「你在說什麼？我們現在不就是這樣嗎？」

這句話出口的瞬間，她似乎見到他眼中光芒被澆熄，換上若無其事的笑臉：「也對，這還需要問？」

明明該為了結束危險的話題鬆口氣，沈心羿卻為自己似乎傷害了他不太好受。

他剛剛的態度很真誠，一定是鼓起勇氣才能向她開口，她卻用逃避的態度回應……

隊辦牆上的時鐘此時打起整點報時。

「吼，阿霽社長，你又獨厚飯友學妹了，這樣對嗎？我們也要喝咖啡。」T大射箭社員們準時現身，一群人立刻圍住他討咖啡喝。

沈心羿成為大學生的第一個學期，他們曾兩度差一步就要開誠布公，卻都因為她的退縮繼續維持現狀。

那天之後，他還是殷勤跟她當著飯友、沖咖啡給她喝，卻像怕再嚇著她，沒再提起一句關於未來的話題。

「喏，喝喝看。」她出神之際，他已完成沖煮，將冒著熱氣的咖啡放到她面前。

如果當年她別那麼膽小，讓他說完那句話，事情會有所不同嗎？

她捧起咖啡杯，輕啜一口多年後他用同一隻手沖壺為她沖的咖啡。

大概不會。

當年她對兩人的未來悲觀，如果他直接告白，她一定會尷尬得不知如何面對他，或許連飯友都無法當下去……他是看穿她的遲疑，才迂迴試探吧。

「還喜歡嗎？」

她抬眼看如今也是她飯友的他，突然想：現在的他，是否也在透過與她相處的機會試探她？

因為，至今仍無法排除他偽裝失憶的可能——他記得什麼、忘了什麼，都由本人說了算，旁人無從查證。

雖然若真是如此，她不明白他的目的為何。

她看著手中的咖啡，決定小小試探他一下：「你為什麼覺得我也會喜歡這種豆子？」

她主動提問令他愣了一下，笑道：「猜的。因為我發現我們對食物的喜好很相近，我有猜對嗎？」

他這麼說也很難質疑……是她問題問得不好。她放棄這次試探：「嗯。」

「太好了。」他笑，「咖啡味道還可以嗎？」

「很好喝，不輸給外面賣的。」她大方稱讚，他開心得笑彎了眼。

第一次試探沒成功，她再接再厲：「你自己沖咖啡多久了？」

「我大學時也參加了咖啡社，應該是從那時開始的。」

既然他說記得咖啡社的事……她拿起茶几上的不鏽鋼手沖壺。「這個手沖壺也是你大學時買的嗎？」

「這隻壺是我還在美國的時候，有次整理家裡發現的……」他摸摸鼻梁，「我想它應該是我從臺灣帶去的，但是什麼時候、在哪裡買的我想不起來了。」

他完美避開了陷阱題——但這也不能證明什麼，也許他真的忘了是她送的。

她伸手輕觸雖有年歲仍反射清澈銀光的不鏽鋼壺，主人對它的珍惜透過指尖傳來，提問的語氣不禁有些軟化：「那你還記得你第一次用它沖咖啡是……什麼時候嗎？」

她本來想問「是沖給誰喝」，但察覺這暗示太明顯，最後一刻改了口。

「嗯……」他又摸摸鼻梁，陷入沉思。「抱歉，我真的想不起來，但我可以查查看。」

出乎她意料，他大方點開他手機上的雲端相簿ＡＰＰ，輸入關鍵字「coffee pot」後說：「我失憶之後，為了幫助自己恢復記憶，就把手邊能蒐集到的照片依年分整理好備份到這裡。雖然因為我手機丟了，很多照片救不回來，幸好還是在雲端找回一些，它們幫助我想起不少往事。」

他解釋完，ＡＰＰ已找出所有有咖啡壺在其中的照片。他點開時間紀錄最早的一張。

「最早的照片是我大三的時候，」看到照片的GPS定位，他若有所思地望向她。「地點是在S大……那年妳大一吧？妳當時也在場，才會這麼問嗎？」

沒料到會被思路敏捷的他反問，她只能點點頭。

「所以那是我第一次用這隻壺沖咖啡？第一次就是沖給妳喝？」

他太精明了……再這樣下去，她怕他又要導出「那時我一定喜歡妳」的結論，辯駁道：「不是只有我，你也沖給你們射箭社那天來練習的所有社員喝。」這麼說不算說謊吧。

「噢，」他揚了揚眉。「這樣啊。」

他又低頭滑起那些年的照片，裡面照片不多，都是食物跟咖啡照。「說到這，那我也想問妳：這些東西，我有多少是跟妳一起吃的？」

她視線掃過那些照片：「應該……有一半吧。」或許不止，很多食物他們好像都有一起去吃過，但她的記憶也不精確了。

「真的？」她含混的回答卻使他笑逐顏開。「從照片判斷不出來，謝謝妳告訴我當時我不是個孤獨的美食家。」

他打從心底流露喜悅的神情，令她心口突然微微酸澀。

失去本該擁有的記憶，只能由蛛絲馬跡推測過去自己經歷了什麼，應該是件很寂寞的事吧。

察覺她的低落，他擺出戲謔笑臉：「等等。如果我有這麼多東西都是跟妳一起吃的，我卻只有食物而沒有妳的照片，該不會表示……妳不喜歡拍照？」

「……對。」至少上天待他不薄。他也許失憶，但聰明如昔，到她幾乎難以招架的程度。

在鏡頭前總有些不自在的她，從不自拍，手機裡一張自己的照片也沒有，全是她拍周邊人事物的照片；若發現別人想拍她，她能閃就閃，因此她幾乎沒有生活照，有的都是證件照、團體照、比賽照之類不得不或無意間留下的紀錄。

當年他也尊重她的怪僻，因此相識多年的兩人，連張合照都沒有。

如果他是真的失憶，也難怪他沒有早點想起她。她個性低調，不更新社群、不愛拍照，實在沒留下太多紀錄。

他繼續瀏覽著那些年的食物照，開始問她哪些是他們一起去吃的，她照著記憶所及的印象回覆。記憶真是很奧妙的一件事。即使她未曾失憶，那些陳年的記憶，某些還鮮明如昨，一看照片就能想起當時的細節；某些則飄渺得像場夢，即使有照片為證，也印象薄弱。

「這個時候，妳在嗎？」

他滑到一張當年他在社團博覽會擺攤時專注沖咖啡的照片。

「嗯。」這張照片，屬於鮮明如昨日的那類。

「妳怎麼這麼篤定？」他訝然。

「……這張照片是我拍的。」

「真的？」他又露出希望她說故事的表情。「妳怎麼會來？」

唉，她輸了。

本想透過手沖壺的話題測試他是否露出破綻，沒發現證據就罷了，還被他反客為主，最後居然又變成她要講故事了。

「你邀我去的。」她在心中嘆氣。反正開館前半小時通常不會有客人上門，其他早班員工也要再過一、二十分鐘才會陸續出現，她就當打發時間，說故事給他聽吧。

她說點無傷大雅的往事，總比讓他追問上次的告白問題安全多了，是吧？

她看著那張捕捉到他沖咖啡時迷人身影的照片，心思飄回那個春光爛漫的三月。

「你確定這裡會有一生至少要品嚐一次的東西？」

大一的沈心羿沒想到自己居然會出現在這裡——全臺最高學府T大，每年春天面向有志報考的高中生舉辦的學系暨社團招生博覽會。

她坐在耿霽的腳踏車後座，穿梭在來參觀的高中生之中，強烈地覺得自己跑錯地方。

靈巧地在人潮中騎車繞行的耿霽，回頭給她一個胸有成竹的笑：「相信我好嗎？像我上次相信妳說妳們校慶擺攤的馬卡龍很好吃一樣？」

上學期S大的校慶園遊會，射箭校隊射箭體驗攤位的獎品之一是擅長烘焙的助教親手烤的美味馬卡龍，她秉持著飯友要好康逗相報的精神通知耿霽，他也真的大老遠跑來光顧。

「……好好好。」但她也當了半年多大學生，對於大學生在沒有專業人士指導下能弄出來的食物等級實在缺乏信心。

看在他特地帶她來了，她不再質疑。

平常都是耿霽去S大找她，這是她第一次來T大，倒也覺得新鮮，便四處張望，欣賞這座孕育他的學府風光——

早春三月，校內的杜鵑花開得正好，奼紫嫣紅很是繽紛，落花被人拿到空地上排成字樣，有宣傳學系或社團的、有告白的，空氣中滿溢青春浪漫的氣息。

與他同行在春光爛漫的校園內，她不禁想像起他的校園生活。

耿霽發現她在張望，貼心地替她介紹：他平常就像現在這樣，以腳踏車悠遊偌大校園、校內餐聽差強人意，但附近的大學商圈有些不錯的飲食老店，待會可以一起去吃等等。

她隨口應著，然後聽到他問：「等等去吃飯時，要找我妹跟我死黨一起來嗎？妳可以幫我鑑定一下他們到底有沒有戲。」

「啊？」

她知道他妹妹考上T大外文系，也知道他死黨就是高中時她在早餐店見過的那位同學，後來與他同樣考上T大電機；死黨當年經他介紹，成了妹妹的高中數學家教，兩人漸漸發展出若有似無的曖昧，但與他們一樣，直到妹妹上了大學，關係也沒有更進一步。

他以前和她提妹妹與死黨的事，她總當八卦聽，此刻他突然邀約，她才意識到他們兩對男女關係上的相似性。

「太突然了吧……」她直覺想迴避這如同雙重約會的曖昧場合，「而且我不認識他們……」即使他不是有心暗示，她也沒有心理準備見與他如此親近的家人與好友——因為，他們清一色是最高學府的高材生，讓考過S大學測門檻就得拼盡全力的她有些自卑，怕與他們沒話題、怕他們會覺得……她與優秀的他不相配。

「好啦，不勉強妳。」見她為難，他也就不再問，帶她在路口左拐，由球場、操場與體育館組成的運動區域在路的兩旁展開，各社團的攤位由路頭夾道排到路尾，宣傳的喊聲此起彼落。「那我帶妳逛逛？」

「嗯。」沒特別要見誰的話，她就自在多了。

他似是想跟她介紹他投入最多精力的社團生活，先繞去體育館，帶她看看他們射箭社與其他運動性社團輪流使用的克難練習場地，再去射箭社的攤位跟她也認得的輪值顧攤的學弟妹閒聊兩句、路過他偶爾會去插花的桌遊社打聲招呼，最後終於來到今日真正的目的地——位於攤位盡頭的咖啡社。

「學長，什麼風把你吹來了！」顧攤的學妹看到他，眼神瞬間綻出驚喜光彩。

「翡翠莊園藝伎還有嗎？我想沖一杯給我朋友喝。」

「你朋友？」學妹這才看見耿霽的腳踏車後座坐了她。

耿霽為她們介紹：「心羿，這是咖啡社社長徐愛琍，大家都叫她 Ashley。Ashley，這是我的飯友，沈心羿。」

「飯友？好特別的關係呢。」及肩長髮、五官亮麗、周身散發出帶點侵略性的自信氣場的 Ashley 向她禮貌點頭。「妳好。」

「妳好。」同性的直覺，沈心羿立刻察覺 Ashley 眼神中對她的打量與競爭意識，不禁愕然。

Ashley 不再搭理她，丟給耿霽一件咖啡圍裙：「學長幫我顧一下好嗎？我叫跟我一起排班的 Ethan 去買點吃的，他不知道買到哪去了，害我一直沒法去洗手間。」

耿霽爽快答應，Ashley 離開攤位，而沈心羿腦中依然盤旋著剛剛 Ashley 態度像朋友，視線卻直繞著耿霽轉的樣子。

「發什麼呆？今天要沖給妳喝的，可是號稱一生至少要喝一次、精品咖啡最經典的豆子呢。」耿霽將手機塞給她，「機會難得，幫我拍張照留念吧。」

沈心羿甩開方才 Ashley 的言行使她心中升起的疙瘩，打開手機鏡頭，準備捕捉他沖咖啡時迷人的身影。

也許是穿上了專業的咖啡圍裙，又或許是今天沖煮的是特別珍貴的豆子，明明是看慣的他手沖咖啡的身影，沈心羿卻覺得此刻專注為她沖咖啡的他特別帥氣、特別溫柔、特別……

令她感到自己這輩子大概不會再這麼喜歡一個人。

她按下拍照鍵，將這道令她心動的身影永遠留下。

「喝喝看。」他將香氣四溢的咖啡放到她面前。

她一拿起紙杯，梔子花的香氣便撲鼻而來，啜飲一口，佛手柑的酸甜立刻瀰漫口腔，接著舌面浮起蜜糖似的甜感尾韻，高雅細緻又餘韻綿長的滋味，使她不自覺泛出微笑，知道自己會永遠記住這一刻——

她喜歡的男孩，用心為她沖了一杯咖啡，令她覺得自己是全世界最幸福的女孩的這一刻。

「好喝吧？」見她微笑，他也笑了。「是不是一生至少要品嚐一次的味道？」

她點頭，想再喝一口時，Ashley 的聲音傳來：「學長，我好久沒喝到你沖的咖啡了，也幫我沖一杯吧？」

「妳跟 Ethan 今天都沖幾杯了，還需要我代勞？」耿霽哭笑不得。

「那不一樣啊，社上手沖技術最好的還是學長，有機會觀摩，怎麼能放過？」

Ashley 一直央求耿霽示範，為了感謝她出借攤位讓他沖咖啡，耿霽最後還是應要求沖了一杯。

「這杯咖啡的香氣表現很好，酸值明亮，尾韻的甜感也很討喜。我來測一下這杯咖啡的TDS跟萃取率……」

聽著 Ashley 以她不懂的咖啡術語與耿霽討論手上的咖啡，看著美麗又自信的她以同性都不會錯認的傾慕眼神凝視耿霽，沈心羿突然又有了剛踏進T大時，那種強烈的不屬於這裡的感覺。

不同的是，剛剛她只覺得自己像跑錯地方，有點好笑；但現在她一點也不覺得好笑，只想離開現場，才能不去面對湧上心頭的複雜情緒——

羨慕、嫉妒、與隱隱刺痛的酸楚。

她羨慕有女孩能與他念同一所學校、參加同一個社團；她嫉妒有女孩擁有她沒有的、與他更匹配的聰明與美貌；她不由自主地討厭起……

離他的世界如此遙遠的自己。

上大學後，她也在訓練之餘努力體會一般大學生的生活，以為這樣就能更理解與接近他的世界，但今天來到這裡，她強烈感受到一個事實——無論再怎麼努力，都不會改變他們之間如不同物種的巨大差異——他生來屬於天鵝那一群，身邊的親朋好友也都是天鵝；而她是烏鴉，繼續成長也不會變成天鵝，即使互相欣賞，習性與棲地天差地遠，想長久相伴，必定困難重重。

雖然不想承認，面前的美麗女孩，無論教育背景、天賦、興趣，都是與他更有共通點、更相配的，與他一樣的天鵝。

雖然她也有屬於自己的天賦，她越努力發展這份天賦，卻必定為他們帶來更多分離……但其他方面都很平凡的她，是靠著這份運動天賦才找到自己的價值，不可能為了愛情，放棄成為更好的自己的可能。

所以，她不敢承認她的喜歡。

她以為自己早就清楚兩人的不同，但活生生的對比出現，才明白這有多令她難受。

雖然想悄悄離開，但耿霽在應付著 Ashley 由咖啡延伸到學業的問題之際，也一直在分神留意她，她若跑了，他一定會追來問怎麼了。她不想跟他解釋這些醜陋心思，便不動聲色繼續喝著咖啡，卻再也喝不出第一口時幸福溫暖的滋味。

「學長，所以你到底要不要出國？社上在揪GRE衝刺班團報，跟大家一起先把考試準備起來怎麼樣？」

Ashley 這句話使沈心羿停下了啜飲咖啡的動作。

耿霽慌亂地瞥了她一眼，想說些什麼時，一個戴眼鏡的斯文男孩在攤位前停下腳踏車：「久等了，小木屋鬆餅今天超多人排隊……阿霽學長？」

「嗨，Ethan。」耿霽朝沈心羿使個眼色，「我要帶朋友去吃飯，下次再聊。」

她接收到訊號，坐上他腳踏車，迅速離開現場。

校園跟來時一樣熱鬧歡騰，兩人卻一路尷尬無言，這是沈心羿印象中耿霽第一次沒有以他的口才解救尷尬氣氛。

總是熱情與她分享生活的他，卻一直沒向她提出國的事。

連他社團的學妹都知道了……為什麼卻不對她說？

是因為，這不是屬於她世界的事，說了她也不懂嗎？

但他高中時什麼都跟她說的……

她心緒混亂地被他載出側門，穿越馬路，到了學校對面的港式燒臘老店。

非正餐時段，店內生意依然不錯，已沒有適合少人數的小方桌座位，兩人便在空著的大圓桌入座。他問要讓他推薦菜色嗎，她點頭，他便向店員點了餐。

等上菜的空檔，他為兩人拿了餐具，倒好熱茶，喝下一口，才像終於做好心理準備似地開口：「出國的事……抱歉讓妳在這種狀況下知道，我還沒做任何決定。」

「幹麼道歉？」她也啜口茶，裝作毫不介意，「你又沒有跟我交代的義務。」

「沈心羿，妳聽好，」他不管此時有新來的客人要併桌，略為提高音量。「妳是我唯一想好好交代這件事的人。」

「……」她並不傻，與他認識了這麼久，已明白他待她是特別的，也暗自為了這份特別欣喜；但其他人都比她先得知出國的事，已令她心情複雜，Ashley 的出現，更喚醒她深埋心底的自卑，使她剛剛明明想故作淡然，急於回應的態度卻暴露了她的介意。

喜歡這種感情，為什麼如此矛盾？明明決定只當朋友，卻還是控制不住地計較起自己在他心中的分量，為了他的一言一行，心中擅自掀起風浪，連裝出不在意的樣子都難如登天。

「我本來想等我想清楚再跟妳提這件事，既然妳知道了，我想問妳……」他略微停頓後，慎重道：「妳希望我留下來嗎？」

「為什麼你要問我……」這麼難的問題？

「因為妳的答案對我很重要。」

這是他第二次這麼說。

第一次，是高中時，他問上大學能不能繼續當飯友。

當時她雖然不抱希望，還是在他的鼓勵下說出真心話。

但這次不一樣啊。

這是會影響他一生的回答，真心希望他擁有美好未來的她，無法任性給出只考慮自己的自私答案。

在人聲鼎沸、食物香氣四溢的燒臘店中，她看著他無比認真的眼神，不知如何回答這個關乎他人生重大抉擇的問題。

「我那時沖了藝伎給妳喝啊。」耿霽喝下一口咖啡。「看我在照片裡這麼開心的樣子，對我而言一定是個美好的回憶，希望對妳也是。」

「當然，那天的咖啡很好喝。」沈心羿滿意自己復述出的版本——簡單敘述了那天的過程，略去她當時酸甜苦辣的心情起伏，還有最後他問她希不希望他留下的部分。

若他想拾回過去，她會將快樂的部分還給他，至於苦澀的部分，既然都已事過境遷，不必多一個人難過。

「有機會我再沖給妳喝。」他笑，「當年是學生，喝杯入門等級的藝伎就很奢侈，現在要品嚐頂級的藝伎也是做得到的。」

她看著面前的他，慶幸自己當年沒有衝動回答那個問題。

雖然那之後他們又經歷了一些事，他才下定決心出國，但做了這個選擇的他，現在有份好工作、好生活，過得很好。

只要他現在過得好，那些過去的掙扎與苦澀，就都不算什麼。

「好啊，有機會的話。」即使這大概只是他的客套之詞，多年後還能喝到他為她沖的咖啡，她已很滿足。

沈心羿小口品嚐著，咖啡依舊美味，雖然與他分手後就好久沒喝了，但她很享受此刻兩人輕鬆又親近的氣氛。

她突然發現，他們現在的關係令她很滿意——即使她試圖刺探，他依然對過去表現出一片白紙的態度，可以單純與他當個飯友、依自己心意解釋過去，只留下那些美好的部分，簡直不能更理想。

理想到，希望他永遠維持這樣的狀態——只知曉兩人美好的回憶。

這樣想的她，是否很自私？

「對了，」他閒聊似地開口，「昨天問妳的問題，我後來忘了跟妳討答案呢。」

就在她完全放鬆警戒的時候，他突然又提起她難以招架的問題。

「什麼問題？」她彆腳地裝傻，「昨天最後場邊的加油聲太大聲，我沒聽到你問什麼。」

「妳沒聽到？」他覺得她的反應很有趣似地笑了，「那我再問一次？」

不要，她不想回答……

雖然這麼想卻不能說出口，沈心羿感覺自己像隻小鼠，被狡猾如貓的他逼到牆角，無路可逃。

將她的沉默當成同意，他丟出問題：「我想知道，我有沒有跟妳告白過？」

沈心羿覺得大勢已去時，他吐出更驚人的話——

「但在剛剛妳告訴我的往事裡，我想我聽到答案了。」

他在說什麼？她只說那天他沖了咖啡給她喝啊。

她驚訝的表情讓他笑意更深：「從男生的角度來看，如果我大老遠帶妳去我的學校，只為了沖一杯好咖啡給妳喝，我大費周章地做這件事，一定有跟妳表白的意思在。」

多年後他突然將話挑明，她不知如何反應：「當時我完全沒覺得你有告白的意思……」

「不怪妳，當年的我大概是個笨蛋，居然以為那樣女生就會懂了。」他倒是落落大方，像在笑談他人事。「不然就是……我在過程中察覺了什麼可能失敗的徵兆，結果沒勇氣說出口。」

聽他分析過去的自己，她才明白，當年他或許和她一樣——深深喜歡對方，卻又害怕破壞現有的關係，於是小心翼翼、迂迴試探……

等等，話題為什麼跑來這了？他突然跑來沖咖啡給她喝又是為什麼？

才剛平息的對他並未失憶的懷疑，再次浮現。

「歐歐，怎麼辦？我以前好像是個笨蛋。」他一把抱起在沙發上打盹的店貓歐歐，將額頭靠上黑貓額間狀似懺悔，歐歐不領情地撇開頭。

「耿先生，你現在也沒聰明到哪裡去。」辦公室的門被打開，孫羽翎與周少倫走入。「你確定週末不在家休息，要來射箭場擺咖啡攤位？我先說，如果咖啡的味道過不了我這關，就算你要自費擺攤也恕難同意。」

沈心羿驚訝地看向耿霽。「因為這樣你才帶了手沖咖啡的器材來？」

也對，怎麼可能只為了她帶那一堆器材來？她暗笑方才自作多情的想法。

他笑著點頭。「剛剛跟妳看照片看得太開心，忘了跟妳提。我以後想自己開家咖啡店，但現在還有正職，想先從擺攤開始練習大量出杯。剛好最近阿倫跟我聊到想辦活動促進週末來館的人氣，也想改善二樓用餐區利用率太低的現況，我就毛遂自薦來沖咖啡給客人喝囉。」

意思是，他要當射箭場週末的免費咖啡師，沖咖啡給客人喝練經驗值？

週末是射箭場最忙的時候，這不是輕鬆的差事，又沒有收入，他是認真的嗎？

他說以後想開咖啡店？他不是工程師做得好好的嗎？

沈心羿看著他替孫羽翎和周少倫準備起手沖咖啡，好多問題想問又問不出口。

她一直以為他現在過著理想的生活。

她不知道他心中仍有開咖啡店的夢想。

直到此刻她才發現，這些年，她也許太一廂情願。

而且，對於現在的他，她了解得太少。

孫羽翎與周少倫兩人驚豔於咖啡的美味，開始討論起讓耿霽在二樓擺攤的細節時，沈心羿突然察覺，自從與他重逢，他們從教練與學員、再成為飯友、又一起參與遊戲、一起喝咖啡，之後他甚至週末也會出現……一切都往超乎她想像的方向發展。

接下來的他們，會變成怎樣？

Chapter 5

倚近，祕密表白

兩週後，「射手之翼」的二樓擺起了簡易咖啡吧。客人只要在場館一樓的打卡牆拍照上傳社群並打卡標註「射手之翼」，就能免費換一杯咖啡。

開張第一天，大概是週六來客最多，換咖啡的門檻也不高，來領咖啡的人比預期多，耿霽一個人很快就忙不過來，這天沒有抽不開身的工作、又是員工中對沖煮咖啡較有概念的沈心羿便下場當他的小幫手。

由三張摺疊式長桌設置成「ㄩ」字型的簡易吧檯，仿照當年咖啡社擺攤的設置——左方桌子擺義式機、右方桌子擺磨豆機、電熱水壺、紙杯等器材與耗材，面對客人的那張桌子一半是擺著Menu的點單區、另一半則是具展演價值的手沖站，讓客人等咖啡出杯時不僅能享受咖啡香氣，還能欣賞沖煮過程。

出攤第一天，菜單如下：以濃縮咖啡為基底的美式、拿鐵，兩款風味一清爽、一醇厚的單品手沖咖啡，以及數量限定的本週特調西西里咖啡。

「西西里一杯。」沈心羿將客人點的品項記在紙條上，將紙條排到義式機旁的桌面。

沖煮咖啡由耿霽負責，沈心羿除了負責點單、也趁空檔幫忙磨豆子、燒熱水、清洗器材、準備手沖站等。

「照相打卡送咖啡！歡迎大家在一樓照相打卡完，上二樓喝咖啡！」

沈心羿跑回一樓儲藏室拿即將用罄的紙杯時，聽到孫羽翎在室內射箭場拿著大聲公宣傳。

「學姊，妳真是做老闆娘的料。」她停步表達崇拜。

雖然孫羽翎之前為了替她把關曾刁難耿霽，決定擺咖啡攤後倒是全力支援。拍板定案要擺攤到今天不過兩個禮拜，便擬定活動企劃、抓好預算上限、完成簡易咖啡吧的布置，一刻也不浪費地迅速開張，行動力驚人。

「妳的耿學長都願意免費提供沖咖啡的服務了，我身為老闆娘當然也要做好我該做的工作。」孫羽翎朝她眨眨美眸。

「他不是我的。」她糾正。

「少來。剛剛是誰看他忙不過來，主動請纓要下場幫忙的？」

「支援活動也是我的工作職責……」她弱弱地辯駁，難以坦率承認開始有了想更了解面前的他的念頭，才自願幫忙。

孫羽翎看穿她的彆扭，好心地沒再虧她，只是伸手捏捏她臉頰，「我一開始是很擔心，但這一個半月看你們處得不錯，而且自從他來了，妳總算不像之前不自覺就繃緊一張臉，表情變柔和很多，笑容也多了，再加上他的咖啡真的不難喝，我才會點頭辦活動的。」

沈心羿拿著紙杯跑回二樓，繼續與他一起忙得團團轉，孫羽翎這番話卻一直在她腦中環繞。

她最近笑容有變多嗎？

與他重逢後的她，變開心了嗎？

那場失敗的奧運賽事後，她覺得自己從未掙脫低潮，卡在某處，日復一日過著生存以上、生活以下的人生。

與其說她變得開朗了，不如說……

她回到了往日的正常狀態。

有他在她生命中的那段往日。

「心羿，幫我準備兩個耶加雪菲的手沖站好嗎？」耿霽的聲音傳來。

她拋開雜念，迅速設置好手沖站。「豆子用完了，這是最後兩杯。」

「辛苦了，妳先去休息吧。」他笑著摸摸她的頭，轉身拿起手沖壺沖煮。

他不經意的親暱動作使她怔忡片刻，但很快便被他沖咖啡時特別迷人的身影奪去注意力。眼中映著他耀眼的身影時，她不禁想：

人的本質似乎是不會變的。

即使分離六年、遺失部分記憶，他仍然是那個聰明風趣、熱愛美食、談起咖啡時眼睛會發光的男孩。

而她，也依舊是內斂慢熱、與同樣熱愛美食的他在一起時，卻特別自在愉快的女孩。

為什麼以前她總悲觀地覺得他們無法長久呢？

有他相伴的時光，沈心羿回想起來，是至今的人生中最絢爛多彩的日子……

她卻直到失去他才明白這件事。

然而，她明白自己分手時說的那些他妨礙她追夢的話，一定重傷了一直最支持她的他，無顏回頭求他原諒，也覺得優秀的他早晚會遇到更好的對象，不抱希望一個人過了這些年。

他奇蹟似地歸來，是上天給她的第二次機會嗎？

但跟當年相比，回歸平淡的她沒有任何亮眼之處了，而且……

「妳怎麼還在？」耿霽出完最後兩杯咖啡，回頭看著她失笑。「妳去休息，我來收拾就好。」

「我沒有很累，一起收比較快。」她開始收拾桌上的手沖器材。

「妳真是模範員工，如果我是老闆一定幫妳加薪。」他笑，加入收拾。

「你可以再說大聲點，老闆跟老闆娘在樓下才聽得到。」也許是一起擺了整天攤，有種革命情感在兩人間滋生，她竟有了回應他玩笑的心情。

「妳是想害我吧？敢惹你們老闆娘，她會把我驅逐出境。」他自然地接過話，生動的語氣跟比喻讓她忍不住笑意。

耿霽看著她的笑顏，唇角被感染似地揚起好看弧度：「今天謝謝，我說真的。」

「嗯。」她低頭清洗器材，唇邊的笑一直沒散。

她不知道兩人的和諧關係會持續多久——是到他突然恢復記憶、或到他揭穿偽裝——所以她決定，好好把握此刻如萃取了咖啡豆迷人的酸甜芬芳、尚未過度萃取滲入苦澀滋味的，這段如一杯風味清澈明亮的好咖啡的珍貴時光。

兩人重逢一個半月後，沈心羿終於願意對自己承認——她的心中，始終住著他。

週末限定的咖啡吧企劃，也許因為第一週的咖啡驚豔眾人，迴響超越預期——儘管打卡領咖啡的優惠一個社群帳號只能使用一次，之後需要當天的消費收據才能換咖啡，進入第三週，人氣卻依舊不墜。不少前兩週打過卡的客人開始帶著館內的消費收據來換咖啡；社群打卡的效力也開始顯現，帶動了看到消息專程來領咖啡的新客人順道去體驗館內課程。週末的「射手之翼」二樓由原本小貓兩三隻的用餐區，搖身一變成為近似於人氣咖啡店的人潮聚集點。

出完所有咖啡，完成基本收拾，將辦公室借來的延長線、電熱水壺等器材拿回一樓歸位的沈心羿，一上二樓就看到耿霽被幾個每週都來領咖啡的射箭場常客圍著聊天。

「你第一週的西西里咖啡、上禮拜的百香果特調、還有這禮拜的奶油冰滴都太讚了，要我花錢買都願意！有考慮開店嗎？」常客一號，高高瘦瘦的三十多歲園區工程師阿翔道。

「開店是我的夢想，但現在市場競爭很激烈，還要花點時間學習跟籌備。」他笑著回應。

「我想推坑實驗室學弟妹一起來運動，想拿你的咖啡當誘因，可以上傳你沖咖啡的影片到社群標註你嗎？」戴副眼鏡、體格不錯的常客二號，附近國立大學的資工所博士生小呂拿出手機。

「沒問題，但我不太更新喔。」他笑著點開手機的社群APP，大方公開帳號。

「你的單品手沖推翻了我對黑咖啡又酸又苦的刻板印象，在家也能沖出這麼好喝的味道嗎？能不能傳授幾招？」髮線有些後退、但看得出有健身習慣的四十多歲常客三號Leo哥，眼中滿是求知慾。

「可以啊。首先要用品質好的咖啡豆，建議選有標註產區、烘焙時間在一個月內的豆子；另外因為咖啡香氣散得快，咖啡最好現磨；至於濾杯跟沖煮……」

他們圍著唯一剩下要收拾的長桌聊得熱絡，沈心羿不想打斷，找張椅子坐下等待對話結束。

他一直很擅長與人相處。據他說，現在的工作也是以支援買了他們公司晶片的系統廠客戶為主，但跟談論工作時嘆氣連連的樣子完全不同，現在的他看起來開心多了。

可是，興趣當成工作，不表示能延續這份開心啊。

「沒想到我們的咖啡師集客力這麼強，之後把二樓租給他開店好了？」聽到二樓聊天聲好奇拉著周少倫上樓查看的孫羽翎，到她身邊開玩笑道。

沈心羿聽完，脫口而出：「擺攤是一回事，開店又是另一回事……目前的人氣主要因為這是免費活動啊。」

「妳還是那麼實際呢。」孫羽翎不介意她的直言，「也許妳說得沒錯，但我還是覺得我們想提升人氣、他想為開店的夢想累積經驗值，對我們雙方都值得一試。」

「別誤會，我覺得活動很有趣，也真的帶動了人氣。」察覺不小心說出悲觀的內心話，她連忙澄清：「我只是想……再試一陣子，發現夢想養不活自己，他也許會打消開店的念頭。」

沈心羿眼神投向結束和客人的閒聊，正和周少倫一起將折疊長桌搬到角落收納的耿霽，即使站了整天吧檯，眼中仍閃爍著奕奕光彩，十分耀眼。

她也曾是追逐夢想的人，明白那種喜悅。

但她也明白，這份喜悅是雙面刃。曾帶給你極大喜悅的事物，當事與願違，對你的殺傷力也最強大——她曾經稱為夢想的事，後來卻帶給她許多痛苦，漸漸感受不到曾有的喜悅後，她甚至不明白為何曾將之稱為夢想。

她現在認為，只要有份安穩工作，能養活自己就好。她不明白已經做到這點的他，為什麼要反過來追求可能失敗、使他受傷的夢想？

「妳擔心他吃苦？」孫羽翎恍然大悟地笑了，「沒點傻勁確實不適合自己創業，但，心羿，世界上還是有人甘心當傻子的。」

「妳們在聊什麼？誰是傻子？」完成收拾的耿霽跑過來湊熱鬧。「晚餐時間快到了，要一起出去吃嗎？」

「學長，我們要回羽翎家陪她爸媽吃飯，該走了。」周少倫歉然一笑，牽起女友離去。

兩人目送周少倫跟孫羽翎離開，耿霽接著將視線轉到她身上。

「一起去吃飯？」他的眼神像極了對主人有所請求的大狗，無辜得令人不忍拒絕。

但她只能抱歉地搖頭：「今天輪到我值晚班跟閉館。」

「……」他一瞬間似乎超級失落，但立刻重振精神：「那一起叫外送？我不想一個人吃晚餐，陪我好嗎？」

他沖了整天咖啡，結束後若孤單吃飯是怪可憐的，而且她晚餐也打算叫外送，沈心羿想了想便答應他。

耿霽提議吃市內知名的牛肉麵老店，收到外送在辦公室享用時，沈心羿突然憶起大一下春假回鄉時，她曾陪他去吃過這家店。

當時的他，情緒與現在完全相反。

「你還好嗎……？」

空氣中飄著淡淡花椒與八角香氣的牛肉麵館內，沈心羿看著耿霽以陰沉表情大啖加了大辣的牛肉麵。

「抱歉，臨時約妳，害妳不能在家享受妳奶奶的好手藝。」他低頭吃麵，難得沉默。

「沒關係，我等等就要先回學校了。」她咋舌地看他大口喝下浮著一層厚厚紅油的麵湯。

他平常口味沒這麼重的……是在氣她很久沒找他吃飯，還是有煩心事？

自從他上次問她出國的問題，她怕他追問，沒再找他吃飯；而他似乎也想給她時間回應，暫時沒約她，算算兩人快一個月沒一起吃飯。

正當她想著她暑假就要進駐國訓中心，兩人同在臺北的時間所剩無幾，僵持下去不是辦法時，便接到同樣放春假回鄉的他問能否陪他吃頓飯的訊息。

想念與不捨的心情超越了之前的尷尬，她二話不說地出現在他指定的牛肉麵館。一見面，便發現他整個人像被烏雲籠罩，沒了平日的陽光開朗。

將整碗麻辣夠勁的辣味紅燒牛肉麵吃到碗底朝天，他死鎖的眉頭才終於舒展。

「嚇到妳了吧？」他勾起一個自嘲的笑。「我只是第一次跟我爸鬧得不愉快，心情有點糟，就很想見見妳。」

跟父親鬧得不愉快……因為出國的事嗎？

「我鼓起勇氣跟他說，其實我對當工程師沒什麼憧憬，對當咖啡師比較有興趣。」他第一次明確說出自己想做的事，令她印象深刻。「他就生氣罵我『書都念這麼多了還不會想。』」

「你想當咖啡師？」她忍不住追問。

「嗯。我發現我對如何寫出更好的程式沒什麼熱情，卻很喜歡不斷實驗、優化沖煮咖啡的參數，沖出一杯好咖啡給我的成就感更高；跟看到程式能跑比起來，也更喜歡看別人喝我沖的咖啡，露出幸福表情的樣子。」

此時他眼神中流露的光彩，跟他沖咖啡時一樣迷人。

「但我爸說喜歡的事當興趣就好，想靠興趣為生太不切實際，失敗案例他見過太多。要我就算不出國，至少也先拿到臺灣的電機碩士。」他嘆口氣，「我知道他是擔心我，也知道他的擔心不是沒有道理……但心裡還是好悶，就很想見見一直很堅定地為了喜歡的事努力的妳。」

原來，在他眼中，她一直是個模範嗎？

也許是想安慰沮喪的他，又或許他的坦白觸動了她，沈心羿第一次跟他提起她的心事：「就算做著喜歡的事，也不是就一直開開心心沒有煩惱……」

這次放假回家，她被奶奶質疑上大學後沒有認真訓練，否則為何這麼久還沒回國訓中心培訓。

她和奶奶解釋她寒假有選上世大運國手，暑假就會進駐國訓中心培訓並出國參賽；如果六月底再選上亞運培訓隊，接下來更會直接在中心待上一年。

「妳去年奧運隊沒選上，還不加倍練習？別像妳爸，上大學就被花花世界沖昏頭，搞得一事無成！奶奶老了，不可能養妳一輩子！」

奶奶在氣頭上，又開始細數她曾是排球選手的父親，自大學起是如何被女色分了心，才無法在球場上完全發揮本被看好的天賦，並將父親退役後工作一個換過一個，最後更拋家棄子，只在手頭吃緊時聯絡家人，成為沈家人煩惱的那些破事，全歸因於大學教壞了她本性純良的兒子。

她今早返家，打算待一晚陪奶奶再返校練習，卻聽奶奶念了一早上父親的不是，吃完午餐就被奶奶催著離家。

難得回家一趟，就被奶奶將她與浪子心性的父親相比，說她不洩氣是騙人的。

她從小便被奶奶灌輸別像同為運動員的父親一樣不爭氣，爺爺奶奶不能一直陪她，要學著自立自強的觀念。雖然奶奶的擔心有其來由，每每聽到如此嚴厲的話語，她總會浮現一股深沉的恐懼——年少的她，害怕的是自己在奶奶眼中不夠爭氣，若連撫養她的奶奶都不要她，她該怎麼辦？於是，她努力在喜歡也擅長的射箭上拿出好表現，想博取重視她成績的奶奶的認可；年紀漸長，她開始明白奶奶並非真的想遺棄她，卻還是會在每次奶奶嚴厲的話語中，懷疑要做到什麼程度，才能達到奶奶的定義中的「爭氣」？

她若沒有好成績，在奶奶的定義中，就與拋家棄子的父親一樣一無是處；她想好好過一年正常的大學生活再回到與外界隔離的培訓生活，這探索自我的心願，在奶奶眼中是浪費時間的行為。

只有拿到好成績的時候，她才是個有用、有價值的人嗎？

但沈心羿也明白奶奶是因為有了父親的前車之鑑，才對選擇同樣道路的她加倍嚴格，於是默默背起行李離家。因為有些鬱悶，便先去市區逛逛，在搭車北上前接到耿霽吃飯的邀約。

他專注聽著，表情漸漸柔軟：「我們的煩惱看似不同，根源卻都來自家人讓我們感到沉重的關心跟期待；正是知道他們愛我們，才更容易被這份愛傷害。」

他一針見血的總結讓她默然半晌。

「抱歉……我本來想安慰你的，說出來的東西卻一點幫助都沒有。」她突然意識到自己是第一次對孫羽翮以外的人吐露如此私密的家事，後知後覺地不自在起來。

「抱歉什麼？我心情好多了。」她的困窘逗樂了他，露出今晚第一個招牌陽光笑容。「妳回學校前，要不要再買點什麼帶上車吃？」

胃裡空間所剩不多的她只買了包雞蛋糕，他買了綠豆沙牛奶，陪她散步到客運站。

與他並肩站在候車區，沈心羿默默希望下一班車別這麼快來，兩人互吐苦水後比以往感覺更親近的時光就能再延長一些。

「我……可以吃一塊雞蛋糕嗎？」他一臉饞相地問她，她笑著將紙袋遞過去，看他吃得津津有味就覺得可愛。

他吃完，將綠豆沙牛奶遞過來：「禮尚往來，請妳喝一口。」

「……」他們當了很久的飯友，分食一份食物是有過，但都是先分好，共喝一杯飲料此等曖昧舉動不曾發生。

但，等等她就要獨自北上了，如果能在最後嚐一口他喜歡的滋味，這趟歸途就像有他陪著，不那麼寂寞。

她接過飲料，輕啜一口他喜愛的沙甜濃郁滋味，將飲料還給他時，往臺北的客運到站了。

她向他道別，上車找了靠窗位子坐下，往窗外張望，候車區已不見耿霽身影，她略感惆悵。

下一秒，他的聲音竟在近處響起：「我跟妳一起回臺北好了。期中考快到了，提早收假回去念書也好。」

她怔怔地看他坐到身邊的空位，覺得胸口有些熱。

他怎麼知道她捨不得他……

耿霽笑著將綠豆沙牛奶放到兩人座位中間的杯架上。

「而且妳看起來很想喝第二口。」

「哪有？」

雖然她立刻否認，在接下來的車程中，她忍不住喝了一口又一口，貪心地一再重溫兩人今晚互吐苦水後彷彿心挨著心的親密，不去管共喝一杯飲料代表的曖昧升級。

半路迷迷糊糊地睡過去時，沈心羿不小心倒上他的肩頭。

他一瞬間驚訝得全身僵硬，但沒有退開。

這讓在那瞬間清醒過來的她大了膽，繼續裝睡，貪戀地汲取他彷彿能給她力量的體溫，天人交戰著何時要不著痕跡地退回去時，他靠了過來，溫暖頰側貼上她髮頂，像也想從她身上汲取勇氣。

沈心羿在這瞬間發現，原來不止他能給她力量，她也能成為他的安慰。

這感覺很奇妙，像在驚濤駭浪中載浮載沉的小船上，突然發現自己不是孤身一人，支持也被支持著，就多了一點面對未知怒海的勇氣。

如果可以，她好想一直待在這個人身邊，用自己微薄但全心的力量伴他度過晴天雨天……

「抱歉，我之前只顧著糾結自己的問題，忘了妳也有妳的煩惱……」她聽到他啞聲嘆息：「我們究竟該怎麼做才是對的？」

十九歲的她、二十一歲的他，為著各自人生路上的難題，掙扎迷惘。

她的路是自己選的，即使孤寂，她也會努力走到最後。

他的路是屬於他的，她會尊重，無論他如何選擇都全力支持。

但此刻她只想待在他身邊，不希望任何事將他們分開……

「……！」

他突然伸手握住她肩頭，將她輕輕攬入懷中。

即使那瞬間的驚訝抽氣早就出賣了她，害怕破壞這一刻的她不敢睜眼、不敢動作，只是將這段如互表心跡的依偎時光，珍重收藏在記憶深處。

「室內太冷了嗎？」

沈心羿出神地伸手摩挲他擁抱時曾碰觸的肩頭時，他關心詢問。

「還好。」她收回手，慶幸不必向他解釋這段極度私密的回憶。

那些都過去了。現在他們只是教練與學員、飯友、咖啡師跟小幫手。

「抱歉，因為擺攤，害妳工作量增加了。」他一臉歉然。

「不用覺得抱歉，支援射箭場的各種活動也是我的工作，而且客人變多是好事。」

不考慮能否維生的現實面問題，看到當年最終沒能實現咖啡夢的他，現在有個舞臺重拾往日興趣，她真心替他開心。

吃完晚餐，他陪值班的她到室內射箭場巡視場地使用狀況時，開口問道：「妳覺得咖啡吧下週還會有這種盛況嗎？或者只是因為這是免費活動？」

「我想免費當然是個誘因……」他問得認真，她便也坦白回答。「但咖啡是真的很好喝。今天Leo哥他們不是跟你聊了好久嗎？表示不只我這樣覺得。」

他面露釋然，「那就好。雖然妳說過咖啡好喝，每次卻都只喝幾口，我還想是不是味道沒過妳這關，但妳不忍心跟我說。」

「不是的，我現在喝咖啡容易失眠，所以只能淺嚐。」她立刻澄清，並轉移話題：「你說你想開咖啡店很久了，這個念頭是什麼時候開始有的？」

他還記得自己以前想當咖啡師嗎？

「嗯……」他摸摸高挺鼻梁，「我出意外後的前半年，因為骨折還沒復原，被醫生禁止進行激烈運動，朋友揪的運動團一個都不能跟，無聊得要命，剛好我留學的舊金山灣區咖啡文化很興盛，我沒事就去不同的咖啡店喝咖啡，漸漸也就成了興趣；一年多前我開始有了開店的念頭，就在工作之餘去上精品咖啡的培訓課程，也更常在家練習沖煮。」

他找出手機雲端相簿中的照片給她看，確實從他們分開那年開始，咖啡店的照片大量增加，而培訓課程與在家試驗沖煮的照片多起來，是這一年多左右的事。

他沒有說謊，這六年他一定也經歷了很多事……或許她不該再懷疑他。

「我以前有跟妳提過類似的想法嗎？」

沈心羿看進他那雙深邃好看的眼，決定相信面前的他。「你有說過你想當咖啡師。」

她簡單提了他與父親意見相左，但沒提兩人曾互訴心事及那個祕密依偎。

「人果然是不會變的。」他笑，「真心喜歡的人事物，就算繞了一段路，最後還是會被吸引回它身邊。」

他說者無意，她卻聽者有心地想起了曾牽絆多年的他們。

還好他不知道她心思，興致勃勃追問：「跟以前比，妳覺得我的咖啡有變好喝嗎？」

別傻了，人家沒有那個意思。

「以前你專精手沖咖啡，現在義式濃縮基底的咖啡也煮得很好喝。」她拋開自作多情的想法。

「聽到妳這麼說，讓我對開店多了點信心。」她的再度肯定使他難掩喜色。

「你是真的想開咖啡店嗎？」她不禁追問。

她的主動提問使他露出驚喜笑容：「這是妳第一次問我跟『現在』有關的問題。」

她愣一下。才發現自己之前都專注在確認他是否失憶、對比他今昔的變化，直到一起擺攤，才開始好好看著面前的他。

「這表示我們是朋友了吧？」他笑得開心，「開店的事，我是認真的喔。雖然現在的工作收入穩定，但我只把它當成一份讓我有經濟能力的工作，等錢存夠了、做好該做的準備跟規劃，我還是想去做自己真正想做的事。」

室內射箭場今晚只剩下租用靶道練習的阿翔、小呂、Leo 哥，常客三人組正邊聊著研究生活與科技業的甘苦邊射箭，她看著他們談笑風生的樣子，默默思考耿霽的話。

將喜歡的事當作興趣，就像這些各有正職的常客，是生活之餘的調劑，可以享受它帶來的純粹快樂。

將喜歡的事當成事業，一定會遇到挑戰跟挫折，不會一路都是歡笑，對待它的心情也不再純粹。半晌，她忍不住問：「你不怕……如果在過程中遇到很多不開心的事，會漸漸無法感受到原本喜歡那件事的心情，甚至會開始討厭自己嗎？」

「我知道不容易，但我想試一次。」他語氣認真，「我想開一間，不論是誰，一進店，都能從生活壓力中喘口氣，享受片刻放鬆，獲得重新面對生活的勇氣的店。」

耿霽描繪出的願景很令人嚮往，他眼中閃耀的光芒也有些觸動她。

雖然她仍然比較現實悲觀，她不想否定他眼中那道光彩：「那……加油。」

「謝謝。」她的打氣讓他笑彎了眼，「那我也可以問妳一個跟現在有關的問題嗎？」

他都大方回答了她的問題，她點頭。

「現在的妳，喜歡射箭嗎？」

她答不出來。

見她沉默，他連忙解釋：「妳不想回答也沒關係。只是妳剛剛說『漸漸無法感受到原本喜歡那件事的心情』，我突然想到這個問題。」

她不小心說出了自己的感受嗎？

「我不是不想回答，而是……」她輕嘆，「我不知道。」

因為做這件事的時間太長、中間發生了太多事，她對這件帶來快樂、也帶來痛苦的事的感覺變得複雜。

「我知道一個簡單的判斷法，想試嗎？」

「什麼方法？」

「再接近它一次。」他笑。「妳的心會告訴妳答案。」

他的笑容很暖、眼神卻好深。

他們等到晚上八點半，再半小時便是閉館時間，客人都已離去，館內只剩他們兩人才拿出弓箭。但，直到兩人在發射線後熱身，沈心羿依然猶豫是否要重拾弓箭。

剛剛一時被他說動，但仔細想想，她退役後沒再上場射過一隻箭，都是以教練身分在場下指導，早已生疏；這四年來，師長、朋友勸她重拾弓箭，她都不為所動，為什麼偏偏被他說動？是被他談論夢想時迷人的神情打動了？

或是，不願讓他看到她這些年窩囊的樣子？

也許兩者皆是……但她真的可以嗎？

「別怕，我陪妳。」見她遲疑，耿霽笑著率先踏上發射線。

事到如今臨陣退縮也想不到好藉口，她只好硬著頭皮上場。

從箭袋中抽出箭、將箭搭上弦、轉頭望向遠方的箭靶——她不需思考便以肌肉記憶完成一連串的預備動作。直到定睛箭靶，莫名的恐懼感突然襲上心頭，她感到全身肌肉緊繃，心跳加快，呼吸變得淺而急促，胸口悶痛。

不行，她還是沒辦法……

「怎麼了？」

沈心羿突然放下手上器材，走到休息區長凳坐下，唐突的舉動引起耿霽關心。

「我今天好累，還是算了。」她扶著額，努力克制急促呼吸。

她不想在他面前失態……

他立刻放下弓箭來到她身邊。「妳還好嗎？」

「我休息一下就好了……」他追問有什麼能幫上忙的，她便要他幫忙倒杯水。

支開了他，她從長褲口袋常備的藥包中掂出一顆藥錠含進舌根，然後緩緩深呼吸，閉氣數秒，再徐徐吐氣，在等他回來時不斷做著腹式呼吸。

冷靜下來，她會沒事的。

他帶著水回來，她接過，不著痕跡地將藥錠隨水沖下肚，不一會，呼吸與心跳漸漸恢復正常節奏。

但剛剛的極度緊繃讓她疲倦得必須兩手抓著長凳邊緣，才能在他面前維持正常坐姿而不傾倒，根本沒有餘力多做交談。

還好他只是在她身旁坐下陪伴，沒有多問。

「抱歉，我不該提議要射箭的。」半晌，耿霽低沉嗓音劃破沉默，長臂一伸將沈心羿輕攬入懷，讓苦撐著的她倚進他溫暖堅實的胸懷。「累了就休息吧。」

他在做什麼……

但她太過疲倦，連裝矜持的力氣都沒了，於是靜靜靠在他懷中。

「下次累了要告訴我，不用勉強配合我，好嗎？」他的聲音好自責，擁著她的手動作卻很溫柔，彷彿她是件易碎的珍寶。

「嗯。」他的懷抱讓她好安心，閉上眼，恍惚以為回到大一春假返校那趟客運上。

他們……心裡是有彼此的嗎？就像當年……

重逢以來，沈心羿不是沒有感受到他待她的用心與特別。但此刻之前，她總是告誡自己別自作多情，他只是想重拾記憶，現在的她如此黯淡，有什麼值得他喜歡的地方？

即使理智不斷提醒自己，她卻抵抗不了他的靠近。於是同意他來上課、接受當他的飯友、遊戲隊友的邀請、又自願當他的擺攤小幫手，距離越拉越近，曖昧日日加深，孫羽翎揶揄她時，她還鴕鳥地不願承認。

他不記得了吧，她為了實現夢想狠心拋下他的過往。

如果知道了，怎麼可能還會對她這麼溫柔？

明知這份幸福會在真相揭露時破滅，此刻被他擁抱，她還是好開心。

什麼都別說，讓她享受這份短暫的美好吧。

八點五十，場館預設的閉館通知音樂響起，她離開耿霽懷抱，撐著仍疲累的身體，在他的幫忙下完成場地檢查後熄燈閉館。他不放心她獨自騎車返家，提議載她回去，她身心疲憊，接受了他的好意。

在車中，他貼心地讓她安靜休息，車到她租屋處樓下停妥，才小心翼翼開口：「可以告訴我……妳剛剛真的只是太累嗎？」

他的敏銳讓她心驚。

「妳是第一次這樣嗎？」

她倔強地以沉默回應。

「妳不能喝太多咖啡，跟這有關嗎？」

總有一天他會知道一切……但她不希望是今天。

「沒關係。」見她始終沉默，他不再探究。「等妳想說的時候再告訴我吧。」

沈心羿逃一樣地下了車，想起很久以前，他也對她說過類似的話。

♡

沈心羿大一下學期的六月底，因為她和周少倫即將進駐國訓中心為世大運培訓，孫羽翎也決定在暑假出國交換，她、耿霽、周少倫、孫羽翎四人約好最後一起吃頓飯為即將各奔東西的彼此餞行。

飯後，周少倫與孫羽翎去搭校車，她則照慣例讓耿霽載回學校，各自把握與重要之人獨處的最後時光。

她坐在耿霽的機車後座，默數著回S大的山路還剩下幾個時轉彎時，突然想到這可能是她最後一次坐在這個位置。

她最近也選上了亞運培訓隊，世大運回來後，要在中心繼續培訓一年，明年暑假亞運結束後才結訓。

到時，他就大學畢業了，不知接下來人會在何方。

春假後，兩人都意識到時間寶貴，盡量抽空和對方吃飯。和她坦承煩惱後，他說會自己回去好好思考，沒再追問她的看法；而她只想珍惜與他僅剩的時光，還有做好離別的心理準備，也沒再多問。

他們很有默契地不提那趟客運上兩人裝睡依偎了整路，到站才若無其事地分開，互動的距離卻大幅拉近——並肩走在街上，他手背有時會不經意地碰到她的；而她偶爾會拍拍他肩膀、拉拉他衣角，不再小心翼翼地避嫌……兩人都很清楚有什麼改變了，但沒有人說出口。

想到兩人春假後更加親密的關係即將畫上休止符，她有些感傷。但這一年能和他好好當了飯友，明白他們在彼此心上占據特別的位置，已經遠遠超越她的預期。

再拐過這個彎，就會看見S大的校門，他會一如以往騎進校門旁的學生機車停車棚，然後她會在那裡下車，露出笑容與他道別，在他心中留下美好的最後身影……

心中排演著待會要上演的完美道別流程時，他卻加速騎過校門，鑽入小巷，往兩人從未去過的方向奔馳。

計畫全亂了套，她急忙拉拉他腰側的衣擺：「要去哪裡？」

「還有點時間，我們去後山看夜景吧？」他帶笑的聲音散在夜風中。

她措手不及，卻也為了與他共度的時光能再延長一些欣喜。

他不多久便在S大後山山路某個彎道處停下，乍看平凡的此處，因為地理位置絕佳，能將繁華的臺北盆地盡收眼底，向來是S大學生約會的熱門景點。入夜後總有情侶三三兩兩坐在靠山側的草坡上、或彎道邊的水泥護欄賞景談情，因此得了個「戀人坡」的浪漫稱號。

他領著她在坡上尋了空曠處站定，山下萬家燈火的璀璨夜景如光毯般在眼前鋪展開來。

「視野真好。來S大找妳這麼多次，這裡我第一次來呢。」

沈心羿也是第一次來。系上同學揪過來看夜景，但來這裡必須騎機車，曾聽高中教練說過摔車葬送選手生命的例子的她，早決定當選手時不騎車，也不坐其他人的機車，同學們知道她的原則後，就沒再約過她。

謹守原則的她，卻只為耿霽破例，這一年來任他載著吃遍臺北，總被孫羽翎笑她雙標。但約曖昧對象去戀人坡像在傳遞某種暗示，即使總聽同學們說夜景如何美麗，她終究沒勇氣邀他。

沒想到能和他一起來……雖然是在最後要分別的時候。

她站在他身旁，凝望盆地內閃爍著的繽紛光點，想著這一年他們在這些原本陌生的大街小巷中穿梭，留下種種美味又美麗的回憶……以為早已為今日的離別築好的、心裡高高的防禦工事，突然又崩塌了一角。

如果可以，她也不想離別。

可是他們都有自己的路，在這樣的年紀，無法、也不該為彼此而放棄——

就像他一定不希望她為了他放棄去培訓；她也不願他為了她限縮了未來的可能性。

若出國求學，除了能遠離父親令他喘不過氣的期許與安排，聰明外向的他或許也能在更自由的環境中發現更多可能性。他會在出國一事上舉棋不定，應該也是想到這一層了吧。

她知道如果自己開口，他會留下。但培訓行程忙碌，只為了自己放假時能見面就要他留在臺灣，太自私沈心羿說不出口。

她猜他在兩人分別前特地帶她來這裡，是要表明他的決定，於是默默做好心理準備，等他開口。

她沒有等太久，低沉好聽的聲音便乘著夜風傳來：「心羿……」

她輕應一聲，讓他知道她準備好傾聽。

「這段時間我想了很多……關於畢業後出國或是留在臺灣的事。」他的語氣慎重，「我想我有了結論，所以想第一個告訴妳。」

「好。」明明做了心理準備，一顆心仍像被提到喉頭。

「我想，妳接連選上國手，接下來的大學生活應該大部分會在國訓中心度過。」

他第一句話居然先提她，令她有些感動。

「所以我想，妳努力訓練的時候，我也不能老是原地踏步，應該去開拓自己的可能性。」

他的意思是……

「如果留在臺灣，我們系上的人拿到碩士後的ＳＯＰ是進園區就業、買車買房、娶妻生子、將人生平順過完。這是一條很安穩的路，我不怪我爸希望我選擇安穩，不支持我去冒險；我想冒險，就要先具備養活自己的能力，除了念書沒有其他技能的我，大概也必須先往這條對我門檻最低的路走。」他停頓一下，「既然都要念研究所再工作存錢，我想乾脆出國，或許能找到更多現在不知道的可能性、或至少賺錢賺得快一點。」

「很好啊。」她為他下定了決心高興，卻也為確認他要離開的事實胸口略感悶滯。

沈心羿低下頭，不願讓能從表情讀懂她的他，發現自己的低落。

他溫暖的大掌卻放上她頭頂。「傻瓜，聽我說完啊。」

她抬頭，見他一臉笑，似乎沒太多不捨。

「我算過了，等妳碩士畢業，我在國外應該工作了一到兩年，那時無論如何我都會回來，時間很剛好吧？」

「很剛好是什麼意思……」她希望自己沒有露出哽咽的怪聲，太不符合她冷靜的形象了。

她以為他若出國，兩人的關係便會畫上句點……沒想到他的計畫裡，竟有她的一席之地。

「很剛好可以給我們一段時間各自努力，然後再續飯友前緣啊。」大掌滑上她頰側，夜色掩飾了瞬間染紅的臉蛋，卻掩飾不了夜風中一秒滾燙的頰溫。

若說兩人春假後的曖昧互動還維持在能以「朋友」為藉口開脫的那條界線，此刻他親暱的碰觸完全越過了那條線，她不知所措，只好吐槽：「你對當飯友這件事執念還真深……」

「妳不是說過嗎？好飯友難找，我也是這麼想。」他拇指指腹眷戀地撫著她臉頰肌膚，啞聲道：「我也會害怕……如果出國，會失去我最重要的飯友。」

聰明又樂觀，彷彿沒有什麼事能難得倒的他也會害怕？害怕的竟然是……失去她？

她在他心中的分量，遠遠超越了她所曾想像的。

他依戀的舉動、坦承的言語，使沈心羿終於完全理解了他對她的喜歡有多認真，一時震撼得無法成言。

她尚未消化完這驚人訊息，又聽到他開口，語氣慎重——

「沈心羿，妳願意跟我當只屬於對方的飯友嗎？」

他的意思是……

「世界上其他人稱為男女朋友的那種飯友。」

再也不迂迴，定義明確的話語，令她一時頭腦當機，無法回應。

他太奸詐了……在分離的前夜丟給她這個問題。

這樣，無論她如何回覆，見不到面的日子，她一定會克制不住地，一直想起今夜，想起他。

「我……」他的碰觸，讓她更難思考。

「離我出國還有很長時間，不急。」他不讓她太快回應。「想回答的時候再回答我就好。」

在她大一、他大三的尾聲，他終於釐清了下一步的方向，並對她投下了請求交往的震撼彈，將兩人一直隱晦曖昧的心意掀了開來。

那之後沈心羿才明白，對於想知道的答案，他的耐心有多麼驚人。

Chapter 6

相戀，頃刻燦爛

沈心羿大二、耿霽大四那年，兩人聚少離多。

其一是因為沈心羿人在高雄培訓，其二則是耿霽開始為留學考試補習，補習都在週末，無法像之前南下找她，只能趁她到北部比賽或返校辦手續時，抓空檔一起吃頓飯、喝杯咖啡。

因為見面不易，耿霽提議每天互傳三餐的照片，用當線上飯友的方式維持聯繫。

於是，他對她國訓中心餐廳一週的菜單瞭若指掌，她也知道他在補習街常吃的店是哪些、補習完又會去哪家咖啡店念書。

沈心羿原本擔心距離會使兩人日漸生疏，但拜科技之賜，雖然不常見面，卻感覺一直參與著對方的生活。

「今天休假，我跟小冰又去吃了菜市場口那家餛飩加蛋。」她打下簡單字句，配上照片傳給他。

「可惡想吃……」他立刻回個不甘心的表情貼圖。「今天被補習的那群朋友拉去吃咖啡店的簡餐，中看不中吃，又貴。」他丟來一張海陸燉飯的照片，加上翻白眼的貼圖，看得她差點在餛飩店笑出聲。

「妳下午要做什麼?跟隊友去市區逛街紓壓?」

「快選拔了，我要回去自主練習。」送出後，她想了想，又補上：「你下午念書也加油。」

她還沒回覆他的告白，但那夜之後，也許因為將話說開，明白兩人都有心走向有對方在其中的未來，他們自然地成為能為彼此打氣的關係，沈心羿很喜歡這樣的感覺。

但，偶爾她也會感到一絲不安。

自從兩人分隔兩地，沈心羿開始積極追蹤他在社群上的動態——其實他跟她一樣是不更新派，帳號的功能只有與朋友聯絡，以及滿足朋友標註的願望，而有個朋友常標註他……

Ashley，那個與她有一面之緣的咖啡社學妹。

在T大社團博覽會碰面數週後，Ashley 透過耿霽的社群發現她的帳號，主動提出交友申請。沈心羿無視了這唐突的要求，但耿霽向她正式告白後，她也不明白自己是什麼心態，竟關注起 Ashley 公開的社群動態。

她之前覺得他的朋友圈離她太遙遠，即使他曾試圖介紹，她也逃避認識的機會，如今遲來地感到後悔。她告訴自己，她只是想透過社群認得幾個他的朋友，Ashley 之外的其他人標註耿霽，她也會去看看，Ashley 只是給了她這麼做的靈感。

很快她就發現，他的朋友圈中最常標註他的，就是熱愛打卡發美照昭告天下的 Ashley。

她明知看了心情會受影響，卻總忍不住找來看，好奇當她不在時，他過著怎樣的生活。

吃完飯，她隨手點開社群APP，便見到 Ashley 標註耿霽與其他同行朋友的發文：「終於吃到排隊名店！美食與咖啡撫慰了我們補習後的疲憊心靈……」

擺拍得極有質感的餐桌照中，耿霽嫌棄的海陸燉飯也在其中。

科技的便捷是兩面刃。能一秒消融距離的阻隔，也能瞬間激起負面情緒。

他和一群準備留學考試的咖啡社社友團報了補習班，那群社友中包含 Ashley，一群人常在補習後去吃飯，這些耿霽都有告訴她。

即使明白他只當 Ashley 是學妹，他們每週補習跟吃飯也都是團體行動，每每看到 Ashley 又發文標註他，她還是會有些在意和不安。

「心羿，走吧？」培訓隊友程冰的呼喚傳來，她關上手機，跟上隊友腳步。

但他一直努力維繫著他們這段挑戰重重的飯友緣分，還慎重地對她提出交往的請求……

她想相信，他們這些年的牽絆，沒這麼容易被打散。

而且，如果他人在臺灣她都調適不了，他出國後，她該怎麼辦？

在相信與不安間來回擺盪、試圖平衡的她，過了認真培訓之餘心情酸甜苦辣的一年。一直說不出答應交往，便迎來了亞運的出賽，和隊友一起拿下了女子團體賽銀牌。

等她回國，這一年的患得患失以喜劇收場——大學畢業的耿霽入伍服役，新訓後抽到下部隊的營區就在高雄。因為大二整年國際賽表現亮眼，大三續留國訓中心培訓的她，再度與他當上假日飯友。

過去一年，也許是體諒她必須專心備戰亞運，耿霽一次也沒有追問她何時要回覆他。但自從他入伍，兩人再次固定見面，他開始有意無意地探她口風——

「心羿，餛飩湯加蛋好好吃喔。以後我們變成老爺爺老奶奶也要來吃好不好？」

「妳隊友小冰推薦的酸菜白肉鍋真好吃，幫我跟她說謝謝……對了，妳怎麼跟她介紹我？」

「我媽問我明明傍晚才收假，為什麼總是一大早就回南部，是不是交女朋友了，妳覺得我要怎麼回答？」

他總是以玩笑的口吻說著，沒真的要她回答，但他問的頻率越來越高、說法越來越直白，她再怎麼遲鈍，也知道他開始著急了。

而且，他入伍後，開始會在過馬路時，非常自然地牽起她的手，起先還以「南部交通比較亂，為國爭光的運動員可不能受傷」為藉口，幾次後，見她臉紅卻沒拒絕，每次過馬路前手都會自動牽過來，過完馬路再若無其事地鬆開，行為比告白前更大膽，像測試她心意，卻又聰明地不說破，任兩人的曖昧升到歷史新高。

她知道他們離交往只差一步了，大學母隊或現在身處的培訓隊都沒有禁愛令，她是可以談戀愛的……

只是，她還是害怕此刻的甜蜜只是曇花一現，害怕他一出國就忘了她，明明已站在幸福的大門前，卻遲遲說不出只需簡單一句話的通關密語。

他雖流露些許心急，卻仍信守承諾繼續等候，像耐心等著一朵呵護多年的花苞綻放。

季節從秋轉冬，再由冬入春，極具毅力的他，終究等來了花開季節。

雖然，催化他們的戀情開花的契機，有些令人意外。

耿霽適應部隊生活後，便著手準備留學的申請文件；冬季送出的申請，在春日陸續接到回覆，升學運一向很好的他，收到好幾間學校的碩士班入學許可，包括一間連沈心羿都聽過的美國名校。

他本人沒有太多興奮的情緒，只是笑說既然文昌帝君厚愛，就去念念看吧。

留學的目的地確定後，他要出國這件事突然變得無比真實。對沈心羿而言，就像一直蒙著黑布的倒數計時鐘終於被揭開，她驚覺兩人剩下的時間比她以為的更短。

再四個月，他就要離開臺灣了。

這也代表，她只剩這麼多時間決定回答——他的出國對兩人都是一個劃分人生階段的重要時間點，她明白自己必須在那之前給他回覆。

「來，小心。」高雄明媚的春日暖陽下，他牽起她的手，往馬路對面的環潭步道走去。

耿霽來找她吃飯的休假，除了她有到市區購物的需求的日子，因為她下午通常會回中心自主訓練，兩人大多在左營舊城區覓食，飯後去附近蓮池潭的環潭步道走一走，然後他會陪她一路散步回國訓中心。

即使這些日子手已牽得像相戀多年般自然，每次掌心傳來他的溫度，沈心羿還是會一時怔然，感到那股暖意能量守恆般，由交握處流向心口，再竄向頰畔與耳際，久久不褪。

過了馬路，他鬆開手與她並肩前行，仍在發怔的她，右頰突然傳來一陣冰涼。

「在想什麼？」

她回神，他笑咪咪地將綠豆沙牛奶遞到她眼前。

「是不是很想喝，又不好意思說？」他晃晃手上剛買的飲料，「如果是這樣，點個頭我也會懂喔。」

他若有所指的後半段話，讓她有種心事被戳穿的無措。

「還是妳覺得這看起來不好喝？我跟妳說，吃過軍營裡的伙食，現在我到外面吃什麼都覺得驚為天人，如果我味覺退化了要告訴我喔……」

他真好。每當她拙於回應，總是自告奮勇地分享一連串話題解救她於尷尬中，以後他不在，她一定會很想念他滔滔不絕、眉飛色舞地將生活中每一件小事說得生動有趣的可愛模樣。

他們像高中時那樣，一個說、一個聽，並肩走在晴朗春日波光粼粼的潭畔，每一步都讓沈心羿感到等量的幸福與不捨。

她究竟該怎麼回覆他，才是對他們最好的答案？

內心有各種聲音在喧囂，她聽不清自己真正的心聲，於是告訴自己把握當下，沉浸在此刻的幸福就好。

他的手機突然響起，打斷了這段幸福時光。

「Ashley?」有陣子沒困擾她的名字再度登場，她忍不住豎起耳朵。「是嗎？恭喜妳。好，我會把我知道的訊息告訴妳……」

耿霽試圖盡快結束通話，Ashley 卻似乎一直提出新問題，耿霽知道她自主訓練的時間不能耽擱，只好邊走邊講，兩人專屬的假日時光硬生生中斷。

從聽到的內容，她隱約猜到 Ashley 來電的理由，祈禱著是她過度解讀；但當她偷偷點開社群 APP，便見到 Ashley 發了一則標註耿霽的貼文，證實了令她心情下沉的消息——

「剛收到錄取通知，我要追隨學長的腳步，去精品咖啡的重鎮留學了！未來兩年也請學長多指教囉！」

兩年……

她能見到他的日子，只剩這四個月之中兩人共同的休假時間，未來兩年能常見到他的，是 Ashley。

她和 Ashley 不同，即使聯絡他，也沒有一直想話題纏住他的口才與強勢，若他對她感覺淡了，不像現在願意主動製造話題，恐怕兩人就會漸行漸遠了……

看著 Ashley 的貼文不斷刷新的按讚數與恭賀留言，沈心羿發現內心的喧囂越來越難以忽視，與之前不同的是，這吵雜並非意見南轅北轍的眾聲喧嘩，而是某道聲音開始聲嘶力竭地呼喊，她聽不真切，卻湧上一股如果不做點什麼，就永遠難得安寧的的奇異焦躁感。

等他結束通話，兩人已走到潭畔的孔廟。他們慣走的路線是從側門穿越孔廟，踏上往國訓中心的回程。

「抱歉，久等了。」耿霽向她歉然一笑，走上平常的路線。「我送妳回去。」

她放慢腳步，看著半步前的他走進氣派的中式拱門，如隧道的方形門洞下，他逆光前行的背影，像要頭也不回地離開舊世界，前往新世界。

不要！

她不要他離開她的世界！

那道聲音突然無比清晰地向她尖叫抗議。

直到此刻沈心羿終於聽清自己真正的心聲——即使擔心兩人不相配、害怕距離沖淡感情，她內心深處，仍希望自己能是耿霽身邊的那個人。

她一直覺得自己不夠好，但現在在射箭上有了一些成就的她，難道不是……終於有點底氣站在出色的他身邊了嗎？

她不想再騙自己當朋友就好，也不甘心沒努力過，就拱手將他讓給別人！

壓抑在心底多年的情感，終於在所有條件齊備的此刻，發動叛變，衝破理智把守的堅固心防——

她伸出手，第一次主動牽了他的手。

他立刻驚訝地停步看她，腦中似乎在高速運轉解讀她牽起手的含義，回應罕見地笨拙起來：「怎麼了？妳想要……？」舉起手中的綠豆沙牛奶測試她反應。

她搖頭。「我答應你。」

手上的飲料掉下地，但她無法替他撿起，因為瞬間理解了她意思的他，一個箭步就將她緊緊抱在懷裡。

「再說一次好不好？」一向從容的他，聲音因為激動而微啞。「讓我確定這不是夢。」

直到此刻沈心羿才明白，在等待她回應的漫長時光，他也壓抑了許多不安。

她愧疚地將雙臂環住他的腰，輕但堅定地開口：「我的答案是，好。」

她的明確回應讓他呼吸一頓，將她抱得更緊像想增加真實感。數秒後，才孩子氣地低語：「妳真的讓我等好久喔……」

「對不起……」她也知道是讓他等太久了。

「不要說『對不起』，」他放鬆懷抱，長指眷戀地撫上她頰側，「要說『我喜歡你』。」

「……」她剛剛已經用掉了畢生勇氣，還要追加這麼直接的告白，對她而言難度也太高了……

「我知道妳會害羞，」他露出一個料中她反應的淘氣笑容，「別怕，我會先說，再聽妳慢慢說……」

她愣愣地看著他好看的笑臉離她越來越近，直到兩人鼻尖相觸，雙脣在下一秒相遇，他的氣息、溫度與觸感瞬間盈滿感官——他的吻，起先帶點氣息不穩的激動、初次與喜歡的人親吻的生澀，與確認她反應的小心翼翼。做什麼都學得快的他，很快便褪去生澀，將吻變得如他一般溫暖熱烈，以席捲一切的熱情主導吻的節奏；她原有的羞澀，在他的熱度中如水遇熱蒸散，終至在他的循循善誘下，與他一同以更直接、更親密的方式傾訴藏在心中好久好久的那份喜歡。

她二十一歲、他二十三歲那個百花盛開的春天，他們醞釀多年的戀情，終於在外部壓力催化下，開出絢爛的花朵。

當時沈心羿並不知道，要呵護這朵珍貴的愛情之花，是多麼不容易的一件事。

週末的咖啡活動開始後，沈心羿一週有五天會見到耿霽——一、三、五晚上的課程加上六、日全天的活動——頻率破了兩人相識以來的紀錄。

原本沈心羿很快習慣了這種狀況，但上週末在耿霽面前失態後，她面對他的心態便變得矛盾

——喜歡他的陪伴，又怕他問起那晚的事。

其實他信守承諾，從未追問，但最近兩人頻繁見面，心虛的她總有點不安。

上天彷彿聽到了她的心聲，「射手之翼」接到射箭企業聯賽主場日活動的邀請，這週末全體正職員工要到比賽會場外擺攤，門市將會公休。射箭場雖會請工讀生來為上課的學員與租靶道練習的客人開門，但工讀生必須留在場內確保人員安全與場地秩序，考量耿霽一個人運作會忙不過來，本週的咖啡活動暫停。

週五傍晚，明早要先去設置攤位的孫羽翎和周少倫已離開，辦公室只剩下晚上要幫耿霽上課並輪值鎖門的沈心羿。

她看著辦公桌上的行事曆，深吸一口氣為自己加油——

撐過今天晚上，心情就可以暫時輕鬆兩天了……

「晚安，吃飯囉。」

才對自己喊完話，提著外帶晚餐的耿霽便在上課半小時前準時出現在辦公室門口，沈心羿照慣例和他一起上二樓用餐。

用完餐，他問：「今天我們可以到室外射箭場上課嗎？」

「你確定？這個季節室外風大又冷。」他的提議使她有些不自在，因為那代表旁邊不會有其他上課或練習的客人，兩人將獨處整整一小時。

「射箭場年底的比賽，不是比上課跟比賽時的進步幅度嗎？我室內三十公尺的成績超過三百分，七十公尺最高頂多兩百七，滿分三百六，怎麼想都是七十公尺的進步空間比較大。」他笑。

拗不過他以學員身分提出的合理要求，今晚的課程移師戶外射箭場。她替他看了前幾支箭的落點，給了調整準心的建議後，便讓他自行發射，她則在一旁依射箭規則替他計時與紀錄成績。

「妳知道嗎？我前幾天在射箭社社友的群組裡跟大家說我到這裡找了教練上課，好幾個人立刻問教練該不會是妳？」陪他去拔箭的路上，他閒聊似的提起。「看來在大家的印象中，我們當年真的交情很好。」

「是嗎？」她淡淡回道，心中的感受很矛盾——她很高興那一夜後他待她的態度依舊自然，兩人甚至感覺更親近了些；卻又害怕距離拉近，最終會導致她不願公開的祕密曝光。

「不信妳看。」他點開對話群組，將手機遞給她。

沈心羿大一時，因為T大社員們週日早上會來S大練習，而她通常是唯一出現的S大選手，每當她上場練習，總有T大社員認真觀察她的動作，或趁機請教練習中遇到的問題，她跟社員們雖然沒熟到交換聯絡方式，也算互相認得了。

她滑動一長串的群組對話，社員們真的有提到她——有人問她現在過得如何、也有人說當年能與她這種等級的國手一起練習很榮幸、或她看似冷淡，其實只要敢問都會詳細解答，人其實蠻好……等等。

原來，在某些人心中，她留下了如此優秀正面的形象。

她有些感動，又有些不可置信。

他為什麼特地給她看這些對話？

是想給她信心？

還是……他想讓她看的是這個？

對話再往下滑，是社員們在群組中起鬨，問他們現在到底是什麼關係。

當年，幾個好奇的社員也問過她跟耿霽是否在交往。當時決心只當飯友的她總是嚴正否認，壓根沒料到他們會在他出國前交往。

正式交往後，他們都不是會高調官宣戀情的類型，過沒幾個月他又出了國，在知道他們當年過從甚密的那些人中，只有摯友孫羽翎察覺她的細微變化，發現他們很低調地交往了；而耿霽雖然在被詢問感情狀態時會大方承認交了女友，因為尊重她還沒做好公開戀情的心理準備，沒向任何人曝光她的身分。

因此，社員們並不知道他們曾交往近一年又分開。一部分人以為耿霽是多年後繼續當年未竟的追求，在群組中為他加油；另外幾人則有聽說他滑雪失憶的事，問他現在恢復得如何，但群組內人多嘴雜，話題很快就被歪樓到其他地方去了。

她將手機還給他，決定轉移話題。「對了，今天學姊說，有客人私訊問咖啡吧的出攤時間。似乎是咖啡好喝的評價傳了出去，被誤會是外面那種快閃店。」

「真的？」他一臉驚喜，「那我下禮拜也要好好表現。」

沈心羿為成功轉移話題鬆了口氣。「嗯。」

回程時，他又提起社員們的話題：「感覺大家很懷念妳。妳有沒有什麼想跟他們說的？我可以替妳轉達。」

說什麼？感謝大家記得她曾經美好的一面嗎？這些T大社員們現在想必也跟耿霽一樣，是各行各業的菁英，她不曉得如今平凡黯淡的自己能說些什麼……

「沒什麼特別想說的。」

她說完，低頭往前走，突然聽到他嘆息般的聲音自夜風中傳來。

「心羿，我覺得妳很棒，對自己多點自信好嗎？」

沈心羿僵住，想起當年交往時，他也曾對她說過類似的話。

兩人在沈心羿大三的春天正式交往，過了低調但甜蜜的數個月後，那年夏末，耿霽赴美留學。

她的培訓生活與他的留學生活都很忙碌，又有時差，但兩人很努力維繫感情。他們像之前一樣互傳三餐的照片，有什麼新鮮事也會丟訊息跟對方分享，再加上週末固定視訊一解相思，就像所有的遠距離情侶，在各自的生活與對彼此的思念中盡力尋找平衡。

當然，知道愛慕耿霽的 Ashley 與他在同一個學校留學，她仍有些不安。但耿霽自從與她交往，都會主動向她報備行蹤，也對周遭明言自己有女朋友，婉拒聯誼性質的邀約，令她感受到他對這段感情的珍惜。

他會見到不同系所的 Ashley 的場合，只有臺灣學生假日會揪的一些團體活動。沈心羿雖然多少會擔心 Ashley 趁機接近他，每每看到 Ashley 又在社群上標註他心情也難免起伏，但她不想離鄉背景的他失去與同鄉友人同樂的機會，也不願顯得像個愛亂吃醋的女友，沒有向他明言過對 Ashley 的介意。

每當沈心羿又為 Ashley 的社群更新心情波動時，便安慰自己——如果他也有那種意思，Ashley 就不會每次都只能上傳團體照，早就上傳只有兩個人的合照了；他都宣告自己死會、又努力與她維持聯絡，她應該多相信他一點。

雖然難免寂寞不安，所幸兩人相識以來有很多遠距離的經驗，她很快便習慣了他不在臺灣這件事。

往好處想，正因為他在國外，透過他分享的海外生活趣事，她長年專注訓練、有些與外界隔絕的世界也像開了一扇嶄新的窗，風景變得更加繽紛。

不過，也有些部分是她不那麼喜歡的。

「你那邊怎麼這麼吵？」

美國西岸的週六晚上、臺灣的週日早上，兩人固定的視訊時間，沈心羿聽到他那裡傳來節奏強烈的夜店風音樂與眾人情緒高昂的鼓譟聲。

「抱歉，妳等我一下。」他離開與她視訊的房間，很快又回來。「今天輪到在我們家開 party，有人帶了烈酒來，幾杯 shot 下肚，大家有點嗨過頭了。」

他出去講過後，音樂聲小了，但仍偶爾傳來零星的喧鬧聲。

「你們平常 party 都會喝酒？」她第一次與他在 party 時視訊，有些被嚇到。

「會喝一點，但之前沒這麼失控，可能很多人剛考完期中考就放飛自我了。」他正色看進鏡頭，「妳放心，那種不好喝又會影響行為能力的東西，我才不愛喝。」

他告訴她最近有個跟他同年入學的臺灣學生，因為人在臺灣的女友查勤查得太頻繁，覺得不被信任與女友大吵，約了一群男生去酒吧喝酒解悶，沒想到因為短時間將烈酒與調酒混著喝，很快就醉得理智斷片，找酒吧中不認識的辣妹熱吻，拍照傳給女友；同行眾人見事態脫軌，費了好大勁才將失控的事主拖回去，事主隔天醒來，對脫軌行為零記憶，但已被女友氣得放生。

「……之前好像沒聽你提過這件事。」

她這才察覺，他分享報備的留學生活，其實是經過篩選的美好面向。

「抱歉，我怕妳多想，沒第一時間跟妳說，下次我會記得。」發現她表情不對勁，他緊盯鏡頭：「心羿，妳還好嗎？」

被他一說，她才發現自己竟在鏡頭前露出好像天塌下來的神情。

這是件與他們無關的小事……為什麼她的心情不講理地沉得那麼深？

「沒事。」她連忙搖頭，不想讓他擔心。

「最近都還好嗎？有發生什麼不開心的事嗎？」他不放心地追問。

她搖頭。「我這次大獎賽表現很好，賽後還有人找我簽名。」過去兩年的辛苦培訓終於開始收穫成果，她在國際賽接連站上頒獎臺，最近一次比賽還拿下金牌，深受教練團器重，生活雖然高壓緊湊，並沒有太挫折的事。

「妳倒是說到我最近最傷心的事了。」他一秒苦了臉，「妳難得來美國，我卻不能去看妳比賽、搶第一個跟妳要簽名……」

一週前，她出戰射箭大獎賽的美國站，比賽城市在美國中西部小鎮，距離耿霽所在的美西很遠，耿霽本想不管不顧地翹課飛去看她比賽，卻發現賽程與他幾門主修課的期中考完美重疊，只能無奈放棄。

她本來也期待能見到他，但遠距離就是如此，總有各種不得不錯過的理由。

「沒辦法啊，考試比較重要。」她扯出笑，不想讓他發現心中的失落。

「不對，」他卻看出她的沮喪，正色道：「對我來說，妳最重要。」

沈心羿剛剛還在谷底的心情，因為這句話瞬間翻升，眼頭湧上霧氣。

或許這些不可理喻的心情起伏，都是因為她正在戀愛吧。

見她感動得頻頻眨眼，他重提先前的話題：「妳聽好，就算哪天我們吵了架，我也一定會去找妳和好。才不會為了一點小問題就去做傻事，傷害我最心愛的人。」

「你這樣說話我很不習慣……」但不擅接受與表達感情的她，有些難招架他交往後便常大方表露的情意。

「為什麼妳不相信我？我說的是真心話。」他一臉無辜，拿她的彆扭沒轍。「心羿，妳在我心裡一直都很棒，不然我也不會追妳追那麼多年，對自己多點自信好嗎？」

「……」她也很想有自信，但自信這種東西，並不是想要就會擁有。從小被奶奶嚴格教養的她，早習慣了做得好是當然，做不好要檢討的思考模式，即使成長過程中師長、朋友都會提醒她可以對自己更有自信，她卻一直難以擺脫將目光聚焦到自己欠缺的地方的壞習慣。

論外貌，她不是孫羽翎、Ashley 那種亮眼美女，只算是個清秀佳人。

論聰明，她的學業成績平平。

論個性，她太冷靜內斂，不擅表達與接受情感，常被誤會是冷淡的人。

她唯一有自信的只有射箭。離開這個小圈子，她自認是個非常平凡的女孩。

平凡到，她不明白耿霽為何執著地喜歡她這麼久，明明優秀的他有更多更好的選擇。

「妳再露出這種不相信我的話的表情，我學期結束馬上回臺灣找妳喔。」他嘆氣。

「你忘了就算你回來我也沒辦法陪你嗎？」說到這個話題，她也嘆氣。

許多留學生會趁著秋季學期結束後的聖誕假期回臺灣，但耿爸爸說，念碩士才兩年，沒必要寒暑假都回臺灣，說定一年只為兒子出一張臺美來回機票，要耿霽自己決定使用時機。

「可是我真的很想妳……」他的表情令她幾乎心軟答應。

她也很想念他啊，也想現在立刻見面，將累積起的不安像排毒般全部清除。

但明年初就是奧運代表隊選拔，四年前曾在最後關頭落選的她，這次不想再遺憾。即使他年底回國，選拔迫在眉睫的她也沒時間休假陪他，因此他們早有共識要等明年奧運過後再相聚。

「我們不是說好了？」她哄著一臉沮喪的他。「明年夏天見面。」

「……那我要先開始列到時要妳陪我去吃的店。」

她被他鬧彆扭的語氣逗笑。「儘管列，我一定奉陪。」

「不可以食言喔。」

「我保證。」

那年秋天，經歷了酸甜苦辣與測試信任的時刻，他們的對話總會以來年相聚的約定結尾。

那時努力懷抱希望的他們不知道，來年夏天，約定已經因為他們分手失去效力。

下次相見，已是六個夏天之後，而她似乎是唯一記得約定的人。

風和日麗的週六，舉辦射箭企業聯賽的廣場一角，擺起了為主場日活動設置的闖關攤位——有印著企聯選手帥照的打卡背版、壘球九宮格、射箭體驗等關卡。集滿過關章，便能抽選手簽名海報與其他小禮物，供民眾觀賽之餘闖關同樂。

受邀作為關卡之一出攤的「射手之翼」，將攤位四週拉起安全網，設置近距離箭靶，讓民眾在專業教練指導下體驗射箭。體驗完畢除了發放過關章，還加送印有射箭場 Logo 的小物，趁機為新開業的射箭場宣傳。

「Hey，妳記得妳幫我簽過名嗎？」

剛結束由沈心羿指導的射箭體驗，國語帶些ABC腔調的大男孩，突然找出手機中解析度較低的陳年相片秀給她看，眼神晶亮。

「我在美國念 Middle School 的時候，有次爸媽帶我去看射箭比賽，那次妳拿了冠軍，我跑去找妳要簽名，我好開心今天能再見到妳本人！」

沈心羿有些困擾地看著面前大學生年紀、衝著她燦笑的大男孩。剛剛教射箭時他就直盯著她看，讓她不太自在，又覺得他沒有惡意……他說出的理由大大出乎她意料，照片卻是鐵證。

當年她頻繁摘下國際賽獎牌，偶爾會遇到觀眾找她簽名，他說的那場比賽，正是耿霽無緣到場的比賽，她依稀記得有人跟她要簽名，照片中的簽名也是她的筆跡……但老實說，照片中拿著簽名燦笑的青少年，雖然輪廓與面前這男孩相像，但她對這張僅有一面之緣的臉印象薄弱，男孩那股久別重逢的熱情讓她招架不住。

而且，那些過往的豐功偉業太閃耀，如今黯淡的她也不想回首。

「你認錯人了。」她將蓋好章的闖關卡還給男孩，並將印有射箭場 Logo 的杯套與課程ＤＭ給他。

「怎麼會……」男孩好像還有話想說，但下一組想體驗的客人出現，她忙著接待，將男孩晾在一邊，男孩討了沒趣，落寞離去。

今天由所有正職員工輪流排班顧攤，沈心羿的排班時間到尾聲時，來接她班的孫羽翎外帶今天在廣場另一邊擺攤的行動咖啡車賣的咖啡與國寶茶來：「辛苦了，休息一下吧。」

她接過無咖啡因的國寶茶，與孫羽翎趁著闖關人潮暫歇的空檔享用。

「嘴被某人的咖啡養刁了，居然覺得這杯咖啡像洗碗水。」孫羽翎喝下一口咖啡，立刻皺起柳眉嫌棄。「他今天會來嗎？」

「為什麼問我？」她心虛道。

「妳都搭他的車上下班了，不問妳問誰？」

「學姊，我說過那只是意外。」上週末那晚她搭耿霽的車回家後，因為她機車還停在射箭場，隔早就也搭他的便車上班，就這兩回接送，讓孫羽翎確信他倆必定有戲。

「意外也可以成為重新開始的契機啊。」孫羽翎以旁觀者清的表情看她。「如果妳心裡還有他、如果跟他在一起讓妳開心，我可以勉強接受他再次分走我最好的朋友啦。」

孫羽翎故作惋惜的語氣逗笑了她，但無法解決她面臨的兩難——若他真的失憶，無法對他完全坦承的她，如何和他繼續發展下去？若他僞裝失憶，目前的相處似乎又都成為一場謊言。

再過一個月，他們的課程就會結束，咖啡活動雖然尚未敲定截止日，考量活動成本，大概再辦一兩次就該見好就收。

就算他能想出新的理由繼續出現在射箭場，目前的兩難狀況仍然無解。

「不論妳打算怎麼做，妳都應該相信，」見她沉默，孫羽翎柔聲道：「現在的妳就很好，妳不需要變得更好才值得被愛。愛妳的人，不管妳處在什麼狀態都會愛妳。」

真的嗎？即使她犯過錯、如今一事無成，仍然值得被愛、也會有人愛上這樣的她嗎？

看出她心緒煩亂的孫羽翎要她去附近晃晃轉換心情，趕她離開了攤位。

她逛過廣場所有攤位，仍排解不了煩悶，便決定去比賽會場看看。

「各位觀眾，即將登場的是今天第四點的比賽，女子團體對抗賽……」

賽會主持人講解比賽規則時，沈心羿找了看臺上不引人注意的空位入座。因為賽制她很熟，就沒細聽，將目光放到場地——主辦單位比照國際賽規格，在廣場一端搭起讓選手站在上面發射的舞臺，舞臺左右及後方以ＬＥＤ廣告看板圍住，印有贊助企業商標的帆布看板則從發射舞臺延伸到七十公尺的箭靶處，箭靶左方設置了一面大型轉播螢幕。

國際賽等級的場地布置，與賽會主持人隆重介紹選手出場的唱名聲，使沈心羿久違地感受到彷彿身在國際賽的臨場感。

比賽氣氛令她全身細胞激起懷念的騷動，她不自覺閉上眼睛，浮現曾聽到主持人念出她名字的回憶。

「……八年前，她與隊友拿下亞運的女子團體銀牌，經歷受傷的低潮後復出，現在是隊上最資深的選手，期待她今天能發揮老將的安定感，帶領學妹拿下比賽勝利。」

流入耳中的介紹太熟悉，她睜眼，看見當年自己與隊友在亞運奪下女團銀牌的照片自大螢幕一閃而過，一瞬間不明白發生了什麼事。

定睛一看，發現是曾與她一起出賽的昔日隊友程冰的簡介短片。

她在想什麼?當然不可能是在介紹她。

沈心羿有聽說程冰今年入選企業隊，但她退役後，便自然與還在選手之路上努力的程冰疏遠；今早都在支援擺攤的她，也忙得根本沒去留意出賽選手名單，沒料到會剛好看到前隊友的比賽。跟她一樣曾經歷低潮的小冰已走出低谷，她卻依然困在原地。

她看著程冰揮手向觀眾致意的身影，在心中自嘲。

她是個膽小鬼。

明明結束的方式是不甘心的，卻總裝作不在意。

明明有向他坦白道歉解開心結的機會，卻怕被他討厭而沒有勇氣這麼做。

說到底，她沒有自信——沒有自信受困谷底已久的自己還能改變現狀；也沒有自信如果坦白真相，讓他看清她過去軟弱自私的那一面，會得到他的原諒。

比賽開始的鈴聲響起，兩隊選手依序上場發射。

「十分！」擔任第一棒的程冰，射了一隻漂亮的滿分箭，在場觀眾熱烈鼓掌。

看著前隊友浴火重生的耀眼姿態，她突感自慚形穢，無法繼續觀賽。快步走下看臺時，與急匆匆走上看臺找位置的民眾相撞。

「Sorry……噢，是妳！」竟是剛剛說有她簽名的ＡＢＣ男大生。「剛剛 Asian Games 的照片，妳明明就在裡面！為什麼妳不承認妳就是沈心羿？」

「就說你認錯人了……」此刻，她只想盡快離開現場，離開扎心的自我厭惡。階梯式看臺的通道卻太狹窄，身材高大的男孩若不讓路，她必須動手推開他、或硬踩上旁邊坐了不少觀眾的看臺才下得去。一個不禮貌、一個會驚動更多人，都不是好方法。

她兩難時，男孩無視她的頻頻否認與為難神色，拿出手機：「Please，我是妳的 Fan，再見到妳我真的很開心，可以跟我 Selfie 一張嗎？」

「我——」

「我女朋友不喜歡照相。」她正要拒絕，就聽到熟悉的聲音。「請不要再糾纏她。」耿霽以男友氣勢要對方讓開，走到她面前，笑著牽起她的手：「抱歉，我來晚了。」他將戲演得很足，一派自然地與她十指交纏，她不由自主紅了耳根，任他牽著離開現場。走了一段，確定對方沒追來，他才鬆開她的手。

「……謝謝。」短時間發生太多事，她一時無法整理自己的感受，決定先道謝。他為什麼會出現？

「不客氣。」大概是她把問題寫在臉上了，他主動笑答：「週末突然不用沖咖啡，我睡到自然醒之後不知道能幹麼，乾脆來看比賽，沒想到一來就看到妳被粉絲纏住。」

「比賽剛開始沒多久，你現在回去看還來得及。」兩人十指交纏的溫度還在指尖盤旋，她捏緊右手，想壓制狂跳不已的心。

剛剛他說出「我女朋友」那瞬間，她的心跳一路就失速至今。

還能聽到他說出這四個字、還能再次牽手……即使只是演一場戲，她也滿足了。

「不看了，我怕妳又遇到奇怪的粉絲。」他搖搖頭，「妳要去哪裡？我陪妳。」

沈心羿看著面前的他，深吸一口氣。

雖然她貪戀這段不必面對過去錯誤、與他日漸親密的時光，像身在夢幻泡泡中，美好得她捨不得戳破。

但是，看到前隊友重新站起來，她終於領悟，逃避面對過去，只是將自己困在原地，人生永遠無法向下一章邁進；與他變得再親密，心情也會永遠如履薄冰。

她看進他那雙深邃的眼：「有件事我一直沒告訴你……我決定現在跟你說。」

「沈心羿，來一下，教練有話跟妳說。」

沈心羿大四那年的奧運代表隊選拔分為三階段：初選賽、複選賽、決選賽。複選賽結束當天，沈心羿賽後收完弓，跟隊友去搭車前，被培訓隊教練點名留下。

等其他培訓隊員走遠，教練神色凝重地開口：「知道教練想說什麼嗎？」

「教練對不起，下次比賽我會調整好自己。」她當然明白。她今天狀況起伏不定，最後才驚險擠進決選賽的最後八強名單，自己也嚇出一身冷汗。

「妳之前是隊上成績最穩定的選手，最近怎麼起伏這麼大？是奶奶健康又有什麼狀況嗎？」

獨居的沈家奶奶兩個月前曾因心臟不適送急診，檢查出心臟瓣膜鈣化的問題。因為奶奶年事已高，醫生不建議手術，建議服藥舒緩症狀並靜養。因為身體狀況不適合繼續獨居，疏於聯絡、與奶奶關係緊張的父親也不可能返家照顧，於是奶奶的另一個孩子——與丈夫定居花蓮的姑姑將奶奶接去照顧生活起居。

「奶奶最近都還好。」也許是有親人陪伴、或是山明水秀的環境起了幫助，姑姑說現在奶奶的身體狀況已穩定許多。

「那是為什麼？」

「……」要她跟教練說，因為最近在國外念書的男友放寒假，時常與一群朋友出遊，那群人中有個對她男友虎視眈眈的女孩，她滑個社群就會被影響整天心情……這話她說不出口。

他跟一群同樣寒假沒回臺灣的同學，最近常趁著假期相約吃飯或出遊，她是知道的。

但最近看到 Ashley 上傳標記他的照片，她心中的不安與自卑，卻漸漸超出能以理性壓制的範圍。

就像今天。明知不該在比賽前看會影響心情的東西，一早起床，她還是忍不住點開社群APP——他與那群朋友圍著牛排館的一桌美食，在 Ashley 掌鏡自拍的照片中笑得開心的影像，如一根尖刺扎進她心中。她試圖忽視，疼痛卻不時襲來，使她在應該專注比賽時頻頻分心，不受控的小惡魔一有機會便對她耳語——

現在你們是相愛的，但，無法在他寂寞時陪伴在他身邊、錯過他人生中許多值得紀念的時刻的妳，有一天會不會被能做到這些的 Ashley 取代呢？

即使不是 Ashley，他身邊那麼多優秀的女孩，會不會出現更令他心動的人呢？

她明知不該鑽牛角尖、該堅強、該選擇相信，卻知易行難。

與他交往不久便開始了遠距離，她明白距離會放大心中的負面情緒，這近一年來，她以為自己已經學會如何化解它們。沒想到，進入極度高壓的選拔期，負面情緒被正承受的巨大壓力增幅到不可理喻的程度，由偶爾齧咬心房的惱人小蟲，暴長成一次比一次更難以馴服的凶猛巨獸。

見她不願透露，教練嚴肅道：「運動員生涯中能參加奧運的機會有限，妳已經錯過一次，這次再不把握，下次妳就是老將了，競爭只會更激烈。現在是最關鍵的時刻，如果有什麼事讓妳分心，要做出取捨。」

帶隊經驗豐富的培訓隊教練，即使不清楚她有男友，也看出問題本質，給了中肯卻令她心情下沉的忠告。

她去找隊友集合的半路，手機響起。

「今天的比賽晉級了嗎？」是奶奶。

「晉級了。」她照以往習慣略過過程，直接報告結果。

「嗯。」得知結果，奶奶卻沒有像往常立刻掛上電話。

「……奶奶？」沈心羿覺得奶奶似乎還有話想說，屏息等著。

「沒事了，沒像上屆那麼沒用落選就好。」片刻靜默後，結束通話的方式依舊嚴厲。

她真傻。剛剛有一瞬間，還在期待著奶奶的稱讚。

她和隊友搭上返回國訓中心的車，看著車窗外流逝的風景發呆。

她以為她很習慣奶奶只問結果的關心了，但有時候，心頭還是會浮現淡淡的沮喪。

她今天差點落選了，但奶奶沒有興趣知道。

這條路是自己選的，有父親的前車之鑑，奶奶還願意支持，她已很幸運，但是……

如果再次落選，她好害怕……

奶奶會覺得她跟父親一樣是沒用的人。

她握著手機，在搖晃的車中恍惚睡去。不知過了多久，被掌中震動喚醒，螢幕在黑暗的車中亮起——

「今天的比賽，都還好嗎？」是他關心的訊息。
不是「晉級了嗎」，而是「都還好嗎」。
「嗯。」她打字時，眼頭有些酸澀。「晉級了。」
「太好了！剛剛去吃飯，我一直上網偷查妳比賽的成績，可是協會網站還沒更新。」
「你們吃了什麼？」他有先以訊息報備要跟那群朋友去吃飯，但她裝作沒在 Ashley 的社群搶先看到菜色。
「最後大家決定去吃學校附近新開的牛排館，還可以，但有點貴。」他自動報備著，「他們說下週就開學了，這週末要玩好玩滿，決定明天開 party、後天去滑雪。大家指定要到我的公寓開趴，但沒關係，不管他們想怎麼瘋，明天我都會準時跟妳視訊。」
「上次在你家開趴，你跟我視訊完，客廳不是被弄得一團糟，害你收拾了好久？」她貼心道，「有事的話，我們下週再視訊就好。」
「不好。萬一下週妳又有事怎麼辦？」她的體貼卻讓他鬧起彆扭。「最近妳忙著選拔，我們已經三個禮拜沒視訊，我不想一直見不到女朋友。」
她也不想一直在別人的社群裡見到男朋友啊，還是個喜歡她男朋友的漂亮女生……
她羨慕他能直率說出心中的不安，因為她做不到，怕說出來，自認不如他身邊那些女孩優秀的她，在他心中會被扣分，連身為女友應有的信任與體諒的基礎分都不及格。
她心頭浮上苦澀，不知如何回應時，他又送來訊息——
「我知道妳最近為了非常重要的事在忙，我完全支持妳……」
「我只是真的好想好想妳。」
「如果可以，我現在就想見到妳；不管我去哪裡吃飯，總忍不住想：如果這一餐是妳陪我吃，該有多好？」
她視線突然一片模糊。
為什麼應該是感覺甜蜜的情話，卻讓她情緒潰堤？
她拭去眼淚，卻又不斷湧出，來不及拭淨的淚珠滴上手機螢幕，她忙亂地擦螢幕、抹眼角，搞得好狼狽。
她不愛哭的……怎麼變得這麼情緒化？
明明他對她很關心、很溫柔，也沒有做傷她心的事。
她討厭明知他一點錯也沒有，卻還是被嫉妒與不安啃噬的自己。
「妳呢？也會想念我嗎？」
當然想……想到都影響了她的情緒跟生活。
這份噬人的思念，快將她吞沒在黑暗中，她心中某種求生本能開始作響。
「明天視訊再好好聊。」
打下這句回覆時，她心中關於愛情與夢想的天秤激烈擺盪——既捨不得好不容易才下定決心守護的愛情，可追求多年的夢想與愛情之間卻又有她克服不了的衝突。震盪不已、無法取得平衡的天秤兩端，都處在搖搖欲墜的境地，她好害怕若遲遲不選擇護住一邊，最後結局會是兩頭空。
將她內心岌岌可危的平衡完全打翻的，是那天稍晚的一通來電。

隔日早上與耿霽視訊前，沈心羿拼命深呼吸，努力壓制幾乎失控的絕望感。
對不起，但她真的想不到更好的辦法了……
她腦中不受控地重複播放著昨夜回到宿舍，姑姑沈綾來電告知的內容——

「心羿，抱歉這麼晚打電話給妳，有件事我想妳還是應該知道。」

「妳爸跟朋友投資生意，因為被妳奶奶罵怕了，就去找地下錢莊借錢投資。結果生意又像他之前的投資一樣失敗收場，發現收拾不了這次的爛攤子，又厚著臉皮回家求救。」

「妳爸說出來的數字，不是只靠著爺爺留下的退休俸跟老人年金度日的奶奶拿得出來的。妳爸竟然還天真地提議想借妳之前亞運得牌拿到的國光獎金應急，奶奶當場氣得昏倒送急診，才檢查出心臟瓣膜的問題。」

「畢竟是自己的兒子，奶奶氣過、罵過、還是沒辦法坐視不管。」

「最後奶奶決定賣掉新竹老家，來補上妳爸捅出來的錢坑。」

「妳在那裡長大，那是妳的家，奶奶心裡很抱歉沒能替妳守住那個家；但妳也知道她的個性，聯絡妳時還想用那張不饒人的嘴裝沒事。姑姑想了想，雖然奶奶也是怕影響妳訓練，但不讓妳知道這件事並不公平，萬一妳放假回家時撲了空怎麼辦？」

「別擔心，一收到匯款，奶奶就讓妳爸把錢還了。奶奶跟妳爸約法三章，今後不會再為他還任何債，也永遠不准再打妳的錢的歪主意，要他看在妳這麼乖巧努力的份上，別再做拖累家人的事。」

「姑姑打電話跟妳說這些，是希望妳能明白奶奶保護妳不受這些烏煙瘴氣的干擾，希望妳專心練箭的苦心。唯一的兒子不成材是她這輩子最傷心的事，她嘴上雖然不說，但明眼人都看得出來，她現在最大的盼望，就是看到一手帶大的孫女登上奧運舞臺。」

沈綾之後還說了些相信一直努力不懈的她這次一定能選上、以後花蓮的姑姑家就是她的家，隨時歡迎她回去等等話語，但被父親拖累家人的愚行以及失去老家的震撼打擊的她，心沉得好深好深，已無法將那些善意的鼓勵與安慰聽進去。

她以為浪子心性的父親是道捉不住的風、一條無法被困在名為「家庭」的池子裡的魚，沒想到卻在這關鍵時刻，突然從深水中浮現，狠狠咬了沈家所有人一口。

奶奶雖然嚴厲，一直以來，卻也沒有阻止她去發展她的天賦；家境雖然一般，當她還沒有國訓中心的選手零用金、器材補助、比賽獎金等能支應開銷的時候，也總是二話不說地支付她的生活、器材、訓練費用，因此她一直都不敢鬆懈，怕辜負了奶奶的苦心。

這次，奶奶甚至賣掉老家，替正處在緊要關頭的她擋下了一波惡浪。她在感激的同時，也自然地升起不想讓奶奶失望，只許成功不許失敗的自我期許與壓力。

在愛情與夢想間擺盪的天秤，因著強烈的心願加碼，明確地往一端傾斜。

關鍵時刻，會使她分心的事，她決定像教練建議的，忍痛做出取捨……

他一定會很難過。可是她想不到更好的辦法，對不起……

兩人約定時間的五分鐘前，他迫不及待地丟來視訊的請求，她深吸一口氣後，按下同意鍵。

「早安。」他還是一樣，一見她便笑得溫暖燦爛。「昨晚睡得好嗎？」

「……」見到他笑容那瞬間，準備好的分手臺詞，梗在喉間，吐不出口，也嚥不下去。

最後，她只能如此開場：「今天不是在你家開趴？怎麼這麼安靜？」

「安靜到不像在開趴吧？」她丟了話頭，他便習慣性地接過，沒發現這是她為自己爭取時間重整旗鼓的伎倆。「我準備好超賣座的好萊塢系列電影，告訴大家今天就來個電影馬拉松，零食跟酒水都準備好了，至少能讓他們安靜一陣子，我是不是很聰明……」

看著他眉飛色舞地訴說籌備電影趴的過程，沈心羿心中滿是不捨。

她至今也不明白為什麼自己能成為他心中特別的存在，但她會記得自己曾經擁有過這份，被這個開朗溫暖的男孩的喜歡燦爛了整個青春的幸運。

如果時光倒流，她一定還是會喜歡上他，也還是拒絕不了他一次次的靠近。

只是，她當初應該把持住自己，別答應交往，那麼現在她就不必親手傷害深愛的人……

「心羿？」他終於察覺她神情有異，停下話題。「妳還好嗎？」

聽到他這麼問，有短暫的瞬間，她想向他傾訴一切，卻又立刻打消念頭。

告訴他，他也幫不上忙啊——他沒辦法幫她參加選拔，父親的不負責任他也無能為力。那麼，向他訴說那些不光彩、負能量滿滿的事有什麼意義呢？都要分開了，她寧願他記得的她，是為了追夢不顧一切的帥氣身影；而不是已分不清夢想與家人期望的分際、有個令人失望的父親，迷惘又無力的可憐模樣。「只是昨天比了整天賽，現在還有點累而已。」她淡笑，極力不將傷心欲絕表現在臉上。

「才幾個禮拜不見，怎麼感覺妳氣色變差了？」他心疼地端詳她憔悴的面容。「妳有沒有好好吃飯？」

「我不是每天都有傳三餐的照片給你？應該是最近練得勤晒黑了吧。」其實他的觀察很敏銳，她昨晚接到姑姑的電話後徹夜失眠，今早早餐一口也吃不下，臉色憔悴得嚇人，但就讓她逞強到最後吧。

「真的？可是我越看越覺得從沒看過妳氣色這麼糟……」他半信半疑。

「你再問一次，我就要覺得我男朋友很白目了。」她故作生氣。

聽到她難得說出「男朋友」一詞，他立刻像得到認證似地眉開眼笑。「好吧，一定是我的螢幕有問題。下次回去，我要把妳餵得白白胖胖，讓大家一看就知道妳是我耿小胖的女朋友……」

被他可愛的餵胖大計逗出笑意時，她不著痕跡地眨去眼角泛起的霧氣。

為什麼……明明決定今天就是最後了……

她還是捨不得，希望擁有他的時光能再延長一點點……

沈心羿內心拉鋸何時該開口時，耿霽身後的房門突然被打開——穿著俏麗而性感的低胸吊帶短裙，妝髮也精心打點過的 Ashley 闖入。

因為鏡頭正對房門，她比背對房門的耿霽更快發現 Ashley 現身，但之後發生的事太令她措手不及，只能震驚地旁觀——

面色微醺的 Ashley 逕直走來，從背後緊抱住耿霽：「學長，我喜歡你很久了……」

坐在椅子上的耿霽被嚇了一跳，立刻站起掙脫擁抱。

他起身的動作太大，耳機線應聲被扯下，沈心羿聽到了自動改為筆電內建麥克風收音的房內對話：

「Ashley，」耿霽聽若未聞，沉聲道：「妳打擾到我跟我女朋友視訊了，請妳立刻出去。」

「學長，為什麼你從來看不見我、跟我對你的喜歡？」摘下普通朋友面具的 Ashley 卻無視逐客令，用身體擋住耿霽的筆電螢幕，像想強奪他的注意力。「告訴我，我哪裡比不上她？為什麼你眼裡總是只有她——」

「不要讓我再說一次，」耿霽的聲音降至冰點。「妳三秒內出去，我還可以當作這件事沒發生；不然以後我就當世界上沒有妳這個人。三——」

「你說什麼？」Ashley 語氣震驚。

「我不是在開玩笑。二——」

「學長——」

「一——」

「等、等等！」

Ashley 被耿霽前所未見的冷酷態度嚇得氣勢盡失，回頭瞪了螢幕上的她一眼後，狼狽地退出房間。

他立刻鎖上房門，衝回螢幕前：「對不起，心羿，我真的沒料到會發生這種事。妳可以生氣、可以罵我……但別不說話好不好？我保證這不會再發生，對不起……」

直到聽到他這樣說，沈心羿才發現鏡頭中的自己面無表情，一臉漠然。

好奇怪的感覺。好像因為太過痛苦，反而啟動了她的防衛機制，變得能理性而疏離地看待這整件事——

剛剛的意外讓她再度確定：她無法控制他受女孩歡迎、也無法阻止她們趁機接近他。即使這次他拒絕了，想到未來可能會有更多這樣的事發生，她就無法安心。

安不下心，她就像隨時抱著一顆未爆彈。在高強度的比賽中，任何一點心理上的小破綻，都可能在高壓下迅速被撕裂、擴大，成為帶來災難的破口。她昨天才深受其害。

因此，她沒有能力在不影響奧運代表隊選拔賽表現的狀況下，繼續這場帶來過多不安定因素的戀愛。

但同時，她胸口好痛好痛，感覺快要窒息……

沈心羿驚駭地發現，他對她的影響力變得比交往前更強大。嚐到了擁有他的滋味，她已無法像曖昧時，當他身邊有什麼風吹草動，便能以他並不屬於她，某天失去他也不意外的想法為自己築好一道心理防波堤……失去這道防禦的她，在意的情緒被勾起時，便如巨浪長驅直入，在她心中四處造成破壞，嚴重影響她內心世界的安寧。

只要耿霽存在於沈心羿的世界中，就是影響力最巨大的，她最大的軟肋。

她不僅必須與他分手，還必須與他徹底斷開，才能根除這份影響力。

但是，光只是看著他，她都無法好好說出分手兩字，遑論要說到讓一直對兩人的感情很執著的他接受。

她必須花些時間好好思考，才能完成這個艱鉅的任務。

片刻沉默後，她終於下了決心，平靜道：「時間差不多了，今天的視訊先到這裡好嗎？」

「可是，心羿——」他一臉焦急。

「我沒有生氣，我知道剛剛是意外。」她安撫他，見他面露釋然。「只是我該去自主練習了。剩下的事我們之後再聊，好嗎？」她使用冠冕堂皇的理由結束視訊，不讓他有機會追問。

一關上鏡頭，剛剛還壓制得很好的情緒，再也不受控地化為淚水奔流而下，她趴在桌上，哭到幾乎窒息。

對不起，是她自不量力。

以為可以將愛情與夢想都握在手中，卻發現自己太貪心，終究無力兼顧。

即使沒有父親製造的意外，平心而論，將青春年華全賭在成為頂尖運動員的夢想的她，若放棄射箭，就是個沒有其他長處的人。

與十八歲的她不同，二十二歲的沈心羿開始感受到選手生命的短暫。就像培訓隊教練說的，若不把握狀況最佳的此刻，年年都有新秀竄出，當她年歲漸長，要選上奧運代表隊，面對的競爭只會更激烈；即使姑姑沒有通風報信，她原本就不想辜負奶奶一路支持她練箭的付出，怕自己如奶奶時常告誡的，變成像父親那般一事無成、只會帶給家人煩惱的人。

父親的事，只是讓她心中潛藏的不安與恐懼更快浮上檯面，讓她在更短時間內意識到必須做出抉擇。

即使她清楚放棄他，等於放棄絢爛了她整個青春最燦爛的色彩，她這輩子再也不可能遇到比他更美好、更能撼動她靈魂的色彩；也必定會在心上劃下一道終生無法癒合的傷痕……

被奶奶自小灌輸、再由競技體育文化加深的以勝敗論成敗的觀念支配的她，最終仍決定——放棄令她患得患失、從沒有自信擁有的愛情，去追求努力就有機會成就的……她已不確定是否該稱為夢想的目標。

視訊後思考了整天如何提出分手的她，最後決定，既然面對他時說不出口，最好的辦法就是寄託於能隱藏情緒的文字。

看不到總令她依戀不捨的他，她就能將多餘的情緒控制住，好好向他傳達重要的訊息了吧。

徹夜淚流不止的反覆推敲後，隔天清晨，她以訊息正式向耿霽提分手。決絕地割捨了這段自高中牽絆至今，無論在物理的時間或心理的分量上，早已密密織入她生命經緯中的感情。

斬斷與他所有聯繫的那一刻，她感覺自己的靈魂也跟著死掉了一點點。

Chapter 7

思念，雪藏記憶

假扮男友牽起沈心羿的手的片刻，兩人相識以來的重要片段，像一幀幀老照片，在耿霽腦中乍然浮現。

升高三的暑假，成績優秀、備受父母與師長期待的他，卻說不出未來想做什麼，內心極度茫然與煩躁。

翹課到隔壁高中的射箭場，起先是因為地利之便，後來發現把射箭隊的練習聲當作背景音樂、看著天空發呆能給他片刻心情平靜，便時常造訪。

某個燠熱的午後，有個女孩在教練宣布解散後獨自留下練習，讓他注意起這道場上唯一的身影——明明沒人能聊天解悶，她卻怡然自得地進行著看來枯燥至極的反覆練習。

她為什麼看起來這麼愉快？

不覺得天氣很熱、練習很累、一個人很無聊嗎？

為什麼穿著人人稱羨的明星高中制服的他，從未像她那樣真心享受自己在做的事情？

太多的好奇，讓他忍不住偷偷觀察起這個眼生的學妹。

他原本都在儲藏室後方，那一小塊安全又不會被射箭場的人注意到的小草坡度過翹課時光。但那個下午，出於他自己也說不清楚的原因，他故意移動到能被她注意到的位置，想看她發現他之後會有什麼反應。

她明明發現了他，卻還是照舊練習，這讓上國中抽高變瘦後異性緣一直不錯的他有點不甘心。雖然注意到日影逐漸西斜，太晚回去有書包被鎖在教室的風險，但一天不帶書包回家也不會怎樣，就賭上一口氣待著，看她什麼時候才會來找他說話。

當她練習完開始收拾場地，他真的以為她要無視他直接鎖門了。還好，最後她還是朝他走來，那時他脣角忍不住得意地微揚。

「學長，不好意思，我要鎖門了。」她的聲音比他想像的低一些，語調平靜，似乎只當他是個不得不處理的麻煩，完全沒有羞怯或想多聊幾句的意思。

雖然自尊有點受損，但他等了這麼久，不是為了輕易被打發。他這一下午已經累積了很多問題想問她，口袋裡明明有悠遊卡，仍跟她借了公車錢當成再見面的理由。

他不確定她隔天是否會出現在射箭場，但他週末本來就會被父母趕來學校自習，隔天一到校，他就先到圍牆探查，發現她單獨練習的身影，毫不猶豫翻牆過去。

她看到他出現時微微瞪大眼的表情，有點呆萌，也讓他安了心，確定她並非本性冷淡，也是有情緒反應的正常人。

他一口氣問了很多問題，她看起來有些困擾，但都會簡短回答；雖然偶爾也會以沉默表示對某些問題太瞎的抗議，卻始終沒有開口趕他走。

他發現，初見高冷的她，其實不擅長拒絕人，老實得有點可愛。

陪她練習的那個早上，他心情前所未有地平靜，很想就這麼一直待在她身邊。

他不知道是因為她在射箭時散發出的寧定氣質吸引了他，還是因為她不會像父母和同學，一開口就和他談令他心煩的升學話題，只是默默讓他說他想說的話。耿霽很快就決定，他想多認識這個和他身邊茫然度日的高中生不同，踏實地走在自己選擇的路上的女孩。

他知道若非這週末是射箭隊暑訓前的假期，平常週末射箭場也很熱鬧，陪她練習的機會恐怕僅此一次，於是纏著她閒扯到中午，順勢邀她去吃午餐。

他很高興自己這麼做了，才能意外發現，她竟有著與形象完全反差的甜美笑容。

雖然使她笑出甜甜小梨窩的不是他，是意麵。

但那瞬間，明明準備好很多話題的他，腦中言語全都蒸發，回過神，才以傳授她拌麵醬料比例的話題掩飾過去，心跳卻花了段時間才平復。

那時他腦中浮現了想跟學妹一起吃更多飯的念頭。

但是她住校、又是課業之外還有大量練習的校隊生，平日根本不可能約她吃飯，想見她只有翹課一途……

於是他這麼做了。

個性認真的她並不贊同他的行為，卻總是心軟，在射箭場鎖門前來叫醒他，他很快就發現機會，和她成為週末的早餐飯友。

因為她不擅長主動開啟話題，他決定吃飯時負責說話活絡氣氛。沒想到說著說著，竟將無法對父母、手足、同學訴說的煩惱，全坦然向她傾訴。

她雖不擅長表達，卻非常擅長傾聽。即使並不完全明白或認同他說的話，總是非常認真、耐心地聽他訴說，不會像其他人說些「要惜福」、「不要想太多」、「父母都是為你好」之類毫無同理心的陳腔濫調。

那時，他以為自己只是將她當成盡情傾訴心事的樹洞學妹。開學後，他仍堅持與她一週吃一次早餐，告訴自己的理由是——這是為了讓自己在日漸緊迫的升學壓力中維持精神健康。

或許在理智明白前，直覺早已洞察了自己的心。

他慶幸自己夠機靈，最初發現她是那個對自己沒好感的童年舊識孫羽翎的學妹，便留了個心眼，沒先把名字告訴她，以免他人的評語先入為主地影響她對他的看法。

直到她意外得知他的姓名，耿霽非常害怕她從此不理他，才認真思考她對自己的意義。

外向的他有很多朋友，要交新朋友也不難，認識她後，卻總是第一個想找她、在意自己在她心中的形象、害怕失去她，為什麼？

他喜歡跟她一起吃飯、喜歡向她傾訴煩惱，但仔細想想，這都是因為……

他喜歡在她身邊的感覺。

很放鬆、很自在、不必偽裝成品學兼優的高材生、期望值破表的長孫、或是家族弟妹們的人生榜樣。

在她面前，他可以脫下那些非自願戴上的面具，只做他自己——那個有些小聰明、愛吃、愛說話、也有很多平凡的煩惱的他。

從小就因為成績優秀背負周遭擅自加諸的各種期待與評價的他，比誰都明白願意放下刻板印象、試著理解他人是多麼珍貴的特質。她不受加在他身上的高材生光環影響，用心認識真實的他，也溫柔接住了他無處傾訴的苦惱。

等他察覺，她早已被擺到心中特別的位置。從未將她當妹妹看待的他，立刻將心中她的分類標籤由「樹洞學妹」更新成「喜歡的女生」。

看清自己的心意後，他更珍惜與她當飯友的時光，也逐漸感受到她開始在意他。

知道她的校隊有禁愛令，反倒令他鬆了口氣，因為這代表她高中畢業前，都不可能被其他人捷足先登。

真正的難點是，他畢業後，兩人的生活失去交集，訓練忙碌的她，會不會漸漸淡忘他？但他可不想輕易放棄，於是耍了個小心機——藉口需要念書動力，與她定下飯友之約，希望這約定能讓他在她心中占據一小塊位置、也給兩人的關係留下未來繼續的理由……

她答應時，他真的好開心。

他升大學的暑假提早加入了學校的射箭社團，除了對她的世界感到好奇，也期盼兩人生活圈暫時零交集時，他能做些什麼，為他們找出新的交集。

他終於找到機會，以幫社團指導教練加油為名，揪了社友去看她也參加的比賽時，她眼中有掩不住的驚喜與感動。

在她心中，他也是有些特別的吧？

她雖然習慣將話藏在心底，為了讓他有動力念書，答應飯友之約的溫柔，還有認為約定難以實現的悲觀，他都看得明白。

因為發現自己的思念並非一廂情願，他甘願成為主動的那一方，讓她知道事在人為，而他說過的話都是認真的。

她放棄能輕鬆升學的體大，接受他的家教準備學測，只為考上與他的學校同樣在臺北的S大，應該是她也開始想朝他的世界靠近的證明吧？

在市場的意外擁抱，她的反應跟他一樣不淡定，讓他確認了這件事。

終於等來兩人又在同一個城市求學，他原以為他們的關係會很快轉變，卻發現她還沒做好心理準備，於是決定先把握能和她相處的機會，再找機會告白。

他先瞞著她父親要他出國的消息，是因為她好不容易才鼓起勇氣朝他靠近了一點，他不願她又因此退縮，想等兩人關係更確定再與她好好討論。

但她並不明白他的急迫，似乎滿足於當飯友的現狀。他試過明示、暗示告白，她的反應讓他明白她仍有遲疑，只能退回一步，繼續與她慢慢發展。

隨著她確定升大二暑假又要南下培訓，父親也催他決定出國或留在臺灣念碩士，他發現已沒有時間與她慢慢發展，計畫正式告白；他本打算在社團博覽會那天最後向她告白，沖頂級咖啡給她喝，是計畫中培養氣氛的序曲，Ashley 卻多嘴提起出國一事，使氣氛不變——

她聽到出國消息那瞬間又陷入悲觀的表情讓他慌得緊急中止計畫，想好好解釋，口才卻在此時離他而去，拙劣的提問，使兩人陷入尷尬。

事後想想，將應該自己決定的未來丟給她，多麼不負責任，對她而言又多麼沉重。

他想先確認兩人關係，再決定出國與否的作法終究失敗了。父親再度追問，他試著坦白時，父親說他太天真使他非常沮喪。他決定和她誠實說出自己的掙扎，竟第一次聽到她主動傾訴煩惱。

平時冷靜淡然，像隻自我保護意識很強的貓咪的她，終於對他傾吐心事，像貓咪在信任之人面前才會展露最脆弱的柔軟肚腹，讓他確定自己在她心中是重要的，也感覺與她更親近。

即使各自的難題並沒有因此解決，卻給了他信心。

客運上，她迷迷糊糊地倒向他肩頭，倚著他好長一段時間，久到他有機會鼓起勇氣回靠她、伸手擁她入懷——她雖然全程裝睡，他靠近時，她驚訝抽氣、耳根紅透的反應並沒有逃過他的觀察。

她會想依偎在他身邊，也像他一樣，因為對方的靠近難掩激動。

雖然對交往有遲疑，但她確實是喜歡他的吧？

確認了這件事的他，把握她南下培訓前所有能相聚的時光，在兩人分別的那一夜，對她挑明心意。

他知道她不會立刻答應，但他想讓她明白，他喜歡她，希望未來裡有她。

兩人南北分隔時，她與他一樣認真地報備三餐吃什麼、每天忙什麼，讓他覺得等她答應交往的未來可期。

雖然等得比他預期的更久一些，等到他留學的學校都確定了，她才突然點了頭，終於等到與她彼此相屬的這一天，他仍欣喜若狂。

他把握了所有能與她見面的機會，去哪都緊緊牽著她的手不放，直到他必須放手啟程。

「答應我……不可以隨便答應當其他男生的飯友喔。」

他出國前他們最後一次相聚，在他們確認關係的孔廟的中式拱門下，他依依不捨地將她圈在懷中，額頭抵著她額頭，急切地想以語言與非語言的所有方式讓她明白，他有多捨不得離開她、對這段感情又有多認真。

「就算對方又高又帥、還有十六塊腹肌也不行……」他將心中不安包裹在玩笑中。

時間為什麼一下子就用完了？正式交往後的日子，每分每秒他都很珍惜，但總覺得不夠，怕短短的四個月，在她心中留下的痕跡還不夠深刻，深到足以堅持到再次相見。

「什麼十六塊腹肌？」她被他逗笑，露出他好喜歡的小梨窩。「我才不會——」

他低頭吻住她的笑，用獨占她只為他綻放的甜美的特權，安撫臨別在即的不捨與不安。

而她，羞怯但堅定地回應他的吻，這點燃了他更多熱情，吻得更深、摟得更緊，恨不得將她融入自己骨血中，帶著一起遠行。

其實他知道的……她只是不擅言詞，卻一直以各種方式回應著他——只當他的飯友、只坐他的機車、只讓他牽手、擁抱與親吻——這些年，她將所有的例外與特別全給了他，讓他一再確認這份感情是雙向的，才心甘情願堅持至今。

理智瀕臨失控前，他強迫自己中斷那個吻，在鼻息仍能互相騷亂的距離，索要承諾：「等我……我也會等妳，好不好？」

即使收到許多側面的肯定訊息，離別在即，他還是想聽到一句正面的承諾，確認她與自己同樣堅定。

「好——」

他沒忍住，再次掠奪她的呼吸；她察覺到他的不安，比之前更主動地回應他——微踮起腳、雙手圈住他頸項，仰起臉主動加深這個吻。感受到她以全身努力傳遞的深切情感，他心中盤旋的微弱不安就此平息。

相識以來，他們有過許多遠距離的經驗，一次次他們都度過了，出國不過就是距離的數字更多一點，只要心中有彼此、只要勤聯絡，跟以往一樣，不會有問題的，對吧？

沒想到，她竟在兩人交往再兩個月就滿一年，他趁開學前與朋友去滑雪那個突然降下大雨的傍晚，無預警以訊息提分手。

出意外當天的事，包括以訊息分手的過程，他至今不復記憶。

他也曾短暫失去大片記憶，讓身邊的朋友、與遠在臺灣的父母擔心不已。

但……是的。

他並沒有遺忘她。

他怎麼可能忘得了自己用了整個青春喜歡的女孩？

這兩個多月，能夠拋下過去的負累，與她日漸靠近，他非常開心。

他知道她並未完全相信他失憶，也清楚有天必須和她坦承一切，但重回她身邊的這段時光太美好，他捨不得這麼快結束，以在等待適合坦白的時機為藉口，不斷拖延著坦承。

「六年前，我們短暫交往過，但我因為沒辦法兼顧訓練跟戀愛，跟你提了分手。我們分手那天，你去滑雪出了意外，我一直很想跟你說……對不起。」

她卻突然向他坦白過去，使他措手不及。

他回來找她，並不是為了討一句道歉，而是……

耿霽看著她歉疚的表情，想起分開這六年的日子。

與她分手的那天深夜，耿霽在醫院急診室醒來，不明白為什麼自己會躺在這裡。

同行朋友告訴他，他滑雪出了意外。

雖然他腦中全無印象，全身傳來的痛楚卻清晰無比。

他要朋友拿他的手機過來，第一件想做的事就是和她說說話、報個平安。

是的，他說了個謊，當年他的手機並沒有摔到山溝裡。

他會知道他們分手，就是清醒當時，點開手機的通訊ＡＰＰ，看到對話紀錄得知的。

即使毫無印象，殘酷地躺在對話紀錄裡的內容，確實是從她的帳號、以她的語氣傳來的。

第一時間，他拒絕接受事實。

當時左側鎖骨骨折加上多處挫傷與腦震盪，身心狀況糟糕到極點的他，為了不讓自己崩潰，說服自己——這只是一時情緒性的語言，她正在參加奧運選拔，最後的決選賽很快要到了，想必是壓力大，才會說出氣話吧？她跟孫羽翎交情好，即使孫羽翎已經退役，她們還是時常聯繫，依孫耿兩家父母交流的頻繁程度，孫羽翎一定很快就會聽到他滑雪出意外的消息，也一定會立刻轉告她，他不該在這麼關鍵的時刻打擾她，不如先乖乖養傷，她一忙完就會聯絡他的……

過了兩個月，他早已出院回家休養，身上的傷與腦震盪的狀況也好轉不少，生活逐漸恢復正常時，已順利選上代表隊的她，依然沒有捎來隻字片語。

他再也按捺不住，決定聯繫她，才發現他們是真的分手了——她封鎖了他所有的社群帳號，手機號碼也打不通了。

其實，他看到她決絕的分手訊息時就有不祥預感，只是一直不願相信、不敢查證，奢求時間會帶來奇蹟。

時間帶來的，卻只有由希望到絕望的心碎。

聽到他出了意外，親朋好友紛紛捎來關心，曾與他最親密、他自認問心無愧愛過的她，卻徹底與他斷絕聯絡，連託人捎來一句問候都沒有。

他們這些年的牽絆與感情，對她而言，都隨著分手一筆勾消了嗎？

她的絕情重傷了多年來努力維繫兩人感情的他，他記得自己大哭一場，然後上網訂了附近觀光漁港的賞鯨船。賞鯨船駛離陸地一切紛擾，帶他到了蔚藍廣褒的太平洋之上，他將寫著殘忍分手訊息的手機丟進海中——手機海葬般沉入深海，泅水成為死機，手機中紀錄著兩人戀情點滴的對話紀錄與照片，也在他刻意的不搶救下，從世上永久被抹除。

多年來，看似是他不屈不撓追逐著她，但那是因為他有持續感受到她微小但確實的回應。她以行動表明從此與他陌路的決心，使他領悟這次不同以往。

他知道她正在實現夢想的關鍵時期，卻沒想到，一直很支持她追夢的他，竟因「夢想」二字，被她拋下。

他的心情非常矛盾——既明白她以夢想為理由分手，就是在告訴他，錯不在他，他再做任何努力都無法挽回她；又覺得為什麼非得在愛情與夢想之間二選一？這兩件事真的有衝突嗎？

他從高中就認識她，自認是世上最了解她的人之一，即使她不善表達，從表情他也常能猜出她的想法。

直到分手他才明白，即使他們相識多年、深深相愛，她心中仍有未曾允許他涉足的禁區。

他知道她個性謹慎，考慮多時才下定決心與他交往；但他也知道她極具毅力，認定了目標就不輕易動搖，才能在多年苦練後站上國際賽頒獎臺……

這樣的她，為什麼卻在兩人都有心維繫的狀況下，輕易放棄了這段感情？

但剛分手的他無法冷靜思考，最後總是導向「她為了夢想放棄他，表示自己在她心中沒那麼重要」的結論。這想法就像在傷口上灑鹽又補刀，使他就算想釐清兩人分手的理由，卻因為太痛苦無法繼續深究。

有好幾次，他幾乎按耐不住透過共同朋友聯絡她、跟她要個說法的衝動。但想到她努力多年，終於進入選手生涯的黃金時期，又即將登上運動員的終極夢想舞臺，還是壓下私心，決定不打擾，讓她專心備戰。

即使心中有很多不捨與不甘，真的愛一個人，就該尊重對方的意願，不是嗎？

下定決心放手後，他本打算默默關注她的近況給予祝福……

但他高估了自己。

無預警被分手在心上劃下的傷口太深，分手後的好幾年，他都像在躲避會讓傷口感染化膿的致命病菌，下意識地避開與她相關的人、事、物。

這並不困難。他們原本生活圈差異就大，共同朋友也不多，再加上他人在國外，與那些人事物都有距離，只要不主動去接觸，在生活中抹殺她的影子輕而易舉。

他一開始用咖啡，身體復原後再加上各種極限運動，將課業之外的生活塡滿到無暇思考的程度。

碩士畢業前，實驗室學長邀他一起進矽谷的新創科技公司拼拼看。已收到幾家科技巨頭的錄取通知書，正對大同小異的職涯前景、員工福利意興闌珊的他，沒多想就選擇了這條成敗難料的挑戰之路；過了幾年日夜都被工作塡滿的日子，機運極佳地見證公司股票順利ＩＰＯ上市，足以轉職創業的資本比預期更快入袋，他卻並未照著當年計畫，往當咖啡師的夢想邁進——

因為，「夢想」二字，會使他想起她，讓他本能地別過頭去。

放下年少時對愛情與夢想的傻氣執著，走上務實的道路，他一度以為這就是長大了。

他隱約察覺心裡有個洞，以為用更多的收入、更精彩的體驗就能塡滿它，卻總是在短暫的滿足後，被更深沉的空虛感襲擊。他說服自己，這種若有所失的感覺，或許是每個長大後的人都會經歷的；他更努力工作、更用力玩樂，卻從不直視心中的深淵。

過了看似充實的日子四年多，某次整理家中雜物，他無意間在隨他搬了幾次家都沒動過的紙箱中，發現她送他的那隻手沖壺。

那瞬間，關於她、關於他們、關於愛情與夢想的回憶，從心中那個洞，火山噴發般，一口氣全湧上來。

直到那時他才發現，原來那個深不見底的洞中，與她相關的記憶如岩漿伏流；以為早已和手機一起葬入深海的思念，就像被他收到紙箱深處的手沖壺，只是被他封印進洞中某個火燒不著、水淹不到的隱密處。手沖壺重見天日，便連鎖反應地觸動回憶、震碎封印，以一發不可收拾的氣勢解封——

他想念與她一起品嚐美食、分享生活的日子。

他想念她喝到他沖的咖啡，笑出唇角淺淺小梨窩的樣子。

他想念她的一切——射箭時帥氣的身影、冷靜地吐槽他的語氣、被他親吻時羞怯得滿面緋紅，仍然努力回應他的樣子……

他自己也覺得不可思議，時光如浪，帶走許多他曾有的執著，她的存在卻違反了物理定律，在他心中完好如初。

分手後，聰明風趣又是黃金單身漢的他不是沒有戀愛機會，他卻總是意興闌珊。他曾以為只是自己標準高，要遇到感覺心動的對象自然比較難，直到對她的思念如海嘯將他淹沒，他才明白——

那是因為他不自覺以她為標準，那之後遇見的都不是她，不可能有人能滿足所有條件。

承認這個事實後，心中那份逼著他將日子過得過分充實的焦躁感突然消失無蹤，那一刻他覺得釋然，發現自己早已厭倦這種想證明「沒有你我也可以過得很好」的空虛生活。

原來之前他自以為瀟灑地不再糾纏，不過是突然發現一直以為能高分通過的考試，竟發回淒慘的滿江紅考卷，就把考卷塞到看不見的地方，害怕去檢討答案——這些年來，明明兩人有共同朋友，真要聯絡一定聯絡得上，他卻一次也沒有去找她把話說清楚，看似灑脫，其實是害怕從她口中聽到多年來都是他一頭熱，她根本沒有這麼喜歡他之類，讓他覺得自己像個徹頭徹尾的傻子的話……

他終於發現，自己從未好好面對這場分手。

分開後，他以為奮力奔跑的自己早已前進，心中的時鐘卻停擺在明瞭兩人分手的瞬間，直到此刻，才察覺自己一直老鼠跑滾輪般地在原地空轉，哪都沒去成，還精疲力竭。

對，他就是忘不了她，那又如何？

那就別忘，去面對吧。

他開始在雲端備份中搜尋當年是否有沒刪乾淨的兩人的照片或紀錄、重新拿出那隻手沖壺沖咖啡，藉由面對與她相關的事物，誠實梳理自己的心情。

原以為這會有些痛苦，但他心情意外平靜，並且逐漸明白了對她念念不忘的理由。

他的人生，分為遇見她之前，和遇見她以後——原本渾渾噩噩、優秀卻對未來毫無憧憬的他，遇見了踏實地為了自己喜歡的事努力的她，被她努力的身影激勵，開始思考自己真正想做的事。即使他還是走在主流的路上，卻越來越明白自己為什麼要做這些選擇，不再只是盲目從眾。

有她在他生命中的時候，他發現自己變得不可思議地勇敢，會去挑戰理智上明白困難、但內心真正嚮往的目標，因為這世界上有一個不管他做什麼都全心支持他、他也想全心支持的人。

她給了他啟發、給了他向前的動力、也是即使僅是吃頓飯、喝杯咖啡，只要共度時光，就讓他放鬆又心安，精神充電站般的存在。

雖然這份名為「喜歡」的頑強思念，也有無法以理性分析的部分，但越是回想，他便越是明白，為他的生命帶來改變的她，是永遠會在他心中有一席之地、誰都無法取代的特別存在。

釐清思緒後，他發現自己沒有變——

他還是喜歡她，也還是想成為咖啡師。

他開始認真研究關於咖啡的知識、去上課、考證照，也在整整避開她四年後第一次上網查了她的近況。

他想知道她這些年過得好不好、有沒有在某種程度上達成了她的夢想？

卻驚訝地發現，他以為會留下彪炳戰績才會甘願退役的她，在他們分手那年參加過一次奧運，便再也沒當選國手，國內賽的成績也陷入低迷；碩士一畢業，就沒有再出現在任何國內賽秩序冊的選手名單上，名字移到了教練那一欄，而且似乎一年換一間學校工作。

這完全不符合他對她的想像。

她不是為了專心追求射箭上的夢想，才跟他分手的嗎？

他上網找出當年刻意沒去看的，她奧運的出賽影片，立刻發現不對勁——因為天氣驟變表現失常並不稀奇，但她是身經百戰的頂尖選手，即使一箭失常，後續很快就能回穩，她在比賽後段荒腔走板的表現像換了另一個人，將她失常的因素歸咎於天氣，認識她多年的他無法被說服。

她在奧運的失常、之後的低潮、與過早的退役，使他開始覺得，她與他分手的理由，或許並非如她所說，僅是為了夢想放棄愛情，這般簡單粗暴的答案。

時間幫上他的地方，是從分手當下痛苦自憐的情緒中走出，開始能理性思考她提出分手的原因。遠距離交往時，兩人難免都有不安，但他一直努力讓她安心，她也在繁忙的訓練中盡力配合。明明雙方都有心走下去，為什麼她突然決定放棄？

強烈想解謎的慾望浮現時，他終於明白——對她，他比自己曾以為的更執著。

他必須再見她一面，親眼確認一些事，當年未能妥善收拾就被草草封印的情感，才能被好好整理安放，不再在心中創造出塡補不了的深淵。

而且，自從得知她近況，他的一顆心便懸著，也想確認她是否過得好。若她安好，即使她的幸福不再與他有關，他想自己也承受得住……至少能放下掛心。

有了再見她一面的念頭的數個月後，他公司的臺灣分公司宣布要創立一個新部門，向美國總公司徵求一個精通中英文、能在臺灣客戶端與美國總公司技術團隊間擔任溝通橋梁的工程師回臺擔任新部門的主管。他一直想回臺灣，只是為了避開會讓他想起她的人事物，才在無意久待的異國滯留多年，見到機會，他不再猶豫，立刻申請調職。

一回臺灣，他就透過大學社團的教練確認她現在在一間臺北的高中當教練。他公司在新竹，雖然不是見不到面的距離，但他是工程師、她是校隊教練，生活圈比學生時期更難找出交集，他一時想不到適合重逢的場合，便決定先將自己的生活安頓下來，再好好計畫如何與她重逢。

接著，發生了一些事讓他暫時無法安頓——回國不久，妹妹就發生車禍入院，他工作之餘的時間與精力被這件家庭大事占去大半；妹妹康復出院後，他終於有心思為自己打算，花了幾個月看房、買房後又用了幾個月裝修，真正安頓下來，已是回來快滿一年的事。

尚未安定下來時，他一直在思考哪裡才是最好的重逢場合，不想貿然用掉最重要的第一次再見的機會。

機會在他剛搬進新居，生活終於上軌道的時刻降臨。

他在射箭社社友群組裡看到學弟轉發「射手之翼」即將開幕的消息，原本只是好奇當年與他交情不錯的周少倫開了怎樣的店，點進官網，卻發現她名列授課教練名單，便登入了許久沒使用的社群帳號，想從周少倫口中探消息。

他一登入帳號，便看到周少倫三個月前邀他出席試營運的訊息。在那則訊息中，個性善良的周少倫主動關心當年的滑雪意外，問他身體現在都還好嗎？失憶都恢復了嗎？

當年他失憶的事，想必透過父母間的轉述，從孫羽翎那裡傳出去了。而且因為父母並不清楚意外當時的細節，他又避開這群人許久，周少倫聽說的訊息相當片面過時，也被傳得比實際狀況嚴重。

他看著訊息愣了半晌，突然靈光一閃——

兩人交往時，因為她還沒準備好向共同朋友公開，他沒對任何人透露女友的身分；分手後，曾有人試探地問起女友的話題，他不想談，以意外後很多事記不得了一語帶過，眾人也就識相地不再多問。時間過去，往事沒人再提起、交往的紀錄又幾乎消失殆盡，這個前女友，在他的人生中消失得乾淨淨、不留痕跡……

如果他宣稱忘了她、忘了兩人的過去，沒人能拆穿他，對吧？

這個發現讓他頓時心臟狂跳——當年她分手分得決絕，他也擔心一見面，說過別再聯絡的她，會不會立刻轉身離去？

如果他自稱失憶，她或許就不必為分手時說過的狠話尷尬，能比較自然地面對他？

他順著周少倫的詢問回訊，裝作想不起許多往事，旁敲側擊地確認了關於她的重要訊息——她不僅在射箭場教課，還已經成為「射手之翼」的正職員工。

他苦思多時的最佳見面場合，原來已為他預備好了。

只要她在射箭場工作，他可以找很多理由去見她。

如果能報名她開的射箭課，還能每週固定見面……

他腦中轉起各種瘋狂念頭，但最後還是恢復理智，告訴自己只要與她見一面就好。

開幕那天，他做好了去和她打聲招呼，像朋友一樣聊聊近況就好的計畫，卻在來到射箭場大門那瞬間被改寫——

館內人潮洶湧，他卻不費吹灰之力立刻找出了她。

只一眼，他便直覺地感到不對勁。

其實她沒什麼變，短頭髮，小巧的臉，內斂的舉止，臉上還多了使她更清麗的淡妝與禮貌笑容，但……

她整個人好緊繃，沒了往日的寧定從容。明明做著教人射箭這種她應能輕鬆勝任的事，一舉一動卻格外小心，像深怕出錯。

她怎麼了？為什麼會變成這樣？

他好想跟她說說話，逗她笑……

他立刻發現自己不甘心只與她見這一次面。

大腦馬上替他找了好理由：只見一面，怎麼找得出他想知道的答案、還有她變成這樣的理由呢？

他開始思考怎樣才能創造理由來見她，之前設想過的瘋狂計畫瞬間回籠——開幕當天人潮眾多、負責報名的員工不認得他、認得他的那三人又忙得根本沒發現他，為他之前認為成功機率極低的計畫開了一路的綠燈，等他回過神來，已站在繳費櫃臺報名。

趁亂完成報名，遠遠看著她帶射箭體驗課的身影時，他突然又對這個計畫中最瘋狂的部分——自稱失憶——感到猶豫。

如果可以，他也不想欺騙她，即使是善意謊言，真相大白時的後果仍然難料。

若她能平心靜氣地接受他以前男友的身分出現，他就不打算偽裝失憶。

他抓好時機，趁體驗活動進行到一半，最可能出聲質疑此事的孫羽翎無暇他顧時，出現在她面前。

「嗨，教練，請問我可以上妳的課嗎？」那時他不由自主露出微笑，開心終於與她重逢。

「耿霽……」她卻像見到洪水猛獸般驚恐。「你怎麼會在這裡？」

那瞬間，他才決定將這個瘋狂的計畫執行到底，否則她無法安然面對他。

一開始雖曾如他所料，遭遇孫羽翎的質疑，但他早想好一套無懈可擊的說辭，順利通過考驗，和她的相處也漸入佳境。

他發現，她雖然避談兩人曾交往，對於他詢問的往事，她都盡量誠實回答，並沒有趁機誤導或欺騙他。

這使他很感動，卻也很迷惑。

為什麼她訴說往事的語氣帶著一絲懷念？

為什麼她偶爾會用溫柔又悲傷的眼神看著他？

如果她心裡也還有他，他不想放過這個機會。

課程只有短短三個月，他怕不足以使慢熱的她放下心防，於是努力創造更多與她相處的機會。再度與她成為飯友、拉她參與遊戲——雖然他曾因為遊戲中意外的擁抱，差點壓抑不住激動心情，還好他很機智地掩飾過去——兩人的關係，也在開始咖啡擺攤後有了明顯升溫，她開始會主動幫他忙、被他逗笑、對面前的他也有了好奇。

這讓他很振奮。

雖然不敢十分篤定，但他覺得，她並不討厭他。

甚至，跟他一樣，依然喜歡。

那當年她堅持分手的理由是？

他思前想後，推測原因可能與她後來成績一落千丈、黯然退役有某種關聯，於是試圖從與她聊天中拼湊線索。

曾經堅定追夢、在他眼中閃耀不已的她，為什麼現在卻說不知道自己是否喜歡射箭，而且沒自信得令人心痛？

他邀她一起射箭，立刻發現異常。

曾經手拿弓箭便散發享受其中的光芒的她，一站上發射線卻流露恐懼、後續反應也不對勁。

他伸臂摟她入懷時，她沒有拒絕，只是靜靜依偎他，讓他心中苦甜交織。

苦的是，氣自己浪費了這麼多時間才發現她不對勁。

甜的是，確認她心裡也還有他，否則依她個性，不會允許他這麼做。

他探問原因，她驚慌閃避問題的反應，讓他確定自己推論的方向正確。耐心是他的強項，當年他可以等她兩年回應告白，現在也不急著得到答案。只要能繼續待在她身邊，他相信他一定能找出真相。

沒想到，她卻突然提起她始終迴避、他們曾交往的事，主動打破了兩人一直如跳雙人舞般，以絕佳默契維持著的和諧狀態。

他該怎麼應對忽然回鍋的「前男友」身分？

「我說過，」他直視坦承過往的她，「出意外是我自己的責任。」

「可是……」她仍是滿臉愧疚。

一瞬間，他也想跟她坦白所有，卻又怕毀了好不容易拉近的距離，話到嘴邊又猶豫了。

「反正我不記得了，現在也健健康康的，妳別再自責了。」心疼她愧疚的樣子，他想安慰，便脫口而出。

他承認，他已太習慣裝作失憶，雖然盡量避免說謊，卻一直遊走在定義的曖昧地帶——他所指的失憶範圍僅限意外當日，和她以為的失憶範圍不同。

他知道這樣不好，但話已出口，只能將向她解釋的時機再次延宕。

「我來找妳，只是想找回重要的東西。」他柔聲道，「而我已經找到了。」

「是什麼？」她不確定地回望他。

「妳。」他將手放上她髮頂，她立刻泛紅的雙頰令他有了勇氣：「不管過去發生過什麼，現在的我，喜歡面前的妳。」

雖然尚未向她坦白一切，這話是百分之百的真心。

與她重逢，她不再是追夢的耀眼女孩、他也不再是迷惘的年輕男孩；但每當她出現，他視線仍不由自主被她吸引、待在她身邊，依然使他心安、也依舊為了她微笑的樣子心動，想將她所有的憂傷都化為微笑……

他確定自己不是沉溺在相戀的美好回憶中，使他牽掛的，是面前的這個她。

「你……有聽懂我剛剛說什麼嗎？」她瞪大眼，語音開始顫抖。

「妳說我們曾經交往過，後來妳提分手，分手當天我剛好滑雪出意外，妳就毫無根據地覺得是自己的錯，傻傻地自責很多年。」

「為什麼……你一點也不驚訝？」

「這不意外啊，」他騎虎難下，只好繼續編造自認不算謊言的理由，「從妳跟孫羽翎看到我的反應、妳提起的往事裡，我隱約也可以猜到我們應該交往過。」

「那……你沒有什麼想問我的嗎？」她的聲音抖得更厲害了。

「如果妳願意說，我當然想聽；如果妳不想說，那也沒關係。」他大手下滑，將她散落在頰邊的髮絲塞回耳後，指尖掃過她泛紅的頰側與耳廓，溫暖柔嫩的觸感使他眷戀不已。「妳已經告訴我很多，我已經聽到我需要聽的。我很高興以前跟現在的自己，英雄所見略同。」

她終於又回到他伸手就能擁抱的距離，真好。

「你真的……不生氣？」她開始哽咽，但拼命忍住。

「當時我也許很受傷，但反正我也不記得了。」他又忍不住將真話交織在曖昧地帶間，「現在的我，聽到妳為了這件事自責這麼多年，只覺得很心疼。」

他順從心中渴望，伸手將她納入懷中。

「沒事了。我不在意那些往事，妳也不用再在意，好嗎？」他溫聲道，感到她將臉埋入他胸前，小聲地哽咽起來。

這是她第一次在他面前哭，壓抑的嗚咽聲，讓他心疼地將她摟得更緊。

原來她不是一分手就絕情地將他拋在腦後，帶著自責過了這麼多年。

這是否可以解讀為，她心裡也一直有他？

一瞬間，他想問她，但理智明白時機不對，放棄這個念頭，耐心陪伴懷中的她釋放壓抑多年的情緒。

他真笨。如果當年他別只聚焦在自己受傷的感覺，早點冷靜下來思考，也許就能更早發現提出分手的她也不好過。

幸好現在還不遲。他讓她知道了他的心意，也打破重逢後她對他築起的無形心牆，朝她靠近一大步。

兩人分手、使她陷入低潮的真正理由，他不會逼她透露，但會繼續尋找。

他希望找出理由後，能驅散她眼中徘徊不散的黯然。

Chapter 8

謊言，昂貴代價

企業聯賽的擺攤結束後，「射手之翼」的週末咖啡活動也在兩週後畫下句點，下一個週六沈心羿卻依然忙碌，因為驗收本期學員學習成果的活動——「第一屆射手之翼冬季盃射箭賽」於今日舉辦。

參賽的學員依程度分為新手的十八公尺組，與進階的三十公尺組，分據室內射箭場的半邊發射。館方在場地右側擺起射場指揮臺、安排數名裁判，讓學員們體驗一場正式的射箭比賽。

「說真的，我搞不懂你們的邏輯。」戴著寫著「裁判」臂章的孫羽翎，眼睛盯著場上動態，走近同樣戴著裁判臂章的沈心羿咬耳朵。「他那天都告白了，你們還沒在一起的理由是？」

發射鈴「嗶」地響起，發射線上站成一排的學員們紛紛舉弓發射，場內響起此起彼落的放箭聲。

「告白又不是就要交往。」沈心羿不想在大庭廣眾下討論這話題。

「那你們這幾個禮拜是在虐什麼狗？他三不五時就跟妳花式告白，我們這些路人聽得都起雞皮疙瘩了。」

「這種事不會再發生了……」她立刻紅了耳根，這坑是她不小心挖的。

那天，她再也受不了良心譴責，做好會破壞兩人兩個半月來建立起的親近關係的覺悟，對他坦白往事，他的反應卻出乎意料。

他說喜歡她、不介意過去時，六年來被後悔與自責如鎖鏈緊緊纏繞的她，彷彿聽到心中「喀」一聲解鎖，從多年的自我厭惡中解放，控制不住地在他懷中流下釋然的淚水。

「你到底……為什麼會喜歡我？」親耳聽到她還是不敢置信。
「為什麼？」他露出被靈魂拷問倒的表情。「給我一些時間，我慢慢回答妳。」
那天開始，他常冷不防跟她告白。
「妳知道嗎？我喜歡妳教學時認真的樣子。不管是來體驗的客人、遊戲的團客、還是個人課程，從沒看妳態度馬虎過，還會因材施教，仔細提醒該注意的技術跟安全細節，認真又專業的樣子超有魅力。還有……」
他興之所至的告白，使他們迅速成為被圍觀的對象。即使她很快便發現苗頭不對，阻止他繼續列舉，也已經太遲——短短兩週，八卦已經傳遍，射箭場的員工、常客，所有人看到他們都會露出姨母微笑，讓她最近常處在社會性死亡的邊緣。
還好他今天因為臨時出差不克參賽，不然他倆鐵定又要被圍觀了。
這一波的發射時間結束，沈心羿走向靶前正在計分的學員們執行裁判任務，不再回想最近那些令她害羞又尷尬的時刻。
常客之一的園區工程師阿翔計分時筆誤寫錯字，舉手請她更正後，笑道：「沈教練，Jim 今天怎麼沒來？我好期待他還可以列出多少喜歡妳的理由。」
「對啊，上次 Jim 哥說『我喜歡看妳吃東西時微笑露出小梨窩的樣子，每次都電到我』，太會了啦！我也好想看沈教練笑的樣子。」隔壁靶的常客二號，博士生小呂也附和。
「你們不要這樣鬧人家，」常客之三的資深工程師 Leo 哥插話，「她是這世界上唯一不會嫌 Jim 聒噪，有耐心聽他說話的人。雖然我不記得我們什麼時候嫌過他聒噪？」語畢，常客們歡樂地一哄而散。
「……」她錯了。人類對八卦的熱愛，不會因為主角之一缺席止息。

下一波發射鈴響後，孫羽翎又靠過來：「接下來有什麼打算？一直曖昧也不是辦法吧？」

「……」而且，好友比她還認真地關心他們的進展，即使她根本還沒有答案。

也許是看出她的震驚，耿霽那天告白後，並沒有進一步提出交往的要求。只是繼續來上課、一起吃晚餐、一起擺攤，像當年他告白後那樣，繼續當著她的好朋友，並不急於改變兩人關係。

她想，他們都清楚，有些事情必須說開，他們才能坦然牽起對方的手。

比如，他應該告訴她，他一再宣稱的失憶是真的嗎？雖然目前為止他表現得很像有這麼回事，她還是想知道更多細節。

而她應該告訴他，她極力隱藏的祕密是什麼？

他們卻都太珍惜這段確認兩人心意相通的美好時光，於是沒有人先開口。

但他們會見面的場合越來越少，不可能無限期裝傻下去。

他的射箭課，這週原本是最後一週——但他上週接到公司要他這週帶團隊去美國支援新客戶的緊急通知，最後一週的課程與今天的比賽只能告假，他們最後一個見面的理由才因此延長了有效期限。

「等我出差回來，一起吃頓飯好嗎？我有件很重要的事想跟妳說。」請假時，他神情認真地這麼說。「如果……妳也有想跟我說的事情，到時也可以告訴我。」

射箭場開幕以來的三個月，這是沈心羿第一次整個禮拜都沒見到耿霽。

她有些不習慣、有些想念，但兩人每晚都會視訊，不知不覺，明天就是與他約定見面的日子了。

她好想見他，卻又貪戀著此刻得來不易的親密，心情矛盾。

沈心羿瞥一眼沒有新通知的手機，不經意想起兩人昨晚的視訊電話——

「今天過得怎麼樣？」晨光灑落的房內，換好外出裝束的耿霽，精神奕奕地在手機鏡頭前和她打招呼。

「還好。不過這是我第一次整個禮拜都不用排晚班，今天晚上終於在家把想追的劇追完了很開心。」

他的笑聲傳來。「對不起，都是我害的。」

她看著手機螢幕中笑得燦爛的他，憶起兩人當年遠距戀愛時，甜蜜又酸澀的心情。

過了六年，螢幕那端的同一個人，還是使她湧現同樣情感。

只要這份感情仍在心中，他們就能跨越所有困難，重新牽起彼此的手嗎？

「怎麼不說話？累了？」他敏銳地察覺了她的出神。

他和當年一樣，總是非常細心地留意她，令她倍感溫暖。

好希望，她所感受到的這些情感，不會被他們即將對彼此的坦白毀滅。

「我只是在想……你今天真的要去滑雪嗎？」她轉了話題，指指畫面中一身雪衣雪褲的他。

「別擔心，我的傷早好了，意外後也滑過很多次了。」他笑。「難得在滑雪季來出差，不衝一次太可惜。」

當年的意外並沒有造成他的陰影讓她釋然，但仍忍不住叮嚀：「畢竟是高風險的運動，你還是小心點。」

「為了活著回去見妳，我會很小心的。」她的掛心讓他笑彎了眼，被她賞了個大白眼後，正色承諾：「今天去的滑雪場收訊不好，結束後，我一到有訊號的地方就聯絡妳。」

沈心羿在發射聲中再掃了手機一眼，他所在時區的時間，被她顯示在待機畫面一角。

那邊是傍晚。此刻仍在雪場的他，應該正在把握雪場關門前，滑最後幾趟吧。

那之後，他的行程很緊湊——傍晚同行的他定居矽谷的死黨，會從滑雪場開四小時的車帶他直奔機場，讓他能趕上回臺灣的午夜航班。

他的飛機明天清晨抵達，回住處稍事休息後，傍晚會來找她吃飯。

如無意外，明晚就是他們對彼此坦白的時刻，到時，他們會變得怎樣呢？

「請問——」似曾相識的女聲，在放箭聲中響起。

「抱歉，今天因為有活動，室內射箭場暫停租借喔。」孫羽翎立刻以老闆娘口吻回應。「但門市正常營業，如果兩位想選購器材，歡迎進去逛逛。」

「謝謝，但我不是想問這些。」

沈心羿轉頭，見孫羽翎身邊站著一男一女，男子長相斯文，女子則亮麗幹練，令她不覺屏息。

「我在網路上看到有咖啡擺攤的活動，前陣子有私訊問過你們，請問今天有出攤嗎？」

雖然斯文男子頗面生，但幹練美女非常眼熟……

「啊，當時妳的訊息是我回的。」孫羽翎想起有這麼回事。「不過抱歉，換咖啡的活動在上週結束了。」

「什麼？難得我起了個大早來新竹一趟——」

女客人的話語，在瞥見沈心羿身影時中斷。

「心羿，妳們認識？」孫羽翎不解空氣中為何突然浮現緊繃感。

「一面之緣。」現在不是解釋的時機，沈心羿力持表情的鎮定。「既然遠道來了，兩位要不要參加免費的射箭體驗課？我們可以去室外射箭場上課，歡迎徐小姐跟這位先生一起參加。」開口時，她很驚訝自己仍記得這說不上認識的人的姓氏。

Ashley 揚起一個禮貌微笑：「我一個人參加就好。可以麻煩沈教練教我嗎？」

「徐小姐，這邊請。」沈心羿將裁判工作交給其他教練後，到辦公室拿了練習弓箭與護具，領著 Ashley 來到室外射箭場。

照理說，因為舉辦比賽，場館門口與社群官帳上都已公告，今日不提供場地租借與體驗課服務，但 Ashley 遠道而來，散發出一股無法輕易打發的氣勢，她不想影響學員們輕鬆歡樂的比賽氣氛，也不想在眾人前製造更多可供八卦的話題，才會提議到無人的室外場地替 Ashley 上課，與她默契好的孫羽翎，也立刻明白她的心思，同意她這麼做。

她與耿霽分手後，除了封鎖了耿霽的社群，為了阻止自己再去查看影響心情，也順帶封鎖 Ashley 的社群帳號，她完全不清楚 Ashley 之後與耿霽是否還有任何糾葛。

耿霽現在又在收訊不佳的滑雪場，聯絡不上，她不知如何處置，只能硬著頭皮接待。

Ashley 隨著她在預備區一站定，便意味深長地笑道：「看來我們都還記得彼此。」

她當年常在社群上見到 Ashley 上傳各種自拍照，同一張臉看過多次，大概早深植腦海，才能在六年後一眼認出；Ashley 也立刻認出當年社群上根本沒放自己的照片、只有一面之緣的她才令她驚訝。

「是啊。」或許，她們都曾非常在意彼此的存在，才會深深記得吧。「我們先做點簡單的熱身再開始。」

她不知道該跟與自己除了耿霽毫無交集的 Ashley 聊什麼，右手將頭往右壓，開始示範第一個熱身動作。

Ashley 卻不打算照做。「妳不問我今天為什麼會來嗎？」

有問題想問的人，不是應該主動開口嗎？

她心中湧現久違的煩躁感，停止示範，深吸一口氣讓自己冷靜。「妳在社群上看到客人標記耿霽的推薦文了嗎？可惜妳沒早一個禮拜來，就能喝到他沖的咖啡了。」

當年她隱約有感覺 Ashley 試圖加她社群好友、公開發文標註耿霽、上傳有他的照片那些小動作，是一種對她的挑釁。但當時她太年輕，又不夠自信，總是成功被影響心情，現在她不想再重蹈覆轍。

她的淡定回應讓 Ashley 難以繼續咄咄逼人，語氣放緩：「那今天學長會來嗎？」

一瞬間，她不想回答這個問題，不願亮麗優秀的 Ashley 再有機會接近他。

她承認，雖然時間使她成熟了些，卻沒有使她變得自信。

但如果他們還保持聯絡，Ashley 就不會大老遠跑來找人卻撲空了，不是嗎？

安定好心情，她平靜回道：「不會，他去國外出差了。」

他們正在能否重新開始的最後關卡前，她明白自己必須面對過去的心結，做出不同的選擇，這次他們才有機會走向不同結局。

她的堅定似乎使 Ashley 受了打擊，沉默片刻，才語帶不平地開口：「妳知道嗎？我搞不懂學長為什麼回來找妳。妳當年傷他傷得那麼深。」

Ashley 的指責讓一直試圖維持冷靜的沈心羿終於動了氣，一時沒發現這段話中藏著的魔鬼細節：「這是他的決定，妳應該去問他。」

「我就是想親口問他，今天才會來的。」她的回應立刻引起好鬥的 Ashley 的反擊，「何必回來自找苦吃？」

「什麼意思？」她也被激得火氣上來了。

「妳知道學長在你們分手後自我放逐了多久嗎？」

終於察覺言外之意的她，胸口突感悶痛。「妳說他自我放逐是什麼意思？」

她怎麼忘了……

Ashley 曾在他們視訊時闖入告白，雖然當時的混亂狀況很快就被耿霽收拾，但 Ashley 有看到視訊螢幕上的她，知道耿霽當時低調交往的女友是她。

「妳是真的不知道嗎？跟妳視訊隔天，他跟我們一群朋友去滑雪，大家剛滑完回室內休息，他收到妳傳來的訊息，就一個人跑到角落去，回來時臉色都變了。那時開始下大雨，大家決定回去了，他卻不聽勸，堅持要再去滑一次難度最高的雪道，結果摔成重傷。」Ashley 明媚的眸暗下，「傷好沒多久，他就不要命地約人到處去玩極限運動，瘋了似地把生活填滿。我問他，出過這麼大的意外，還這麼不要命，你女朋友都不管的嗎？他卻說意外造成的失憶還沒恢復，不記得自己有過什麼女朋友。」

沈心羿胸口的悶痛稍微舒緩。

「我不是第一天認識學長，如果有不想透露的事，他會說出善意的謊言，而且很擅長把謊話說得像真話。」Ashley 的眼中，寫滿凝視一個人多年的篤定。「那時我才確定，以前總是手機不離身、連開趴都要中途離席跟妳視訊的他，為什麼意外後就變了個人，一有空就約一群男生陪他四處玩命，深怕閒下來似的……你們一定分手了，而他被傷得很深，才會那樣自我放逐。」

Ashley 對耿霽性格有幾分中肯的剖析與推論，使沈心羿瞬感空氣稀薄，呼吸艱難，胸悶再度浮現。

他沒有忘記他們交往過嗎？

心中的信任堡壘，在爆炸性的話語掀起的劇烈震波下，轟然崩塌一角。

「聽說學長回臺灣，我以為他總算走出情傷；在社群上看到他被標註在這裡沖咖啡的影片，我還很開心他重拾喜歡的事了。但攏攤怎麼在射箭場？我一查，官網的教練名單居然有妳，為什麼曾經重傷他的人還能得到第二次機會，一直很關心他的人卻……我不甘心，決定親自來問他。」

Ashley 瞥她一眼，氣憤更盛：「妳怎麼有臉用驚訝又無辜的表情聽我說他那段黑暗時期？當年妳傷他傷得多深，妳一點自覺也沒有嗎？」

「我沒有……」沈心羿開始換不過氣，「想……傷害他……」

如果他曾經痛苦到自我放逐，為什麼要裝作若無其事來找她？還跟她告白？

心臟襲來令人幾乎窒息的劇痛，她抓著胸口衣襟蹲下。

「心羿！」站在場館側門，同時留意室內比賽與室外體驗課進行狀況的孫羽翎見狀立刻飛奔過來，扶沈心羿到後方的長椅坐下，並對被突發狀況嚇到不知所措的 Ashley 下逐客令：「請妳立刻離開，這裡不歡迎對我們的員工不尊重的客人。」

沈心羿艱難地掏出長褲口袋中常備的藥包，接過孫羽翎遞來的水瓶服下藥錠，吞嚥時嗆了水，藥沒吞下，她咳得淚流滿面。也許是生理與心理的痛苦同時爆發，淚水異常洶湧，她必須花更大力氣才能吸到空氣。

她這段期間感受到的，兩人間重新流動的那份情感，還有多少是真的？

「妳多的藥放在哪裡？我幫妳拿！」

她想回答，但眼前的孫羽翎突然開始縮小，她的視線像壞掉的螢幕，出現雜訊般的雪花，亮度快速變暗，她驚駭失語時，更強烈的心悸襲來，瀕死的恐懼將她淹沒——

沈心羿眼前一黑，下一秒就失去意識。

耿霽從滑雪場離開，手機一有訊號就傳訊報平安，卻久久不見沈心羿已讀，使他心中浮現不安。回程的路上，他傳訊息、打電話給她，卻像石沈大海，他憶起他們分手時的相似情景，不安持續擴大。

遲遲沒聯繫上，雖然可能只是他大驚小怪，他還是決定與此刻在她身邊的人聯絡確認。丟訊息給周少倫，卻得知她在帶體驗課途中昏倒，孫羽翎剛送她返家休息的震撼消息；但周少倫當時忙著顧比賽現場，無法提供更多情報；他改為聯絡孫羽翎，卻進入新一輪毫無回應的輪迴；再試著問了參賽的常客三人組，得到的情報卻相差無幾，讓他心急如焚。

他人到機場，再撥一次手機給能解答一切的孫羽翎，這次終於被接起——

「我接起來只是要告訴你，別再打了。」孫羽翎的聲音壓抑著怒氣，說完就要掛斷。

「等等——」他出聲阻止，「阿倫說心羿突然昏倒？她現在還好嗎？」

「你還敢問？」

孫羽翎的怒氣明顯是針對他，耿霽雖摸不著頭緒，還是沉住氣回應：「拜託妳告訴我心羿怎麼了，聽到她昏倒，我擔心到快瘋了。」

「你是真擔心，還是又在演戲？」他的話卻激怒了孫羽翎，「耿霽，我後悔給過你機會！裝失憶、把所有人當猴耍很有趣嗎？剩下的幾堂射箭課，我退錢給你，不准你再來『射手之翼』，也不准再靠近心羿！」

為什麼他僞裝失憶的事會被揭穿？他壓下內心慌亂：「對不起，我保證一定會好好解釋這件事。可以先告訴我心羿現在還好嗎？」

「她暫時沒事了。」

「可以請她聽嗎？」他想確認她平安。

「不行。她需要好好休息，你別再打來了。」

狀況感覺很嚴重，讓他擔心更盛：「她為什麼會昏倒？」

「為什麼？始作俑者還真有臉問。」

始作俑者？從孫羽翎透露的資訊推斷，心羿昏倒，跟他偽裝失憶被拆穿有關？他腦中浮現上次她突然變虛弱的樣子。

他小心翼翼地開口：「……心羿是不是又喘不過氣了？」

「喘不過氣？這形容太輕微了。這是我見過她最嚴重的一次發作，我差點都要送她去急診了！」

想到她上次發作時的痛苦若再增強該有多難受，耿霽便跟著心臟揪緊、胸口悶痛。

為什麼在他準備好坦白的前一刻偏偏發生這種事？

「孫羽翎，妳想怎麼罵我，我都接受。拜託告訴我究竟發生什麼事？」他啞聲懇求。「我也會解釋一切。」

「我只是出來接個電話，還要回去照顧心羿，沒空跟你解釋。」孫羽翎本要掛斷，卻忍不住怒氣：「你為什麼要做這種事？是為了報復當年心羿提分手，故意接近她、讓她愛上你、再告訴她一切都是謊言來傷害她嗎？恭喜你成功了。」

「我發誓絕對不是這樣。」耿霽懊悔地發現謊言的破壞力比他想像得更強大，「這三個月我所做的，我相信妳都看在眼裡，不然不會讓我待在心羿身邊。看在認識這麼多年的份上，給我一個機會解釋好嗎？」

耿霽再三懇求，孫羽翎才讓步，同意他明晚來射箭場當面談。

他心情混亂地搭上回臺航班，返家後也坐立難安，晚上約定的時間一到，便出現在「射手之翼」。

辦公室門口掛上平常只有門市無人服務與閉館時才會掛出的「休息中」的牌子，打開門，神色嚴肅的孫羽翎、與面露同情的周少倫已在迎賓區的沙發等著他。

「坐吧。」孫羽翎面無表情地招呼他，在他問出最關心的問題前便提供解答：「我放了心羿假讓她在家休養。我們今天對話的內容，我會錄下來傳給她聽。」

他點頭表示同意後入座，孫羽翎點開手機的錄音APP，按下錄音鍵：「我先聲明，我只能陳述昨天我看到的事實。心羿沒有授權我說的，我無法透露。」

「我明白。」

「昨天早上，有一對男女跑來，問還有沒有換咖啡的活動。我以為只是想喝免費咖啡的客人，沒想到，女生是衝著你來的，一來就點名心羿當她體驗課的教練，她們聊了沒幾句，心羿就被刺激得發作了。」

耿霽在腦中搜尋符合所述條件的人選，答案很快浮現：「是Ashley嗎？」

「我不知道她叫什麼名字，」孫羽翎搖頭，「心羿叫她徐小姐。」

「我想是她。」耿霽頭痛地嘆氣，「那是我大學咖啡社的學妹。後來剛好跟我到同一間學校留學，但我跟她一直都沒什麼。」

「是嗎？她特地跑來找你，還一眼認出你的前女友，感覺對你很執著。」

他該怎麼解釋這朵帶給他很多困擾的桃花？他思考半晌，決定想像心羿在場，以坦誠的態度陳述事實：「Ashley 只是我學生時期的一個普通朋友，我對她從來沒有特別的想法。我跟心羿分手前一晚，Ashley 在我們視訊時闖進我房間跟我告白，我當場拒絕了；我滑雪出意外時，她曾經想來我家照顧我，但我不想讓她繼續對我有錯誤期待，除了婉拒，也跟她拉開距離，不再參加她會出席的臺灣同學聚會，改成自己約朋友去玩極限運動。一連串的拒絕跟疏遠下來，她也漸漸明白我的意思了，之後除了在校園裡偶遇過一次，我再也沒見過她。」他長嘆一聲。「畢業後我沒跟她聯絡過，交集只剩下一些共同朋友，還有發生意外後就很少上線的社群……我猜，她可能是看到我之前在社群被標註的貼文，才知道我在這裡沖咖啡，但我真的沒料到她會跑來找我。」

「好。愛慕者不請自來，還可以說不是你的錯。」孫羽翎明理地接受他的說法，進入話題重點：「但你為什麼要假裝失憶？你的欺騙，才是讓心羿受到打擊的主因。」

「首先，我要跟所有人說一聲抱歉。」他誠懇地直視面前的孫羽翎與周少倫。「我確實濫用了失憶的事，因為我太害怕心羿會無法面對我這個前男友。可是我實在很想見她、很想搞清楚她當初為什麼要離開我，不然我精神上一直被困在分手那天，不斷檢討自己卻得不到答案，被分手的傷口一直好不了。」

耿霽向兩人解釋了他真正失憶的範圍只有意外當天，並交代了周少倫當初的隨口問候，如何觸發他偽裝失憶的點子。

「阿倫，對不起。」他雙手合十，周少倫苦笑著說沒關係。

「我就說過你是心機鬼！」孫羽翎聽了，表情略為軟化，但仍難掩氣憤。

「我承認，為了接近心羿，我是用盡心機。」他倒是不生氣，因為這是事實。「但我發誓我對她的告白是真心的，也打算這次出差回來要跟她坦白一切，沒想到會以這樣的方式讓她知道……我很後悔。」

他抬眼望向孫羽翎：「拜託告訴我，心羿現在還好嗎？她發作的到底是什麼病？」

「心羿沒有授權我告訴你這件事。」孫羽翎搖頭，「我能告訴你的只有，因為這個別人眼中不致命、感覺小題大作的病，她這六年來過得很不容易，可是她一直很努力想好好生活。」

六年……這個數字印證了他心中的懷疑，心羿後來的失意，果然不只是單純的低潮。見證心羿發作後，他上網做了一番研究，再加上孫羽翎的敘述，心中的答案更明確：「是恐慌症嗎？」

孫羽翎的神色有一瞬間的動搖。「我說過，我不能代心羿回答。」

「沒關係。」他知道孫羽翎講義氣，絕不會鬆口，但她的反應已經說明一切。

孫羽翎嚴肅表示：「心羿這次發作特別嚴重，現在不是能面對外界的狀態，需要靜養一陣子。你不要急著找她，我不希望她又被刺激得發作。」

他明白孫羽翎是為心羿著想，也不像昨天盛怒時放話要永久禁止他靠近她，已經對他展現寬容。只是，除了等待，他真的沒有別的事能做了嗎？

聽到手機「滋」地震動一聲，沈心羿昏昏沉沉地在床上掀開眼，覺得全身肌肉緊繃痠痛，微微的心悸、暈眩、噁心感也在清醒那一刻回籠。

那天她昏倒，嚇壞了孫羽翎，還好在孫羽翎真的叫救護車前她就清醒過來。她清楚恐慌發作時去急診室只是白忙一場，而是需要靜養恢復，服下備用藥包後，因為比賽才進行到一半，她便要孫羽翎先回去忙，自己到辦公室沙發躺下休息；比賽結束後，孫羽翎見她依然虛弱，便親自開車送她回租屋處。

依以往經驗，即使是較嚴重的發作，她至多請假休息半天、一天就能恢復。這次卻特別嚴重，讓她在家連躺了兩週——第一週整個人像被大卡車輾過，連下個床都費盡力氣，第二週稍微好些，能緩慢地在家中自行移動，並在孫羽翎陪同下去身心科看了診。醫生叮囑她，恐慌症的臨床特徵是自律神經失調，剛經歷一場嚴重發作的她，自律神經仍處在極度敏感的狀態，建議暫時別再出門接受外界刺激，在家靜養到恢復為止。

於是，她被孫羽翎立刻送回家並強制放長假，孫羽翎每天會抽空來送一次食物與民生必需品並確認她恢復的狀況。

她勉力從床上坐起，伸手到床頭櫃撈起手機，推送的各式通知最上方，是一則訊息。

「希望妳今天有好一點。好好休息，不必回覆。」是耿霽傳來的訊息。

他回臺灣那天，心急地丟了很多訊息、打了很多電話給她；聽了孫羽翎的解釋，變成一天傳一次訊息給她，像想關心、又怕給她太多刺激，小心克制著聯絡的頻率。

他一定很擔心，但她目前只能以已讀當作報平安。

那天他解釋的錄音，她趁狀況較好時聽完了。

靜養的日子，世界像按下了暫停鍵，外界的紛擾全被屏蔽，反倒讓她在與耿霽重逢後便忙碌不已的心緒靜了下來。

其實，從重逢那天開始，也許是相識多年對他的了解、或是他凝視她時壓抑著某種情緒的眼神，她心中某處一直有種他並未真的遺忘她的直覺。只是與他越親密，她就越不願相信那份直覺，寧願相信他無從查證的說辭，冀望著兩人能因此拋下過去、重新開始。

因此從 Ashley 口中確認他並未失憶時，一時難以接受期望破滅，才會恐慌發作。

仔細想想，她究竟在害怕什麼？

是害怕這三個月來感受到的情意都是一場謊言吧。

她緩慢地走到窗邊，指尖挑開窗簾一角，見他的車停在樓下。

他低頭盯著手機，臉上映著螢幕的亮光，看不清表情，卻能從緊繃的身體姿態中感受到他的焦灼。

他從未提過，她不確定他是何時開始這麼做的，她在家靜養的第七天才偶然發現，他傳訊息給她時其實人就在樓下。

每天，他會在車中等到她已讀，才放心離去。

她拿起手機，點進他剛剛傳來的訊息。

住在四樓的她，仍能感受到他見到已讀時的激動——他立刻放下手機，降下車窗，抬頭望向她房間。

他應該看不見窗簾後的她，但每當他抬頭仰望這瞬間，她就有種奇異的直覺——以為早已徹底斷訊，在各自的星系中寂寞地運行著的他們，其實一直向空茫的宇宙發送思念對方的訊號。

當距離的阻隔、周圍的雜音、理智的干擾都除去，只要這樣靜靜凝望彼此，就能接上同一個頻段，聽到無聲的思念，響亮無比地傳進心底。

是的，他說了遺忘她的謊話。但撇除語言，重逢後他所有的行動，誠實地坦露了他的真心。

說起來，他們很有默契。

過去的三個月中，他說了謊，她也沒對他全然誠實。

他們避談交往到分手那段極甜極苦的頃刻燦爛，卻細品相遇到相戀前那段酸甜生澀的漫漫青春。

這段像翻閱老日記般回顧過往的時光，她察覺了自己當年那些不成熟、不自信，如何阻礙了他們本能更早開始、更甜蜜、走得更遠的感情；也發現在她的青春中，他是最絢爛的那道色彩；多年過後，依舊是她心中最鮮明的存在，之後遇見的其他色彩，與之相比，都黯然失色。

如果她仔細回想這段期間感受到的真切情意，就會得出與得知他並未失憶時的恐慌反應完全不同的結論——他偽裝失憶接近她，不是為了傷害或報復，只是為了待在她身邊。

她不確定若他沒有佯裝失憶，兩人重逢後會怎麼發展……但她想，對分手有愧的她，一定需要更長時間才能坦然面對他吧。

她看著他仰望的臉，忽然好想跟他說說話，撫平他眉宇間的憂色。

她慢慢打下訊息送出：「我好一點了，謝謝。」

下一秒，他驚喜地抓起手機。

「太好了！」他回完，又仰臉看向她窗邊，這次臉上有著大大的笑容。

她被他的喜悅感染，唇角微微揚起。

「我現在還沒有力氣講電話。」她鼓起勇氣，繼續打下：「但你有想跟我說的話、或是想問我的問題，可以丟訊息。我有力氣時，會慢慢看、慢慢回。」

一直以來，他都是兩人之中主動的那一方。

這次，她想主動朝他踏出一步。

這一步會帶來什麼改變，她不知道。

但如果她希望這次能有不同結果，就該嘗試新的行動。

而且，終於面對彼此的「前任」身分的他們，有很多話想說、也該說，不是嗎？

「好。」他低頭打字時，是在笑嗎？「妳要做好心理準備，我話很多喔。」

Chapter 9
告白，依然是你

沈心羿對耿霽說可以傳訊息給她後，他沒有急著提問。她先收到的，是他這六年間的相片，配上文字說明他那些年發生的重要事件。

首先傳來的，是他臉色蒼白地躺在病床上，左側鎖骨被大片紗布覆蓋、左臂吊起為骨折處減壓、額頭跟四肢傷處也纏滿紗布的照片。他簡單敘述當時的傷勢及恢復過程，看得她心疼又愧疚地回傳：「對不起……」

「我說過，這是我自作自受。那時下了大雨，雪況變得很糟，我卻不顧朋友勸阻硬要去滑。」他立刻回。「給妳看這張照片，只是想跟妳交代那時的真實狀況。那場意外我從來不覺得妳有責任，別再自責了好嗎？」

和他告白時同樣的話語，讓她再次紅了眼眶，只能丟個點頭的貼圖回應。

接著，他傳來一張在汪洋大海上的照片。

「我的手機沒有掉進滑雪場的山溝，但被我丟到太平洋的深海底，是真的死機了。」

「呃……太平洋？」

他向她解釋搭船出海丟手機的過程，「現在的我，也覺得當時怎麼會做這麼中二的事？但那時候，我真的因為失戀傷心到極點，想藉著丟掉手機跟裡面的紀錄的儀式，強迫自己放下妳。」

看著照片中的湛藍海波，她彷彿能感受到他當年想永遠埋葬這段感情的痛苦。

「我聽到消息的時候，其實很想跟你聯絡……」她終於說出實話，「但我怕我一跟你接觸又會前功盡棄，影響奧運選拔的結果，對不起，我很自私……」

「當時我不明白自己做錯了什麼。」他坦白道。「後來才慢慢覺得，或許我當初不該給妳交往的壓力。明明感覺到妳還沒準備好，卻擔心我不在時妳會被別人追走，急著想先把妳定下來；如果我們繼續當朋友，也許距離就不會是那麼大的問題。看多了朋友的例子我才明白，遠距離需要很多信任，當時妳心情會有起伏，我想，一定是我有不夠讓妳安心的地方。」

「其實……那時候我很在意一直在你朋友群裡的 Ashley，每次看到她上傳你們一群人聚會的照片，心情就會受影響。」隔著螢幕，她終於有勇氣坦承。「但我怕說出來，你會像你提過的留學生同學，覺得我為什麼不信任你，怕我們會因此吵架。我想自己消化那些負面情緒，但結果，我做不到。」

「關於 Ashley，是我該跟妳說對不起。」他回。「直到她跟我告白，我才發現她竟然是那樣看我的。如果我早點察覺，跟她拉出距離，或許她就不會總是將視線放在我身上，能看見一直守護在她身邊的人。」

他丟來一張當年他跟咖啡社的社友去補習，某次課後聚餐的照片。

「Ashley 旁邊那個戴眼鏡的男生，妳有印象嗎？」

「沒有……」

「他叫 Ethan。帶妳去咖啡社擺攤那天，他最後有出現，不過那時我們趕著離開，只是打了個照面。」他解釋，「聽說他跟 Ashley 是青梅竹馬。因為他們總是形影不離，又從沒跟別人交往，即使當事人不承認，大家都認為他們是一對，我也是。」

沈心羿終於明白，為什麼聰明敏銳的耿霽，當時從未察覺 Ashley 的情意。

當年她雖記下幾個社群上跟耿霽交流較熱絡的朋友，但不在其列的人，她就不太關注。第一次仔細看著照片中她從未留心的 Ethan，才突然想起，那天陪 Ashley 來射手之翼的斯文男子，雖然沒戴眼鏡，五官卻越看越神似，將這個發現告訴耿霽。

「我知道。」他傳了個苦笑的貼圖。「妳發作那天，我收到 Ethan 沒頭沒腦地跟我道歉的訊息……」

她回個驚訝的貼圖，靜待他繼續訴說。

「他說：『學長對不起，她不是故意的。她想道歉，又覺得你們大概永遠不會原諒她，沒勇氣開口，所以我代她傳達。這次她是真的對你徹底死心，不會再去打擾你們了。』」他轉貼 Ethan 的訊息，「一開始我完全摸不著頭緒，聽完孫羽翎的解釋才恍然大悟。我真的沒想到事情居然會變成這樣……對不起。」

「其實，我有點感謝她的出現。」她坦承。「如果不是她，或許我永遠都不會知道你當時過著強顏歡笑的日子，因為你一定不會老實告訴我。」

他難得地沉默許久，才回：「這麼遜的過去，我還真不想讓妳知道……」

他傳來分手後四處去玩極限運動的照片：滑雪、衝浪、攀岩、泛舟、高空跳傘……種類之多、頻率之高，沈心羿終於明白 Ashley 說他「不要命」的意思。

「我本來想要帥地說『這些年我過得很精彩喔』。既然妳都知道了，我承認，我迷上極限運動的契機，是唯有必須專注當下，不然就可能小命不保的瞬間，我腦中才能得到片刻安靜，不去想妳為什麼要離開我。」

照片中他的笑容有多燦爛，這段感情傷他就有多深，也表示……當年她完全判斷錯誤。她低估了他對她的感情，以為他很快就能忘記她，與更好的對象相戀。

「妳曾經說是不想讓戀愛影響追夢所以提分手，但是……我總覺得那不是真正的答案。」他停頓一下，丟出最在意的問題：「可不可以告訴我，為什麼當時妳非跟我分手不可？我們之前不也都那樣過來了嗎？」

一來一往的互傳訊息，終於來到必須碰觸這個話題的時刻。

她知道這個答案對他很重要，這次她不能再冠冕堂皇地以夢想為藉口，必須對他坦承她的自卑與脆弱，才解得了這個兩人之間最大的心結。

她也知道，他一定不明白她根深蒂固的自卑從何而來。因為她從未向任何人，包括好友孫羽翎，深談過她的心傷。

「可是……我的解釋可能會很長，長到你沒興趣聽。」

「妳說什麼我都想聽。」他立刻回。「我一直想知道更多妳的事，妳願意說，我求之不得。」

他的溫柔給了她勇氣，思考片刻，決定從這裡開始：「你知道……我為什麼不喜歡拍照嗎？」

隔著手機螢幕，她終於有勇氣將深埋多年的傷痛說出口。

懂事以來，沈心羿總覺得如果自己沒出生，或許她的家人都能過得更幸福。

當年大四、風靡校內一眾女孩的排球校隊明星主攻手的父親沈維，與大學四年都是死忠球迷的母親施雁慈陷入熱戀，畢業前夕發現有了她，便奉子成婚。父親一畢業就入伍進國訓隊打球、而母親因為孕期時嚴重不適，便在沈家住下安胎。

據說新婚的小倆口一開始十分甜蜜，但這份甜蜜沈心羿無緣見證——父親入伍後，放假回家探望孕妻的頻率逐漸下降，開始不時失聯，母親積極打探，才由隊友口中得知在學時就桃花不斷、極受異性歡迎的沈維，在國訓中心結識了同為運動員的外遇對象。

當時母親已屆臨盆，周邊的人都勸合不勸離，母親也對從大一就視作夢中情人的丈夫餘情未了，在長輩的勸說下，父親向母親道歉，趁著退伍離開國訓中心，順勢斷了和外遇對象的聯繫，兩人重修舊好。

父親退伍後，被網羅進公家機關的球隊繼續選手生涯。若好好打球，退役後也能留在機關中服務，算是一份穩當的工作；但不甘於平淡的父親，很快又和女球迷鬧出緋聞，幾次東窗事發、道歉回歸家庭、又故態復萌的輪迴後，被球隊開除；去學長帶的校隊當助理教練，又因為跟女學生過從甚密被辭退；接下來，桃色風波不斷的他再也無法獲得體育圈的機會，開始頻繁地換工作。

沈心羿三、四歲開始長記性時，對父母最初的印象，就是父親不斷換工作、父母不斷為父親又一次的不忠吵架，而最後都會在同住的爺爺奶奶的勸說下，以給孩子一個完整的家為理由，繼續維持婚姻關係。

但是，生下她之後便有憂鬱症狀的母親，在丈夫一次次背叛的打擊下，精神狀態越發脆弱，會無來由的哭泣或將自己關在房中，卻無人察覺她已散發出需要幫助的訊號，依舊擔負照顧孩子的主要責任。

沈心羿剛上幼稚園時，有次父母又因父親疑似出軌爭吵，母親突然失控拿家中擺飾砸向一旁被爭吵聲嚇哭的她，沈家人才領悟事態嚴重，由爺爺奶奶接手照顧她的主要工作，讓母親有餘裕休養恢復。

眾人的努力逐漸見效，笑容漸漸回到母親臉上，從整天只想關在房中，開始願意出外走走、找朋友聚聚、甚至與大學同學去過夜旅行；到她幼稚園中班時，若母親當天狀況不錯，甚至會代替爺爺來接她放學。母親會牽著她的手去市場買菜、回程經過雞蛋糕攤，必定買一包烤得外酥內軟、香氣四溢的雞蛋糕，母女倆在回家路上趁熱享用；然後母親會和奶奶聯手煮一桌晚餐，等父親下班回家，全家一起吃飯。雖然母親並非天天如此溫柔，父親也有突然不知所蹤的日子，但每當母親好轉、父親乖乖回家，沈心羿就好開心，想一直待在父母身邊，跟其他同齡孩子一樣享受一家團聚的溫暖。

一切都在好轉的氛圍，在她五歲的某天驟然破滅。

那天，來接她放學的母親打扮得特別用心，畫上淡妝，捲了頭髮，穿著一襲洋裝從陌生的白色轎車走下。

「媽媽，那是誰的車？」五歲的她，隱約覺得今天有些不對勁。

母親沒有回答，看著她，笑出與她一模一樣的小梨窩。「心羿，今天陪媽媽去個地方。」

上了白色轎車，開車的叔叔還親切地回頭跟她打了招呼，將她們載到市區的攝影工作室。

母親帶她換上店內漂亮的紗裙小洋裝，化妝師阿姨替她上了淡妝、綁了公主頭，母女倆在布置成美式鄉村風的純白攝影棚內，拍了一組溫馨的親子寫真照。

拍攝時，母親完全配合攝影師的指示——牽她的手、與她相視而笑、將她抱在懷中，又在她拍個人寫真時一直誇她好可愛，格外溫柔的言行讓沈心羿好驚喜、好幸福。

拍完照，白色轎車將她們載到平常母親買菜的市場。但母親今天一樣菜也沒買，直接從雞蛋糕攤開始，路過每個攤子都停下問她想不想吃。愛吃的她樂壞了，與母親一攤買過一攤，直到她飽得吃不下了，母親還是沿路買，說讓她等會餓了再吃。

她們提著大包小包的食物，散步回到沈家的老公寓樓下。母親卻止步於樓下大門，要她幫忙將食物拿到樓上家門的腳踏墊放著，而且先不要按電鈴驚動在家午睡的爺爺。她雖然覺得奇怪，但爺爺叮囑過媽媽生病了、要聽話別讓媽媽心煩，還是乖乖照做，想著趕快將食物全拿上樓，就要去拉母親一起進門——一路跟著她們的白色轎車還停在巷口，讓她莫名心慌。

她來回了幾趟終於完成母親給她的任務，跑回樓下想拉母親進門時，母親突然蹲下，將她擁入懷中。

「心羿，媽媽對不起妳……」剛剛拍照時的擁抱是攝影師要求的，這是沈心羿有記憶以來母親第一次主動擁抱她，她在母親帶著好聞香氣的溫暖懷抱中愣住。「妳留在沈家，雖然妳爸不負責任，還有疼妳的爺爺、把妳照顧得很好的奶奶，一定能夠平安長大……如果我想帶妳走，我怕我會失去他，所以原諒媽媽……」

沈心羿聽不懂母親在說什麼。還沉浸在被母親擁抱帶來的震撼的她，愣愣地看著母親放開她，摸摸她頭說了「要聽話」、「再見」，將她輕輕推進公寓鐵門，在她面前關上門。

鐵門「砰」地一聲閉攏，她才如美夢被驚醒般反應過來，因為身高不足，她試了幾次才搆到按鈕。一開門，便見到母親的身影被巷口那臺白色轎車吞沒，從此離開她的生命。

母親的離去，在她的世界中造成巨大混亂。

爺爺奶奶四處向親朋好友打聽母親的行蹤，母親卻彷彿人間蒸發。一個月後，親子寫真照的相本寄到家中，與相本一起寄來的，還有一封信，裡面有一紙放棄所有權利、只求淨身出戶的離婚協議書、一封母親的親筆信、還有一張照片。

比起離婚協議書與信，真正在沈家掀起滔天巨浪的，是那張照片——一張胎兒的超音波照片。

「妳媽在外面偷了人，妳還護著她，不跟我們說那天她帶妳去哪裡、見了誰！」

從奶奶炸了鍋似的反應，她才知道自己做了錯事。不該在爺爺奶奶追問她母親失蹤那日的行蹤時，只說母親像平常一樣帶她去菜市場，刻意隱瞞母親帶她去拍親子寫真，與那個開白色轎車的叔叔的事，以為隱去那些她覺得不對勁的事，母親就還有希望回家。
沒想到，母親鐵了心求去；而奶奶也也已氣得放話，若不拿掉那孩子，母親休想再踏進沈家大門。
母親的外遇，似乎反而讓一直覺得被這段婚姻綁住的父親鬆了口氣。偷偷拿走離婚協議書，私下與母親辦了離婚，然後在爺爺奶奶的怒罵下，順理成章地再次離家，從此只在手頭吃緊時才回家求救。
她從上幼稚園便主要由爺爺奶奶照顧，繼續住在同一個家，看似生活變動不大，但她立刻感受到了變化。
原本只是嚴肅、對她並不嚴厲的奶奶，開始會在她每次露出笑容時訓斥她——
「妳笑起來不好看。別笑了。」有時，奶奶只是板起臉制止。
「妳媽就是用這種笑勾引外面的男人，不准像她那樣！」有時，奶奶心情不佳，她便會莫名挨一頓罵。
笑起來會露出母親遺傳的小梨窩的她，就像帶了個原罪的印記在身上，為了別惹奶奶生氣，她變得習慣壓抑情緒，遇到任何狀況都盡力維持一號表情。
曾讓她幸福滿溢的親子寫真，成為被母親拋下的永恆惡夢，奶奶又看到她與母親神似的笑容就來氣——從此，她討厭拍照、也壓抑會讓她挨罵的笑容，下意識避開所有會引發不愉快感受的事。
討厭拍照的心結延續至今，而笑容，她只在信任的人面前，才會放心展露。
「原來如此……那，後來呢？」
他耐心傾聽、毫不批判的態度，使原本擔心他會覺得無聊或嫌棄她的破碎家庭的她，有了繼續訴說的勇氣：「後來，我一直在找能證明自己與父母不同、是個有用的人的方法……」

沈心羿上小學那年，傳來母親與外遇對象再婚並移居海外的消息。奶奶聞訊怒不可遏，有段時間反覆念著：「我們辛苦幫她照顧孩子、把她當大小姐伺候，她卻去勾引別的男人，還丟下孩子遠走高飛，真不像話……」

當時家裡的氣氛很糟，即使她與爺爺都小心不要觸怒奶奶，奶奶的心情也不見好轉。每天接近放學時間，她心情就沉重起來，也使她開始思考自己到底可以做什麼，才能讓奶奶別再生氣？

她很快便發現奶奶很關心她的學業成績。可惜她再怎麼努力成績也只是中等，奶奶每次看完她的成績單，不是板著臉，就是嘆口氣，說以後爺爺奶奶不在了妳一個人要怎麼辦？經過幾學期的嘗試，她確定自己沒辦法用這個方式使奶奶開心。

小學三年級，射箭隊教練帶著校內風雲人物的學姊孫羽翎來班上招募隊員，也想變得像允文允武的學姊那般優秀的她，自願加入了校隊。入隊後，雖然她的課業成績沒變得像學姊名列前茅，但她發現自己有不輸給學姊的運動天賦——遺傳了父親運動細胞的她，只練三個月便拿下新人組冠軍、第一次參加全國賽便勇奪銀牌，每次拿著閃亮的獎盃、獎牌回家，爺爺都會稱讚她好棒，奶奶也會臉色和緩地點頭表示讚許。

當時她想，她或許找到一件能讓奶奶覺得她很棒的事了。

除了獲得奶奶肯定，父母離異後因為街坊的閒言閒語變得自卑寡言的她，在校隊生活中找到許多快樂——喜歡也擅長運動的她，每天上學最期待的便是校隊練習的時間；在班上非常邊緣、沒有要好朋友的她，竟與嚮往的女神學姊孫羽翎一拍即合成為摯友，校隊時光因此加倍愉快；去比賽，她常能站上頒獎臺，很有成就感，若去外地比賽，賽後教練還會帶全隊去玩，彌補了因為爺爺有中風病史，兩老不便帶她遠遊的遺憾。

她提出升國中想繼續練箭時，奶奶起先有些疑慮，怕她像父親一樣最後求職路窄，但爺爺賣力替她說情，國中教練也登門拜訪，大讚她未來有成為國手的潛力，奶奶才點頭同意。

升國二暑假，暑訓中的某天，教練在接到一通電話後帶她直奔醫院，說她爺爺突發腦中風，病況危急。

當天她與奶奶都一早出門，等奶奶回家發現爺爺倒在客廳，已錯過搶救黃金時間，急救後依然回天乏術。

爺爺宣告死亡的深夜，她與奶奶、趕來送最後一程的姑姑站在病床邊，聽到奶奶恍惚地反覆叨念：「你真命苦。走的時候，唯一的兒子不知道人在哪裡，只有三個女人給你送終，連幫你捧斗的男孫都沒有。家裡沒個男人，以後我一個老太婆帶個小女孩該怎麼辦……」

聽到奶奶這樣說，沈心羿的心情好沉重。感覺自己來到這個世界，父親不管她、母親不要她，因為她沒有生對性別，對奶奶似乎也是個累贅。

只剩下她與奶奶的家，頓時變得清冷。雖然奶奶的脾氣捉摸不定，爺爺在世時，總會不屈不撓地以話語與笑容安撫奶奶的怒氣，也會趁奶奶不在逗她笑，家中氣氛因此輕鬆不少。爺爺過世後，奶奶變得更固執易怒，在奶奶面前本就小心壓抑情緒的她，也不知如何改善家中更常處在低氣壓的氣氛，只能做她能力所及的事——埋頭練習。

上國中後，既然她打算認真當運動員，奶奶便將對她學業成績的關心，轉到比賽成績上。當她拿著更多的獎盃、獎牌回家，奶奶不再表示讚許，而是告誡她好還要更好。

「爺爺已經不在了，有一天奶奶也會走，妳要好好努力，做個有用的人，以後才能照顧自己。」奶奶開始會語重心長地對她這麼說。

她開始感到有些壓力，還好她的競賽成績在同齡選手中一直名列前茅，升學時收到好幾個高中校隊的主動邀請，最後她選了離家較遠，必須住校的學校，也有一部分理由是想逃離家中沉重氣氛、以及奶奶使她越來越喘不過氣的期許。

「到剛剛為止，我都很生氣妳奶奶對妳這麼嚴厲，但現在又想感謝她……」耿霽中途插話。「如果妳選了別間學校，我們就不會遇見了。」

是啊，人生就是這麼奇妙，所有的選擇環環相扣，帶你遇見獨一無二的人事物，使你成為此刻的你。

「該說謝謝的其實是我。」

耿霽是慢熱的她上高中後第一個真正的朋友。他陪伴第一次離家住校的她度過了適應新環境的陣痛期，週末與他共進早餐，也是她在回家面對奶奶前充飽電的重要儀式。因為他，她的高中生活順利地步上軌道。

高二開始，訓練越來越忙，她回家的頻率變低，與奶奶多靠電話聯繫。祖孫間拉開了距離，似乎反而處得比較好。奶奶會在每次比賽後來電關切她的成績，其他部分則不會干涉太多，她決定棄體大、選S大就讀，奶奶也沒有多說什麼。

然而，她大一時將重心放在體驗大學生活、暫時不回國訓中心培訓的決定令奶奶非常不開心，在她春假回家探望時訓斥了一番——「妳去年奧運隊沒選上，還不加倍練習？別像妳爸，上大學就被花花世界沖昏頭，搞得一事無成！奶奶老了，不可能養妳一輩子！」

奶奶這番傷人卻難以反駁的提醒，勾起了她從小在奶奶的嚴詞恐嚇下累積起的恐懼——如果不變成一個有用的人，終將無依無靠的她，在這世界會難以生存。

終於對他訴說到這一段時，她坦承：「所以……當時我一直不敢回應你的告白，是因為我很害怕自己會像奶奶說的那樣，被戀愛的美好沖昏頭，將來變得一無是處。」

「對不起，當時我什麼都不知道……」他心疼地回覆，「那妳後來為什麼又改變心意？」

她原本不太想回答，但想到必須交代這部分，才能讓他理解為何她最後會提出分手，還是跟他坦承，是因為得知 Ashley 將與他去同一個學校留學，才意外使她下定決心。

「……」答案讓他一時無言。

「我想說的是，即使決定跟你交往，我還是很自卑。」她解釋。「當時我已經在射箭上建立了一點信心，以為或許能將這份信心擴大到其他地方；但在愛情裡，我依然很自卑，總為了小事患得患失。」

她深吸一口氣，終於坦白當年覺得太不光彩說不出口的，決定與他分手的前因後果。

「雖然我那時沒跟你說我家發生的事，但決定跟你分手的理由，跟我當初告訴你的一樣——因為戀愛帶給我的心情起伏，已經嚴重影響到我奧運選拔的表現，我意識到再這樣下去，我真的會落選。」經過了長長的鋪陳，她終於能對他坦承自己最深的恐懼：「射箭是我唯一擅長的事，如果連這件事都失敗，我害怕我僅有的一點自信會崩壞……如果變得一無是處，我覺得也沒有人會喜歡我。所以，我決定放棄從來沒有自信擁有的你，先去維護我少得可憐的自信，很可悲吧？」

他沉默了半晌沒回應，似乎需要時間消化這個早就聽過、背後原因卻出乎他意料的答案。

她忐忑地等待，不確定他是否會相信她。

「不是因為妳做了什麼、有沒有用處……」半晌，他終於回覆，「我喜歡妳，只因為妳是妳。」

手機螢幕跳出這句話時，兩行溫熱的淚不受控地滑下她臉頰。

成長過程中，因為父母的遺棄、奶奶過分嚴厲的教養，使她極度自卑，深信必須做個有用的人才值得被愛，以為別人愛她都是有條件的——因為她很聽話、因為她很厲害、因為她使他們開心……

他卻說，喜歡她，只因為她是她。

自幼便壓在心上那塊沉重又堅硬如石的自卑，在這一個月的靜養中，被愛她的人逐漸以行動、話語、還有某些無形但溫暖的東西滲透分解，終於在耿霽這句話的最後一擊下，轟隆一聲，碎成小塊。

不久前孫羽翎也對她說過類似的話，當時觀念還根深蒂固的她難以相信，這次發作，感受到孫羽翎對她無微不至的照顧、耿霽對她深切的關心，她終於相信了這番話的真實性。

不是因為她做了什麼，愛她的人，不論她處在什麼狀態，都會因為她是她而愛她。

這個認知使她頓時覺得輕鬆多了。

不必拼命追求什麼，才能獲得愛、有存在的價值，因為她的存在本身，就值得被愛、就有價值……對嗎？

「我有很重要的話想跟你說，」她很想告訴他，他剛剛那句話對她有多重大的意義，也想告訴他她也還愛著他，但太多激動的情緒讓她無法順暢表達。「但我不知道怎麼說……」

「不急。」他依然是那樣地有耐心，「我也有重要的話想對妳說，不如我們當面說。等妳好些，一起吃頓飯好嗎？」

「好。」

這次，將全部的心意好好傳達吧。

「妳不在的時候，我只能用四個字形容上班時間，妳猜是？」孫羽翎將車停進「射手之翼」的停車場。

「忙且快樂？」坐在副駕駛座的沈心羿配合地答。經過開幕後四個月的各式賣力推廣，射箭場的來客數明顯上升，孫羽翎不只一次跟她提過營運終於上軌道的忙碌與喜悅。

「我們不是Soul mate？」孫羽翎白她一眼。「是忙且無聊。」

沈心羿下了車，看到場館門口的公布欄掛著「Happy new year」的裝飾字樣，往下看，她的名字雖還在駐館教練簡介海報上，但一旁的新一期課程介紹已沒有她的授課時段——從她發作到今天回來上班，過了整整一個月，其間跨了年、新一期課程也開跑，感覺恍如隔世。

「歡迎回來。」孫羽翎走來給她一個大大擁抱。

「忙的話，幹麼不讓我早點回來？」她取笑好友的矛盾，心裡卻感覺很溫暖。

其實她休息到第三週時就覺得可以回辦公室做些進貨出貨、清點庫存之類的簡單工作，但孫羽翎對她昏倒餘悸猶存，說場館客人來去難以控制，怕又給她意外刺激，又多放了她兩個禮拜的假，確定她身體狀況完全恢復正常，才准她回來上班，不放心她自己騎車，今天還特地抽空載她來。

「妳以為我不想？」孫羽翎拉著她走進館內，「但有些蟲子很煩，妳還沒好的時候，我得先替妳擋一擋。」

好友對耿霽刻薄的形容讓她在心裡爆笑。愛恨分明的孫羽翎，即使知道耿霽這一個月來也持續關心她，而且兩人開誠布公地聊了很多、解了很多心結，算是她恢復神速的功臣之一，後來也會替耿霽轉交他特地買來的美食給在家休養的她享用，但不容欺騙的女王大人可還沒想開恩原諒他。

「那個……今天我下班後『蟲子』會來喔。」她哭笑不得地報備。

「我知道。」孫羽翎的回答使她驚訝：「他老兄說，今天晚上想用射箭課還沒補課的時數外借妳，要我讓妳準時下班。拜託，我像會讓剛康復的員工加班的惡老闆嗎？」

「他沒必要這樣啊……」居然動用補課時數。

「妳不知道？而且二樓今晚他包場了。」孫羽翎泛出玩味的笑，「準備這麼周全，是要告白吧？多刁難他一下，我超想看他被妳虐哭。」

「學姊，妳小劇場太多了。」耿霽提議在熟悉的二樓用餐區吃外帶晚餐，是怕帶她去餐廳那種陌生又吵雜的環境，會給剛恢復的她過多刺激，但她沒想到他竟慎重地安排了這許多。

不過，與他見面前，她不想擅自期望太高。

孫羽翎聽懂她的口是心非，也不吐槽，只是笑著要她第一天上班別太勉強自己，便放她進辦公室了。

懷著忐忑的心情，沈心羿度過了埋頭處理進出貨業務的單純工作日，直到夜幕降臨。

「晚安，心羿。」耿霽準時七點出現在辦公室門口，朝她露出燦爛笑容。

沈心羿與他上到二樓，孫羽翎為他們在門口貼上了「今晚包場」的公告。

「今天吃意麵，」他們照慣例坐在能望見一樓室內射箭場的窗邊吧檯位，幫兩人布菜時，他朝她眨了下眼。「很適合我們所有『第一次』的場合的食物，對吧？」

「第一次跟你在這裡吃晚餐，我就懷疑你是不是故意買意麵的……」她忍不住吐槽。「自稱失憶還這麼大膽，都不怕露馬腳？之後吃的東西也全是我們吃過的。」

「妳一開始就發現我藏的小線索了？」他笑。「果然我們心有靈犀。」

「但你演技太精湛了，讓我一直不敢確定，你上輩子是影帝嗎？」她這吐槽一出，他笑得險些被湯嗆到。

他們享用懷念的滋味，輕鬆但不深入地對話，有默契地為之後的深談營造愉快氣氛。

正餐結束，兩人移動到面窗的沙發位並肩坐著，他拿出金桔檸檬與綠豆沙牛奶，說邊喝飲料邊聊吧。

兩人各啜了一口飲料，安撫心中緊張後，他慎重開口：「我想跟妳說的話，妳準備好聽了嗎？」

「嗯。」

「首先，我想為我說過的謊，親口跟妳說，對不起。」他直視她，誠懇道：「說謊的是我，受創的卻是妳，這樣的結果讓我後悔莫及……妳能原諒我嗎？」

「這就是你想跟我說的話？」他們坦承地聊了那麼多，他想當面說的，卻只有已表達過的歉意嗎？她有些與預期不符的小小失落。

「還有別的話。但如果不先得到妳的原諒，接下來的話我沒立場跟妳說。」

「什麼意思？」什麼話是必須先得到原諒才能說的？

「就是……」他欲言又止，好像不知如何措詞。「我想確定妳沒生我的氣了。」

他難得不自信的神情讓她隱約明白了什麼，決定逗逗他：「如果我說還有點呢？」

「要怎樣妳才能氣消？」他立刻大狗似地眨著大眼懇求。「我什麼都願意做。」

放過這個能對他獅子大開口的機會，事後孫羽翎一定會笑她傻，但……

她曾更過分地傷害他，他沒有要她償還什麼，一句對不起就原諒了她，讓她放下心中多年自責；早已原諒他的她，想要的也不是補償，而是……

「那我限你三分鐘之內，老實說出你想當面跟我說的話。」最後，她只耍了這個根本不狠的狠。唉，她畢竟不是擅長虐人的個性啊。

「沒問題！我馬上說！」此刻手邊沒有拉炮，但她在耿霽的大眼中看到了他正在心中拉炮歡慶的樣子，想像那畫面，讓她終於憋不住唇線上揚的弧度。

「心羿，」耿霽凝視她甜美笑顏，眼神柔軟但堅定地正色道：「我想說的是，就算經歷了這麼多事，我想和她一起吃一輩子飯的人，還是只有我從好久以前就認定的飯友學妹……」

他朝她伸出右手，手心向上。

「如果妳也和我一樣，願不願意再給我們一次機會？」

雖然這正是她期待聽到的，看著他請求她再次交付真心的誠懇姿態，親耳以前女友的身分聽到他告白，沈心羿仍克制不住激動心情，深呼吸了幾次才能回應：「可是我生病了，不是以前那個健康的我。如果你未來想開咖啡店，我可能也喝不了你的咖啡、沒辦法分享你的快樂……這樣也沒關係？」

「有人說咖啡店只能賣咖啡嗎？」她遲遲沒動作，他乾脆伸手握住她在膝上絞緊的雙手。「有了不喝咖啡的妳提供不同觀點，我想打造一家『誰來都能放鬆的店』的目標不就更容易了？」

喜歡他，是件太容易的事。因為他總是用樂觀的視角帶她看見新的可能性，如他之名，為她容易下雨的心，照進驅散烏雲的燦爛陽光。

沈心羿垂睫看他包覆著她的溫暖大手，眼中匯聚的淚水跌碎在他手背上。

「別哭……」他慌了手腳地將她攬入懷，她趁機將哭泣的臉藏在他胸前。「我不在意妳生病，但我希望妳能告訴我一件事。」

「什麼事？」她藏不住鼻音。

「妳的病……是什麼時候開始的？」

過去這一個月兩人聊了很多，卻一直沒有碰觸這個話題，她沒提，耿霽就配合地不問。

感受到懷中的她一僵，他溫言道：「妳還不想說也沒關係，我不急著知道。」

就像耿霽不願讓她知道分手後他狼狽的樣子，她也抗拒訴說那段毫不光彩的日子。

但他坦白了，她明白她也需要這麼做，兩人間所有的隔閡與空白才能被消弭。

在他懷中凝聚足夠勇氣後，她起身退開，轉頭望向一樓射箭場的箭靶：「我本來以為分手是正確的選擇，直到那天，才發現自己錯得離譜。」

分手後，沈心羿一心投入訓練，技術與體能本來就處在巔峰的她，自此像上了一條穩定軌道，順利選上奧運代表隊，在接下來的前哨國際賽事中也表現出色，頻頻站上頒獎臺，以最佳狀態迎來奧運出賽。

奧運賽期中的她，一開始氣勢如虹，資格賽排名第五，對抗賽一路挺進到銅牌戰，對戰實力頂尖的韓國選手，連續射出十一箭滿分，以壓倒性優勢領先。

當她的比數聽牌，最後一箭只要取得六分就能拿下銅牌，突來的大雨，卻使賽況風雲變色——

「妳真的是因為下雨才失常嗎？」她前情提要快結束時，耿霽忍不住出聲詢問。

她看著他存疑的神情，苦笑道：「是……也不是。」

「什麼意思？」

「當時我也不明白自己怎麼了，但事後回想……」她回望他關切的眸，「那就是我第一次恐慌發作。」

他表情寫滿恍然大悟與心疼，這些年早習慣與疾病共處的她，只是淡然道：「那場雨，讓我忽然想起我們分手那天，你那裡也下著雨。而我竟然為了站上這個舞臺，讓我愛的人在那場雨裡身心都受重傷……我突然好討厭自己，覺得就算贏了、拿到奧運獎牌又怎麼樣？這真的是我的夢想嗎？還是只是別人對我的期許？可是又不想辜負那些一路支持我、期待我的人……」

她說著，呼吸開始有些急促，耿霽急忙再度擁她入懷：「別說了，我不需要知道更多。」

沈心羿聽著他有力的心跳聲，調勻呼吸、穩住情緒後，輕道：「你滑雪出意外的隔天，我就收到羽翎學姊的通知……我明明很難過，卻強迫自己不去想你，每天像機器人一樣訓練跟比賽，居然還表現得很好，以致於我沒察覺，壓抑的情緒像顆越漲越大的氣球，到達我能承受的極限時，一點小小的刺激它就會爆炸。」

「那次發作後，我的成績一落千丈，再也回不到之前的水準，明明身體狀態沒問題，卻總在比賽重要關頭失常，國訓隊的教練讓我去做心理評估，才發現得了恐慌症。那之後不久，我就因為狀況太差，跟不上訓練，不得不退訓回S大；後來，我有去看身心科、服藥治療、諮商，雖然狀況有改善，但我無法移除最大的壓力源，也就是比賽。每次我在比賽中感受到壓力，就會害怕是不是又要發作了，漸漸地，連射箭這件事也變成我的恐懼……所以我碩士畢業就退役，因為即使我身體OK，心理狀態再也不適合競技了。」

「當上教練後，我發作的次數少了很多。偶爾工作壓力大還是會小發作，但我比較有經驗了，藥吃下去通常很快能控制，所以我本來以為，至少我還能好好當個教練。」她嘆氣，「去年全中運比賽當天早上，我開車載學生出發前，收到奶奶過世的消息。那時我很沮喪，覺得沒能讓奶奶看到我成為正職教練，她就過世了……可能是心情受了打擊，那天下雨，路上車多，後面的車又一直逼車，我不想超速，又沒空間讓開，心情越來越緊繃，就突然發作，跟旁邊的車擦撞；雖然沒人受傷，但學生們受了驚嚇。那時我領悟到，這個像不定時炸彈的病，不僅判了我的選手生命死刑，更讓我不適合當教練，因為也許有一天，我會耽誤學生的前程、甚至生命……」

聽完她交代這六年的生活，耿霽心疼得長嘆一口氣，將她再抱緊了些。

「我好後悔沒早點回來找妳，讓妳獨自面對這些事……」

她搖頭，伸手覆住他左側鎖骨，他在意外中曾骨折那處。

「每當我發作、或害怕自己會發作的時候，就會覺得……這是我傷害了你的報應。」

他大掌輕輕覆上她的手，將之移到他心臟跳動的地方。「我還健康的活著，現在還抱著失而復得的女朋友，妳只要再為我做一件事，我就別無所求了。」

她不解地仰頭看他，他眼波深邃而溫柔。

「如果妳能原諒過去的自己，接受當時的妳已經盡力做了最好的選擇，不再怪罪自己、懲罰自己，珍惜我們心裡都還有彼此這個奇蹟，我有信心，這次我們一定能走很遠。」

掌中是充滿生命力的心跳，眼中是多年來唯一牽動她心跳的人，沈心羿意識到這一刻，如同他們相愛過的每一刻，是獨一無二的奇蹟。

她想珍惜，也想相信，自己能夠再次擁有這份奇蹟。

原諒跟接受過去盡了力的自己……她會努力的。

但，該如何向他傳達這份決心，還有她經歷這些風雨後，更加堅定的心意？

「那個……」她思考片刻後，開口：「你好像忘了一件事。」

「什麼事？」他又將她摟得近了些。

「我還沒有答應當你女朋友吧？」她忍住笑。

「什麼？我們都又摟又抱又說真心話了，妳不可以現在才反悔！」他立刻孩子氣地抗議，預料中的反應讓她忍不住笑出聲，甜美笑容讓耿霽一時看呆了。

「耿霽，」她正色看他，慎重道：「我想要一起吃一輩子的飯的人，也還是只有我的飯友學長。我會試著原諒過去的自己，學長願意再給我一次跟他在一起的機會嗎？」

一直努力維繫兩人關係、主動回來尋找她的他，值得她鼓起勇氣，做出此生最慎重而坦率的告白。

她的主動告白，讓耿霽的大腦瞬間因喜悅過載當機，數秒後身體才率先反應，將她緊緊抱住：「當然！一百次、一千次、一萬次我都願意！」

他的溫度隨著擁抱沁入全身，她伸手回擁，讓兩人的溫度交融：「烏鴉嘴，我才不要重來那麼多次。」

「那……」他放鬆懷抱，止不住笑意。「讓我重說一次？」

她等著他開口，他長指卻抬起她下顎，鼻尖與她廝磨，溫熱氣息拂上她唇瓣：「這次，我會慢慢說，說到妳完全理解我的意思為止……」

他的極度靠近使沈心羿屏息，愣愣看著再差寸許就要相遇的唇。

「想聽的話，閉上眼睛。」他溫柔的嗓音如吟唱咒語，她無意抵抗，帶著期待闔上眼。

閉上眼，他熟悉的溫度與氣味立刻在感官中激起思念，久別的唇即將重逢時，一聲驚呼劃破此刻——

「沈心羿，妳果然在這裡！」

兩人如夢初醒地停下，朝音源轉頭，只見一個眼熟的大男孩站在二樓門口，以及氣急敗壞追上來的孫羽翎。

「同學，你到底想幹麼？」孫羽翎喊出了眾人的驚愕。

Chapter 10
再見，我親愛的

「心羿，真的要讓外人加入我們的飯友時間嗎……」下班外帶晚餐來「射手之翼」的耿霽，一上二樓，就從背後抱住坐在面窗吧檯椅等待的女友撒嬌。

沈心羿拍拍他的手安撫。「如果我拒絕，他還會找上門的。你不是也同意，與其想辦法防堵他，讓他一週跟我們吃一次晚餐比較安心？」

「這是不是我的現世報……」耿霽將她連人帶椅轉向自己，委屈地低頭蹭她肩窩，癢得她直笑；他順勢從她頸子往上輕啄，本想深嚐她甜美的笑容，聽到上樓的腳步聲逼近，才以輕吻鼻尖跟額頭作收。

「呃……你們好。」撞見甜蜜場景的男孩尷尬萬分，瞥到耿霽宣示主權的目光更是心驚膽顫，但還是鼓起勇氣踏進門。

「你好，」沈心羿耳根還紅著，但倒是鎮定回應。「來吃飯吧。」

兩人看著男孩走來，一起想起那天的事——

「同學，你到底想幹麼？就說樓上今天不開放了！」孫羽翎二話不說要把男孩拽下樓，無奈高大的男孩全力抵抗，兩人在門口僵持不下。

「Wait！」男孩一臉氣憤。「老闆娘妳騙人，她今天明明有來上班！」

沈心羿起身想了解狀況，卻被耿霽拉住，護到身後。

「同學，你找我女朋友有什麼事？」

「我……」男孩懾於耿霽的氣勢，聲音小了，「只是想知道她過得好不好？為什麼不承認她就是她？官網的教練名單上明明有她的名字，我上次去企業聯賽前查過的……」

沈心羿拉拉耿霽的手，示意讓她來面對。

既然決定原諒和接受過去的自己，那她就該好好面對第一道出現的考題吧。

「同學，謝謝你的關心。」沈心羿任不放心的耿霽繼續牽著她手，站到兩人之前。「你叫什麼名字？」

她不明白一個半月前在企業聯賽遇見的這男孩為何對她如此執著，但總覺得他沒有惡意。

她不再否認的態度讓男孩一愣，笨拙地答道：「我的中文名字叫湯尚恩……但我習慣大家叫我 Sean。」

「Sean，」她再問，「除了你找我簽過名、上次在企業聯賽見面，我們有在其他地方見過嗎？」她試圖釐清與男孩間是否有她遺忘的因緣。

「Well……」Sean 遲疑片刻，才誠實回道：「沒有。」

「你跟我說你是心羿的鐵粉，卻只見過她兩次？我想你誤會了『鐵粉』的中文意思。」孫羽翎立刻吐槽。

「我同意心羿很有魅力，但如果你是鐵粉，怎麼這麼久都沒找過她？」耿霽也指出疑點。

「因為、因為我從小住在美國，這學期當 exchange student 才能來臺灣的……」被接連質疑的 Sean 委屈地看向沈心羿。「我在美國都有上網 follow 妳的新聞跟比賽影片，四年前妳忽然消失，我一直很想知道妳後來過得怎麼樣。可惜我中文不夠好，對臺灣的運動圈也不了解，查了很久都查不到；這學期來臺灣 exchange，我請同學幫我上網 search，才查到妳現在在這裡工作。那天我去找妳，妳卻說我認錯人，讓我覺得好奇怪……過了幾個禮拜，我來這裡想再找妳，老闆娘卻說妳生病請長假，不確定什麼時候回來，我很擔心，每天 call 老闆娘問妳病好了沒，今天我考完期末考，就來看看，終於讓我遇到妳了！妳身體好了嗎？」

沈心羿這才明白孫羽翎說「有些蟲子很煩」的完整含義——不止耿霽，Sean 也在找她。她與耿霽、孫羽翎交換疑惑的眼神。Sean 的理由聽來合理，卻仍難以置信，她只是個小眾運動的退役運動員，真的會有粉絲如此掛心她的近況嗎？

「Sean，謝謝你這麼關心我，我身體好多了。你特地來找我有什麼事嗎？」她猜不出來，乾脆直接問。

「那個……」Sean 猶豫半晌，才開口：「我 exchange 到下學期結束，之後就又要回美國了。在那之前，我可以常來找妳嗎？我不會打擾妳的工作，會當一個好客人。我在想，maybe 我可以報名妳的射箭課……」很耳熟的要求再次出現。

「不可以。」耿霽跟孫羽翎同時出聲反對。

「心羿這期沒有開課。」孫羽翎拒絕的理由是這個。

「心羿的身體狀況還不適合授課。」耿霽反對的理由是這個。

「那、那妳還有什麼工作是我可以來找妳的？」Sean 慌了。

「心羿負責的是射箭器材。但你有在射箭嗎？如果用不著，沒有來買的必要。」孫羽翎實際地提供解答。「如果你揪同學一起報名團體的射箭遊戲，我倒是很歡迎，但你在臺灣認識的朋友夠你揪團嗎？」

「真的沒有別的辦法了嗎？」Sean 一臉沮喪。「我只是想來看看她、跟她說說話……」

Sean 是個喜怒哀樂都寫在臉上的單純大男孩，比起開幕時突然出現、自稱失憶的耿霽，更不像個可疑人士，沈心羿心生不忍：「教課我真的沒辦法，其他方式對你也不太實際……不然，你到樓下稍等好嗎？我需要跟我男朋友討論一下。」
她這麼說，Sean 才甘願跟孫羽翎下了樓。
二樓只剩下他們後，沈心羿謹慎地開口，「我在想……他已經特地來找我兩次，如果直接拒絕他，他恐怕還是會再跑來這裡找我。」
「嗯。」耿霽鬱悶地同意了她的分析。
「如果他真的要來找我，當然要在你也在場的狀況下。」兩人才剛復合，沈心羿不願他誤會。她在意他身為男友的感受，這讓耿霽心情好多了。
「妳的想法是？」見她的表情，他明白她已有提案。
「讓他一週跟我們吃一次飯如何？我有點在意他為什麼對我這麼執著，總覺得不像他說得這麼簡單。」
耿霽雖然不樂意兩人珍貴的共餐時光被打擾，但她提出的擔憂跟理由都很充分，也照顧到了他身為男友的心情，還是同意了她的提議。
Sean 當然同意了這個唯一方案，在市區的國立大學當交換生的他，和他們約定每週五來找他們吃晚餐，其他時候則不會來打擾她工作。
「謝謝你陪我。」Sean 走向他們時，沈心羿轉向雖然不情願，還是支持她這麼做的男友道謝。
她想摸清 Sean 對她鍥而不捨的真正理由。
而他，不論是什麼事，都不想再讓她獨自面對。
「不用謝。因為妳的事，就是我的事。」耿霽笑著伸手握住她的手。

Sean 將孫羽翎的話聽了進去，和他們吃了兩次飯後，這週末揪了一群同校的交換學生來玩團體射箭遊戲。

「某人的現世報好快就來了呢。」耿霽幫忙搬遊戲將使用的弓箭時，身後傳來孫羽翎的揶揄。

他將弓箭在室外射箭場的休息區放下，心中大翻白眼，臉上卻笑得無辜：「老闆娘在說什麼？我聽不懂。」

看在孫羽翎因為最近太忙，今早眩暈老毛病發作，他不跟她計較。

「你再裝死嘛。」他不反駁，孫羽翎樂得乘勝追擊。「好不容易追回心羿，卻殺出個自稱粉絲的小鮮肉，行為模式跟你之前一樣，怎麼想都是你對大家說謊的現世報。」

「……」雖然他也這樣想過，但聽到別人用幸災樂禍的語氣說，感覺還是不太痛快。

他藏起心中鬱悶，裝忙整理弓箭，和周少倫將遊戲場地設置完成的沈心羿一回來，立刻察覺他的小情緒：「你還好嗎？」

還是他的心羿最好了。耿霽一秒笑開：「沒事。還有需要幫忙的地方嗎？」

沈心羿搖頭。「只剩等一下講解遊戲規則的時候，你幫我翻譯就好了。」

交換生來自世界各地，英語是唯一共通語言，沈心羿的程度沒好到能全英語講解，本想請孫羽翎幫忙，但耿霽自告奮勇要當她的口譯小助教。

她想，女友身邊出現熱情男粉絲，身為男友的他會擔心是人之常情，便答應他。

Sean 與他聯合國般的交換生同學們共十人，約定的下午兩點一到，便出現在射箭場。

「這個請你們吃。」一見到她，Sean 就遞上一包雞蛋糕。

沈心羿猶豫是否該收下時，耿霽伸手替她接過：「謝謝。你真是個用心的粉絲，怎麼知道她喜歡吃這個？」

「剛剛臺灣同學帶我們去市區吃飯，說這個 cake 很好吃，我就買了……」Sean 還是一樣，被耿霽散發出的正宮男友氣勢壓得死死的。

「這樣啊。」耿霽不置可否地從紙袋中掂了塊雞蛋糕遞到女友脣邊，朝她一笑：「既然是粉絲的心意，就放心接受吧。」

他是真的不介意嗎……

沈心羿沒那個臉皮在眾人面前上演甜蜜餵食秀，接過自己吃下，懷念的奶蛋香氣盈滿口腔，她不自覺泛出幸福微笑。

耿霽看著女友驚豔眾人的甜美笑顏，還有 Sean 喜形於色的樣子，沒讓思緒外顯，將剩下的雞蛋糕與今天一同主持活動的周少倫、孫羽翎分食，讓這個小插曲平淡地終結。

之後，沈心羿以國語講解遊戲規則，並示範如何使用遊戲用的安全弓箭，耿霽一一替她翻成英語，確認參與者都理解後，便分兩隊對抗。

今天參與遊戲的人數比上次耿霽公司上場的人數少了一半，上次是每隊各十人，這次則是每隊各五人在場上對陣，場地變得加倍空曠，雖然箭雨亂飛，因為空間大，全員又策略保守地躲在充氣掩體後攻擊，遊戲開始了十分鐘，還沒有人被射中下場。

「這樣下去會玩到天黑啊……」在場邊搬了張摺椅休息兼拍照紀錄的孫羽翎喃喃自語時，場中的 Sean 舉起暫停手勢，走到場中央。

「Hey guys，我們應該跟奧運選手組隊，讓遊戲更刺激！」他先以英語對場上的人喊話，再轉向沈心羿以國語懇求：「妳可以下場跟我們一起玩嗎？」

「等一下，」孫羽翎在場上眾人紛紛附和時出聲。「心羿身體剛恢復，在旁邊當裁判就好。我們這裡還有兩個奧運選手。」指指自己與周少倫。

「羽翎，妳頭還在昏，別逞強。」周少倫立刻阻止女友。

「學姊，請乖乖在旁邊拍照。」沈心羿也皺眉。「我今天狀況很OK，下場完全沒問題。」

「心羿，妳真的可以？」耿霽與周少倫站在同一陣線，他也擔心這活動對剛恢復的她太激烈。

「離我上次發作已經快兩個月了，我沒發作時就是個健康的退役運動員，這點活動量對我不算什麼。」

「妳確定要這麼做嗎……」他很想相信她，但他是真的不放心。

「身為帶活動的人，我都沒好好玩過這個遊戲。」她認真道，「上次玩的時候只能躲在你身後，其實我蠻不甘心的。」

她難得流露昔日身為運動員的自傲，耿霽只好同意，主動接下她的裁判工作，跟她約法三章，若她中途有任何不對勁他就會接替她上場；沈心羿也顧慮他的感受，沒有與 Sean 同隊。

國手級隊友加入後，戰況終於刺激起來。沈心羿與周少倫各射下對方一名隊員後，餘下的玩家才開竅似地跟著積極跑動與乘隙攻擊，場上的氣氛一下子被炒熱——射下對手的拉丁美洲式興奮西語歡呼、失之毫釐的日式揪心惋惜、不幸中箭的美式爽朗感嘆開始輪番響起。

耿霽看著在場上馳騁，久違地流露自信光彩的她，慶幸自己剛剛沒阻止她上場。

她有多久沒露出這樣的笑了？從那場奧運之後嗎？

他好希望讓她露出更多這樣的笑容。

「她為什麼這麼年輕就 retire 了？」剛剛被射下場的 Sean 的嗓音響起，「她射箭的樣子超帥的啊……」

耿霽轉頭看向站到他身邊的 Sean，發自內心的真誠語氣讓他不禁幫這孩子加了點分。

「我同意，這個時候的她超有魅力。」

雖然 Sean 仍有許多行為讓他不解，這孩子確實是心羿的忠實粉絲。受西方教育長大的 Sean，會很直率地表達欣賞與崇拜，而他希望讓心羿收到來自外界的讚美，能因此更有自信，才會容許 Sean 一再出現。

如果 Sean 流露任何一絲不對勁的氣息，他也隨時準備好出手阻止 Sean 來找她。

「她 retire，真的是因為畢業嗎？」Sean 突然語氣認真地問。

可是，這孩子偏偏光明磊落得很，即使他一直以男友之姿在心羿身邊護花，Sean 絕對有感受到他刻意施加的壓力，卻沒有對他流露不滿或敵意，仍會很坦然地主動和他搭話。

「運動員都有 retire 的一天。」一起吃飯時 Sean 也問過原因，但心羿隻字未提生病的事，他想她應該不想透露，便含混回道。

「可是，我聽說 archery 的選手生命很長，有人到四、五十歲都還能去 Olympics。」

耿霽不甘願地再幫有認真做過功課的 Sean 加上分數。

確實如此。以心羿的年紀，完全可以繼續下去，現在臺灣的射箭環境逐步改善，出現企業聯賽等新的機會，畢業後想一邊工作、一邊維持現役選手身分並非不可能。

「心羿有她自己的決定。」但她這六年經歷了太多，放棄是可以理解的。

「好吧，我只是替她覺得可惜。but if she is happy……」Sean 不再多言，專心欣賞沈心羿在場上的表現。

Sean 最後的那句話潛入耿霽心底，喚醒他深埋已久的某份思緒。

兩人復合滿一個月那夜，耿霽帶很久沒外食的沈心羿到餐廳吃完紀念日大餐，開車送她回家的路上隨口提問：「妳覺得 Sean 為什麼對妳這麼關心？」

這一個月，Sean 總共來找過他們五次——吃了四次飯、中間玩了一回遊戲——到本週才因為農曆年將至，要與今年特地回臺，打算帶他環島拜年訪友的父母團聚而告假。

兩人已從互動中大致了解 Sean 的背景，Sean 甚至大方公開了社群帳號，兩人雖然仍對他的粉絲說存疑，卻也沒找出能推翻他說辭的破綻。

「我還是猜不出來。」沈心羿盯著窗外幽暗的山路，心情也很迷惑。「或許他真的只是一個有迷弟體質的大男生？」

據 Sean 表示，他的父母是臺灣人，父親在他出生前就帶著妻子調職美國，他在美國出生長大，只在小時候來臺灣探望過幾次祖父母，祖父母過世後就沒再來過。上大學後，因為想更了解父母的故鄉，他申請一年的交換學生來臺，學習中文、體驗臺灣文化之餘，順便也想知道當年憑藉比賽時魅力把他圈粉的那個厲害的射手姊姊近況如何。

「妳當然有讓路人變成死忠粉絲的魅力，」耿霽不忘嘴甜，「但他的一些舉動，總讓我覺得不太尋常。」

「比如？」

「玩遊戲那次，他不是帶火車站附近那家雞蛋糕來？為什麼他會知道妳喜歡吃那個？」耿霽腦中浮現 Sean 看到她吃下露出笑容時，掩不住開心的表情。

「那家雞蛋糕本來就很有名，他不是說是臺灣同學推薦的？」

「就算他是矇對，他看妳的眼神總讓我覺得……很熟悉。」

「什麼意思？」

Sean在場時，耿霽雖會收斂對她的親密舉動，卻總在她身邊，不經意碰碰她手、摸摸她頭、共享餐點等，花招百出地宣示主權。Sean雖然尷尬，卻也沒有生氣的樣子，沈心羿不認為Sean對她的關心是男女之情。

他似乎真的只是想知道她後來過得如何。她簡單交代畢業後就退役去工作了，沒多解釋退役的理由，Sean也沒執意追問，似乎只要和她聊聊天、吃吃飯、確認她現在過得好就心滿意足。

那份關心非常純粹，不帶占有慾，更像帶著無限的崇拜與真心的祝福。

她沒有迷過偶像，或許粉絲對偶像的關心是這樣的？

耿霽將車轉進她住處巷子停妥，將心中浮現的猜測告訴她。

聽到的推論讓她立刻搖頭。「不可能。你知道他的條件完全不符合吧？」

「但如果是這樣，一切就說得通了。」耿霽聳聳肩，將疑惑暫時拋開，湊近啄了她唇角一記，滿意地欣賞她小臉一秒染紅的可愛模樣。「既然我們都覺得他沒有惡意，那就不用太擔心。他這麼單純，遲早會露出破綻的。」

他怎麼可以在正經地討論問題、跟撩撥她之間切換得這麼順暢？害她猝不及防……「我先上去了，晚安。」

「妳忘了東西。」他趁她要下車時，拉回她，給了她一個唇貼唇的扎實道別吻。「晚安，明天見。」

她臉瞬間爆紅，胡亂應聲後下了車，在門口大動作地翻找鑰匙，耿霽見狀忍不住唇角上揚。

復合的這一個月，因為過年前兩人工作都忙，又被Sean的出現打擾，還沒能好好享受兩人世界。他雖然有些遺憾，但她願意讓他參與她的生活、一同面對問題、任他對她親暱、還有誠實的羞怯反應，也令他感到她自然流露的信任與情意。

年假快到了，還是安排幾天一起去外地旅行？這樣就能理直氣壯地獨占她了……

耿霽在腦中描繪兩人的第一次旅行要去哪裡、吃什麼的時候，車窗「扣扣」地被敲響。

他降下車窗，見她一臉抱歉。「怎麼了？」

「我……」她嘆氣。「把鑰匙忘在辦公室了。」

「上車，我載妳回去拿。」

「可是現在很晚了，你再載我跑一趟會很晚才到家。你明天不是一早就要去客戶那邊？」她提議：「你把機車鑰匙還我，我自己騎回射箭場就好？」

「不好。」他板起臉，「第一，我沒辦法承受我女朋友騎車時恐慌發作的可能性；第二，就是因為現在很晚了，往射箭場的路很暗很荒涼，身為男朋友，我也不可能讓妳自己去。」

復合後，耿霽行使男友職權做的第一件事，就是替她「保管」她的機車鑰匙，怕才剛恢復的她，在路上發作或有什麼萬一，盡量親自接送；工作抽不開身時，也會請孫羽翎幫忙。即使她早就請耿霽幫她將機車騎回租屋處樓下停放，想著等身體好些就能靠自己出行，因為男友與好友有志一同地將退役運動員的她當成弱不禁風的林黛玉照顧，她至今一次都沒騎到車。

「這裡離射箭場不遠，而且我機車再不騎會發不動的……」

她不習慣麻煩別人，這一個月不論上下班、採買日用品，都得拜託他或孫羽翎接送，她很過意不去。

「小姐，妳有兩個選擇。」耿霽笑得有商有量的，「上車；或者我下車，騎妳的車載妳去。」

「我能自己騎，你不用這麼麻煩啊……」偏偏男友大人看似隨和，骨子裡卻固執得很。

「心羿，妳是我女朋友，我一點都不覺得麻煩。」他正色道，「我希望我親愛的女朋友學著依賴我，我很想被她麻煩，不想總是到了事後，才後悔我為何沒有早點發現她需要幫助。」他趁機將回顧兩人過往後察覺的問題說出。

她總覺得請求幫助是麻煩他人，這使她到了真的該求援時，連向最親密的他也開不了口，這讓他又氣又心疼。

他不想再重蹈覆轍，決定從日常小事練習她「麻煩」他的習慣。

「……」沈心羿掙扎半晌，才拗不過他的堅持，上了車。

做出改變並不舒服，但是，這次她真的在努力嘗試。

耿霽笑著將車往回開。

耿霽驅車回到「射手之翼」早已超過閉館時間，場館前卻停著一臺計程車。

「射手之翼」在市郊，附近並不熱鬧，閉館後停車場就會清空，此時看到車並不尋常，他與沈心羿疑惑地對看一眼。

「誰會在這種時間叫車來這裡？」耿霽緩緩駛近，被計程車掩去大半的三道人影漸漸清晰——Sean 和一對狀似夫妻的中年男女站在場館緊閉的鐵捲門旁，Sean 正比手畫腳地指著門旁公布欄貼著的駐場教練簡介。

三人察覺耿霽的車燈，回頭朝他們的方向望來。耿霽發現身旁的心羿一僵，稍早的對話躍入腦海——

「他看妳的眼神，讓我想起我那些表弟妹看著我的眼神。」

「你的意思是……」

「有沒有可能，他跟妳有血緣關係？妳不是說妳媽後來再婚去了美國……或許他是妳同母異父的弟弟？」

「不可能。你知道他的條件完全不符合吧？」

沈母外遇懷孕時，沈心羿五歲，今年大二的 Sean 小了她八歲，又是獨生子，沈心羿認為推論不合理。

但，此刻看過來的那對中年男女，男子與 Sean 有著神似的輪廓，而女子五官與心羿乍看並非很像，但同樣有張小臉，並且剛剛回頭時，仍掛在唇邊帶著深深梨渦的笑容，與心羿微笑時的神韻極其相似……

耿霽突然很氣自己的烏鴉嘴，害怕這意外的相遇，會害心羿情緒激動發作。

「我可以現在掉頭。」他停下車，心疼地覆上她不自覺握成拳的手。

「沒關係。」她聲音尚稱鎮定，「都遇到了，不去面對，我心裡也會有疙瘩。」

她這麼說，耿霽只好放慢車速駛近，讓她有多些時間做心理準備。

Sean 與中年男女一路目送車停妥，臉上的表情也有意外相遇的忐忑。

耿霽搶先下車，到副駕替沈心羿開了車門，牽著她下車，以他唯一想到的方式支持她。

掌心傳來的溫暖，讓沈心羿措手不及的緊張舒緩了些，深呼吸定下心後，才直視面前那用激動目光凝視她的中年女子。

「好久不見，」二十多年了，為什麼她變得不多呢？看來再婚後她過得幸福……「媽。」

「心羿，讓媽媽好好看看妳……」施雁慈伸手想摸女兒的臉，沈心羿下意識躲開。

耿霽察覺她的退縮，替雙方打圓場：「外面冷，不如我們去辦公室坐著聊。」

這樣，至少他能在她身邊護著她，在這場再會對她負擔太大時，及時中止。

沈心羿接受了他的提議，打開場館，中年男子禮貌地說他在館內等就好，餘下四人進了辦公室，分別在兩張雙人沙發坐下。

沈心羿完全不知道該說什麼好，一時氣氛尷尬。

結果，是一臉愧色的 Sean 先打破沉默：「Sorry……我本來只是想帶媽媽看一下妳工作的地方，沒想到會遇見妳……我不是故意想騙妳，但媽媽說，妳可能不會想知道我們的關係，一直不准我說。」

Sean 的坦率，降下了沈心羿的心防：「你找我簽名的時候，就知道我是你姊嗎？」

「嗯。」Sean 老實地點點頭。「小時候，我在家裡發現一本相簿，是媽媽跟一個小女孩的照片。我問媽媽 Who is that girl?媽媽本來不想說，直到被我問得很煩，才告訴我，那是她跟前夫生的女兒，是我的姊姊。」

「我是 only child，聽到自己有個姊姊開心死了，就一直問媽媽，什麼時候可以見到姊姊？媽媽說妳在臺灣，在練 archery，very busy，沒有時間跟我們見面。」

沈心羿知道父母離異後，爺爺其實瞞著奶奶跟母親聯絡過幾次，但不清楚爺爺都向母親透露了些什麼。現在想來，大概就是她成長的近況吧，但爺爺過世後，沈家就沒有人會這樣做了。

「後來我跟媽媽問到了妳的名字，上網 search，發現我的姊姊是個厲害的 athlete，還常常出國比賽！等到我念 middle school，我發現妳要來美國，就求爸媽帶我去看比賽，我保證不會告訴妳我們是姊弟。」

「找妳簽名的時候，我真的好開心，我姊姊好厲害，還拿到 gold medal! 從此我是真的變成妳的 fan 了。」

「後來我一直在網路上 follow 妳比賽的消息，妳還去了 Olympics! 我的姊姊居然是 Olympian!

I am so proud of you!」Sean 不小心越說越興奮，「後來妳 retire 了，我在網路上再也查不到妳的消息，就一直好想知道妳之後在做什麼？過得好不好？」

「後來的事情，就像我之前告訴你們的，我決定來臺灣 exchange，順便找妳。」Sean 連珠炮地分享了他千里尋姊的前因後果，因為他的單純直率，現場凝重的氣氛終於略為輕鬆起來。

「謝謝你解答了我們的很多疑問。但我必須說，你跟你姊一樣，不是說謊的料。」為了不讓空氣再度凝滯，耿霽主動接過話，「不過……」

耿霽轉頭，將話題主導權遞給女友：「心羿，妳有問題想問嗎？還是今天就先這樣？」

心羿能鎮定面對突然現身的母親，已經很了不起，他不確定再下去她情緒能否承受。直面傷痛或後退自保都可以，他只希望她安好。

他握緊她發涼的手，給了掙扎中的她一股安定的力量。

沈心羿深吸一口氣後，選擇直視面前的母親：「告訴我……妳今天為什麼來？」

「我……」施雁慈語塞。

「如果不是剛好遇見，妳永遠不打算跟我聯絡嗎？」她明明想冷靜淡然地面對母親，出口的話卻不自覺咄咄逼人。「當時讓妳下定決心離婚的孩子，又去了哪裡？」

「心羿……」施雁慈被女兒的態度刺痛，囁嚅道：「媽媽……當年有很多不得已……」

沈心羿漠然地聽著母親如墜入過去般，絮叨她癡迷她父親沈維的大學時光、充滿背叛與心碎的婚姻、與愛慕她的大學學伴湯敬偉在同學聚會重逢，對方見她婚後不幸福，主動關心與追求，令她重新找到被愛的幸福、到發現懷孕，決心離婚的心路歷程。

「我想過帶妳走……但妳爺爺無意間發現了我跟敬偉的事，說他不怪我，但求我將妳留給他們。當時我在狀況不穩定的懷孕初期，想著爺爺真的很疼妳，而且他們比我把妳照顧得更好，妳在沈家一定能平安長大。若我執意帶妳走，他們一定不會善罷甘休，但我沒有心力與他們相爭，怕弄不好，會保不住肚子裡的孩子，也帶不走妳……於是我說服自己，放棄妳，或許才能讓我的兩個孩子都平安長大。」

親耳聽到母親這麼說，沈心羿理智上明白母親的難處，內心卻止不住地五味雜陳。

她一直都知道，自己來到世間，是一對被熱戀沖昏頭的情侶縱情的後果。年少輕狂的父母在因為她的出現而結合的那刻，就註定走向不幸結局。

母親為了守護使她重燃幸福期盼的小生命，放棄造成她不幸福的根源的小生命，是很合情理的選擇。

「當時我比妳現在的年紀還小一點，父母又過世得早，沒有娘家能依靠的我，不知道怎麼處理最好，也不知道該怎麼跟還很小的妳解釋這些大人間的事……我唯一想到的，只有在最後盡量跟妳留下些美好的回憶，希望妳記得，雖然媽媽對妳爸爸不再有愛，但永遠是愛妳的。」

「……」在那些短暫的天倫之樂的時光，沈心羿確實有感受到母親的愛，但母親的遺棄與之後的不聞不問，使那些回憶都變得苦澀。

而且，母親才親口說，選擇了腹中的孩子而不是她，那又何必再說愛她？重提舊事，只像在她被遺棄的傷口上撒鹽，她痛得幾乎要開口質問母親為何要二次傷害她。

「不過，大概是上天給我的懲罰吧。」施雁慈突然幽幽長嘆。「我一心想保護的那個孩子，在我跟妳爸剛辦好離婚、就快進入比較安定的懷孕中期的某一天，突然失去心跳，離開了我。」

遺憾的轉折，讓沈心羿不忍再出口指責母親。

「當時我的身心狀況又急轉直下，天天以淚洗面，原本的計畫全部取消——敬偉放棄了外派的大好機會，陪著我直到康復。兩年後他又有機會外派，我們才辦了登記，到國外生活。」施雁慈的面色變得溫和平靜，伸手握住一旁兒子的手。「Sean 是我們婚後唯一的孩子，我原本沒打算告訴他妳的事，但他自己發現了，主動想關心、聯絡妳。心羿，我知道我傷了妳，這輩子不求妳能原諒，今天原本也只是想來看看妳工作的地方，不敢多打擾妳的生活……但既然今天我們遇到了，聽我一個請求：Sean 是真心喜歡妳這個姊姊，妳怪我沒關係，別怪他，好嗎？」

母親說了這麼多，是怕她會遷怒 Sean 嗎？

說到底，母親最關心的孩子永遠都不是她……

也是。她是造成母親不幸福的，累贅般的存在啊。

沈心羿感覺心口很沉，快超越她能負擔的程度，強制關掉情緒，淡然道：「Sean 是個好孩子，我不會因此改變對他的態度。」

一直在她身旁握著她手的耿霽，立刻察覺她快要無法承受這一切，主動道：「阿姨，今天我們先聊到這裡好嗎？心羿跟我明天都要上班，現在不回去就有些晚了。」

早前的計程車已離去，耿霽叫了車，送走湯氏一家人後，在場館門口緊緊抱住因為壓抑情緒送客，全身微微發抖的女友。

「沒事了，心羿，沒事了。」他心疼地以大掌摩挲著她沒了外人後，顫抖得越來越厲害的身子。「我送妳回家。」

她卻突然在他懷中崩潰，哽咽道：「家？我早就沒有家了，從一開始我就不該出生……」

懷中的她脆弱得像隨時要碎成一片片，耿霽不敢放她獨自度過今夜，溫言道：「妳有，我就是妳的家。一起去我們的新家看看好不好？」

懷著怕她隨時會被情緒壓垮而發作的憂懼，耿霽載著她，像救護車載著急診病患，往他的住處疾馳而去。

耿霽牽著沈心羿，解鎖住處玄關的電子鎖，領她走到客廳的落地窗前。

「外面夜景很美，陪我看看好嗎？」

整路神情木然、毫無反應的她，終於輕輕點頭，讓他鬆了口氣。

耿霽推開落地窗，踏上半露天的實木露臺，帶她坐進露臺一隅的鞦韆搖椅。

他為兩人蓋好毯子，伸手攬過她，讓她能溫暖舒適地依偎在他懷中。

他想她應該還需要一些時間平復情緒，於是靜靜擁著她，確認她的身子暖起來，才在微涼的空氣中開口：「謝謝妳完成了我的一個夢想。」

「什麼……夢想？」她聲音虛弱得令他心疼。

「和妳一起在這裡看夜景的夢想。」他看著面前璀璨星夜般的城市夜色。「買下這裡的時候，我就想，如果有一天，妳能回到我身邊，我們能一起坐在這裡看夜景，我就別無所求了。」

她沒回話，只是向他再倚近了些，他順勢將她擁得更近。

「可是，妳回到我身邊之後，我發現我變貪心了，還有更多想跟妳一起做的事……」他轉頭輕吻她額間。「也想陪妳把心裡所有的傷口都癒合。」

眼淚無聲地從她眼眶滑落，他發現了，一一吻去那些傷心。

「你不覺得……有這麼多傷口的我很麻煩嗎？」他的溫柔引出她更多淚。「好像一幅怎麼拼都不完整的拼圖。」

「怎麼會?」他抽來面紙，替她拭去氾濫的淚水。「每找到一片新的拼圖我都好開心，那都是我喜歡的人的一部分，我喜歡都來不及。」

聞言，她淚掉得更凶，耿霽束手無策地笑嘆：「今天找到的拼圖，就是平常冷靜自制的妳，原來也有不顧一切哭泣的時候，我很高興妳願意讓我看見這一面。」

她終於允許他進入她心深處從不對外公開的那塊禁區，讓他看見她的傷口與脆弱，這所代表的全然信任與交付，對他意義重大。

一陣肆意的哭泣後，釋放了情緒的她終於平靜下來，啞聲道：「和你分手那天，我以為我這輩子不會再哭成這樣了……沒想到，我以為早就結痂的傷口，原來一碰還是很痛。」

耿霽心疼地將她摟得更深，像藏好一隻負傷的小動物。

她成長的破碎家庭環境，是家庭和樂的他難以想像的。直到今天，他才真正理解了這對她的影響有多深——過去她一切自卑的想法與行動，都是因為成長時受的傷太多，獲得的愛太少，反射性地啟動自我保護的本能所致。

她輕嘆：「聽到我媽親口說她拋棄我的理由，我一瞬間覺得，既然我是可以被捨棄的，那她當初為什麼要生下我……如果我沒來到這個世界，是不是所有人都會過得比較幸福?」

「不對。」他沉聲道，「如果妳沒來到這世界，至少我不會幸福。」

「說不定……你會遇到更好的人。」

「我不要更好的人，我只想要妳。」他捧起她的臉，望進她瞳眸深處。「沈心羿，我好高興妳出生在這個世界上。」

沈心羿不知道自己居然還有眼淚，也不知道將心上的傷痕瞬間填滿的那股濃郁暖流要怎麼形容，只知道，她現在很想做一件事——

靠近那個用深深的愛情治癒她的人，用笨拙的擁抱與親吻，告訴他，她才是多麼感謝上天讓他與她相遇，和她重逢，使她漸漸相信，即使被至親傷害、捨棄，自己的存在還是有意義的……

因為，這世上有一個人，無論如何都不放棄她，將她視若珍寶，放在心上最重要的位置。

她的主動使吻的熱度迅速升高，兩人將所有的情意，化作脣舌與肢體的語言，反覆訴說：即使這世界並不圓滿——

我愛著妳。

我還有你。

這不是復合後兩人第一次親吻，卻是第一次如此勢均力敵地熱烈。他們吞噬著彼此的脣舌與氣息，擁抱到能感受對方胸腔中的心跳，卻仍止不住想更靠近對方的渴望。

蓋在兩人身上的毯子在激烈動作間滑落，凜冽夜風襲來，讓耿霽大夢初醒地停下。

他在做什麼……

耿霽將頭靠在她肩窩激烈喘息，吸吐之間，理智逐漸奪回主導權。

他當然想要她，但不是今晚。

他帶她來，是想陪她度過傷心的時刻，不是趁她脆弱時占她便宜，那會讓他覺得自己像個混蛋。

他想陪她好起來，到不再擔心發生親密關係會傷了她那一天……他就不會再猶豫了。

他突然停下，沈心羿起先有些失落，雖然她沒有那方面的經驗，卻也沒天真到不明白接下來會發生什麼，她並不介意與他更進一步，才會任他越吻越深；但兩人的紊亂氣息漸漸同步為相同的呼吸節奏時，她浮現一股與他更親近的奇異安心感。

這個人，真的很珍惜她。

而且，看到她最醜陋的傷口後，沒有嫌棄她的破碎，依然愛著這樣的她。

她好像……真的慢慢開始相信，**沈心羿是一個值得愛的人了**。

寧馨氣氛中，他溫聲開口：「過年時，一起去旅行好不好？」

「旅行？」天外飛來的提議讓沈心羿一愣。「怎麼突然有這個想法？」

「最近發生這麼多事，想帶妳去散散心。」他拉起她手，撒嬌地輕搖。「而且我們之前都好忙，難得放長假，我想找個理由整天賴在妳身邊……」

他坦白得不行的可愛理由讓她唇角微揚。

復合的這一個月，他多了新客戶要支援、她則有休長假時欠下的工作得補上，雖然因為接送常碰面，能好好陪伴對方的機會卻不多，Sean 的出現，再瓜分他們僅有的相處時間，一直沒能多陪陪他，她有些歉疚。

「好像是個不錯的提議。」她也想擁有專屬兩人的時光。

於是，在他們復合恰巧滿月的這夜，兩人初次同床共枕，聊著旅行的話題，直到不支睡去。

先入睡的，是沈心羿。

從未與他同睡，她一開始有些緊張，但他耐心地陪她聊天，一邊聽著他沉穩有力的心跳，嗅著他沐浴後清爽好聞的氣味，枕著他溫暖寬闊的胸膛，她不久便鬆下緊繃，在他懷中沉沉睡去，一夜無夢。

而耿霽……

女友躺在自己床上、穿著他的衣服、飄著他的洗沐產品的香味、被他的氣息包裹，又隱約透出她的馨香，卻渾然不覺自己有多誘人，依偎著他睡去……過了極致幸福又無比煎熬的一夜，隔日頂著黑眼圈去上班。

但他不會用任何事交換今晚與她共度的每分每秒。

因為，這晚的一切，讓他踏實地感受到——她終於打從心底相信他深愛著她。

不然，防衛心重的她，怎敢在他面前展露那麼多不同的樣貌：脆弱的她、主動的她、羞澀的她、與他討論旅行計畫的她、在他懷中悄然入眠，毫無防備，無意勾引卻撩人至極的她……

當年只願向他展現自己好的那一面的她，一定不相信，這些不同面向的她，在愛她的人眼中多麼迷人又珍貴。每發現她新的一面，他都像找到一塊新拼圖般驚喜，有時使他再度心動，有時使他再次心疼，這些感受層層堆疊，在他心中釀成言語難以確切描述的，更深刻的情感。

他明白她心中仍有傷，有待解的心結，兩人必定也還有需要磨合的地方，但只要她相信他們深愛彼此、願意與他坦誠相對，他們就能一起面對所有的挑戰吧。

即將到來的初次旅行，還會發現怎樣不為人知的她、一起遇見怎樣的嶄新風景呢？

他光想像，就好期待。

Chapter 11 相愛，悠長旅途

一週多後的農曆年假，耿霽與沈心羿初次旅行的目的地，定在花蓮。

選擇花蓮，是因為扣掉各自回去團聚的時間、還有「射手之翼」初五開工，兩人共同的假期，只有初二下午到初四晚上短短兩天；想出國，時間不夠，移動到臺灣別處旅遊，又太浪費交通時間，於是耿霽提議，既然她初二去姑姑家拜年，人就已經在山明水秀的觀光勝地，不如他去找她會合，他也想趁機造訪幾間一直在口袋名單的咖啡店。

沈心羿覺得這提案不錯，便與他約定初二下午在花蓮火車站會合。

沒料到的是，當她結束拜年，被姑丈載回車站時，明明說自己訂的是下一班火車，應該還沒到站的耿霽，竟在汽機車接送區笑咪咪地和她打招呼，還跑去跟姑丈自我介紹：「您好，我是心羿的男朋友。」

這一自介不得了，兩人當場被拉回姑姑家，再被餵食一輪水果跟點心。

「阿霽，吃吃看當季的鳳梨釋迦，很甜喔！」沈綾看到姪女破天荒地帶了男友出現，開心得像要把家中的食物全搬出來款待。

「真的好甜，姑姑好會挑！」耿霽也發揮他擅長的嘴甜，將姑姑和姑丈哄得開心極了，直問她怎麼不早點帶回來讓他們認識。

「……」沈心羿無言地旁觀男友跟她僅剩有往來的親戚聊得熱烈。

不知情的人，一定以為她才是被帶回家介紹的女友吧。

從沈心羿有記憶以來，姑姑與姑丈就因為教師的工作定居後山，一年只回新竹娘家探親幾次；而她自國中正式開始高強度訓練到大四發病為止，因為全年都在練習，姑姑回娘家時她大多不在；奶奶移居花蓮後，她每年過年會抽空來一次，探望越來越老邁虛弱的奶奶，膝下無子的姑姑和姑丈，總將她當成自己的孩子般招待，但六年來她也只來過六次，相處時間有限，關係仍說不上親。

因此，她這次完全沒想到要帶耿霽見姑姑和姑丈。他們才復合不久，還沒到帶回家見長輩的時候吧？

她沒提，他卻自己上門報到。

沈心羿在車站看到耿霽那瞬間就明白，他主動提議想來花蓮，散心之外，一定也是想趁機拜訪她的親人，但怕被她拒絕，才上演巧遇這一齣吧。

「姑姑，妳有沒有心羿小時候的照片？她手邊都沒有，可是我好想看看。」耿霽被兩老身家調查完，博取滿滿信任後，趁機提問。

「照片？」沈綾陷入沉思。「我們應該沒有呢……」

「等等，我們有！」姑丈忽然一拍大腿，轉頭看向妻子。「上次整理媽的遺物，不是發現了兩本心羿的相本嗎？」

「看我這記性！你們等等，姑姑現在去拿。」沈綾說著就跑進客廳旁曾作為年邁母親房間的和室翻找。

沈心羿毫無頭緒。她從五歲就討厭拍照，哪來的相本？

沈綾很快便抱了兩本大本的相本回來。一本是市售的自黏式相本，另一本則是看來很有質感的水晶相本。

沈心羿看著並排放在茶几上的相本，自黏式相本勾起她一些模糊印象，而水晶相本上，五歲的她與母親相擁燦笑的親子寫真，讓她微微倒抽了一口氣。

她以為這早被奶奶丟了……

見她沉默，沈綾主動開口：「心羿，抱歉，去年奶奶走的時候，我們忙著治喪，後來才動手整理她的遺物，想著要趁妳來時交給妳，差點又忘了。」

「……謝謝姑姑。」她沒料到有這些東西存在，一時不知如何面對。

耿霽察覺她的慌亂，伸手拿起自黏式相本，蓋在她與母親的相本上。

「我可以看嗎？」見她輕輕點頭，耿霽慎重地翻開已泛黃的米色絨布封面——

第一頁，貼著她剛出生躺在醫院育嬰箱的照片，旁邊以蒼勁的字跡寫著她來到世上的日子、時辰、出生醫院，還有滿滿喜悅的「沈家第一個寶貝孫女」。

是爺爺的字跡……爺爺攤開相本、笑容滿面地剪剪貼貼的模糊記憶浮現。

接下來的幾頁，是她嬰兒到五歲時期的照片，大多是與爺爺合影的，偶爾也有奶奶與母親，甚至父親也在其中一張照片現身，一旁同樣寫上拍照日期、地點、與一到兩句事件簡介。

而她，從大人懷抱著的嬰兒，地上爬的小人兒，漸漸長成了笑容甜美的小女孩。

「跟我想的一樣，妳小時候果然很可愛。」耿霽笑看她。

「後來就不可愛了。」她指向下一頁的照片。

六歲的她，穿著畢業袍和爺爺站在幼稚園門口，燦笑的卻只有爺爺，她不自在地撇過頭，極力閃避鏡頭。

再之後，她的照片少了很多，多是團體照中一個不起眼的小點，或是她獲獎時的側拍，仔細看，沒有一張是直視鏡頭的。

即使照片不盡人意，仍努力紀錄她成長身影的蒼勁字跡，如她在家中感受到的愛與溫暖，停在她國二，爺爺過世那年。

然而，相簿至此卻只翻過二分之一的厚度，剩下半冊的書頁邊緣同樣蓬鬆捲曲，顯是裝載了更多內容。

沈心羿止住耿霽翻閱的手，接下來的未知內容，讓她好奇又遲疑。

「給妳翻吧。」耿霽會意，將相冊推到她面前，讓她決定翻閱的時機。

她深呼吸做好心理準備後，翻開下一頁——

映入視線的，是幾張很小的剪報，來自幾家不同報紙，內容是她國三時拿到全中運射箭金牌的報導。

剪報旁以一絲不苟的工整字跡寫上見報日期，但不再有情感洋溢的簡介。

沈心羿快速往後翻，不敢相信後半的相簿，竟完整蒐集了她到大四在奧運出賽為止的新聞剪報。

她從不知道奶奶做了這樣的紀錄……難以形容的感受在她心頭漫開。

「驚訝嗎？妳奶奶就是這種彆扭性子，我也是過了好多年才懂。」沈綾感嘆的聲音傳來，「對於她愛的人，當面從不說一句好話，背地裡卻比誰都關心。妳還在練箭的時候，每次妳比完賽，奶奶就催我們去把各大報買回來，找到妳的新聞，她重複讀上好多天也不膩，但又不准我們告訴妳，說怕誇了妳就得意忘形。」

「……」她一直告訴自己奶奶應該是愛她的，否則何必撫養她長大、關心她練箭的成績；但奶奶始終嚴苛的態度，總使她懷疑是否她身上某些與父母相似的特質就是不討喜、或她哪裡做得不夠好，才無法獲得奶奶全心的愛。

第一次親眼見證奶奶流露些許溫情的證據，她的心情很震撼。

即使這無法立刻治癒年少時她因奶奶那些嚴厲言詞受的傷，遲來的理解，像一帖終於出現的消炎藥，敷上她自小覺得自己是個累贅、不夠好、不值得被愛的陳年創口。

大概還需要點時間，傷口才會鎮靜下來，開始癒合……

但她感覺好一些了。

她闔上相本，情緒仍有些激動，想說些什麼，卻只道：「謝謝姑姑告訴我這些事。」

「心羿，妳別總是這麼客氣，我們是一家人。」沈綾笑著拍拍她的手。「既然妳現在換了工作，沒有以前那麼忙了，以後多帶阿霽來花蓮找姑姑、姑丈玩啊。」

「姑姑都這麼說了，以後我們會更常來打擾的！」耿霽立刻一口替她應承下來。

現在這裡到底是誰姑姑家……沈心羿忍不住白了男友一眼，他卻笑得更開懷。

沈綾看著從小被教養得過分冷靜壓抑的姪女，被男友逗得俏臉含嗔，而男友寵溺回望的畫面，不禁想多看幾眼姪女終於遇見能讓她放心展露情緒的人的幸福模樣：「你們要不要留下來吃飯吶？」

內向的沈心羿今天面對熱情的姑姑和姑丈一整天，又收到震撼她情緒的相本，老實說現在已有些精疲力竭。而且，他們好不容易才能共度兩人時光……

「姑姑，不好意思，我們晚餐跟朋友約好了，下次再來品嚐姑姑的手藝。」耿霽機靈地替她擋下邀約。

收下相本與一袋不容拒絕的當季水果後，沈綾終於放行，讓丈夫開車送兩人回車站。

他們的初次旅行約會，終於要正式登場。

「可以先陪我跑一家咖啡店嗎？等等再帶妳去一間很棒的店吃晚餐。」發動租來的機車時，耿霽問。

兩人剛才在姑姑家被瘋狂餵食，現在還飽著，沈心羿點頭同意。

溼冷的東北季風中，耿霽一路騎得十分篤定，沈心羿久違地坐上他機車後座，陷入大學飯友時代一起在大街小巷騎車穿梭的回憶中，也就靜靜抱著他，感受往事撲面。

當年，有時他也會像這樣，突然出現在她學校，帶她去一場驚喜的美食探險。

美好記憶使她心情跟著飛揚，開始期待他今天會帶她去怎樣的店家。

機車轉進鬧中取靜的市區小巷，停在一間門口以簡約色塊彩繪出日出意象的咖啡店前。

一進店，老闆禮貌地告知店內只提供咖啡，不售甜點，耿霽便點了一杯單品手沖咖啡、一組由義式濃縮與卡布奇諾組成的咖啡一加一品嚐。

「對不起，我不知道這裡沒賣甜點。」耿霽有些愧疚地看著啜飲氣泡水的她。

「沒關係，老闆跟老闆娘人很好，店裡感覺也很舒服。」

方才發現菜單上完全沒有她能點的品項，向老闆解釋她因為健康緣故無法喝咖啡，可否由耿霽代表點兩杯飲料，完成兩人份的低消，讓她陪伴入店，老闆大方同意，老闆娘送上咖啡時，還貼心招待她一杯氣泡水。

在耿霽忙著品嚐咖啡風味、研究飲品品項、咖啡豆豆單、使用的沖煮與烘焙器材型號、吧檯配置等專業問題時，沈心羿環顧小而美的店內，觀察讓不喝咖啡的她也喜歡上這家店的理由。

店內空間不大，卻以挑高開放式的設計營造出遼闊的空間感；輕工業風的簡約裝潢中，點綴著恰到好處的綠意；牆上貼著老闆和老闆娘喜歡的海報；角落的書架上放著兩人的藏書；背景音樂輕柔舒緩；沖煮時滿室的咖啡香氣也很迷人，但最重要的是……

店內所有的細節，都能感受到店主對這個空間如自家孩子般的用心與珍惜。

她看著年紀應該與他們差不多的老闆與老闆娘在吧檯忙碌，默契十足的樣子，覺得這個畫面很美好。

她以前的夢想，都在追逐著一個個華麗的目標——得到金牌、選上國手、參加奧運——實現那一刻的滿足卻很短暫，於是只好永無休止地追求下一個目標。到最後，漸感疲累的她也搞不清楚，那究竟是自己的夢想，還是別人的期待。

會不會……她真正的夢想，並不是那些閃亮的獎牌與成就？而是像這樣，做著喜歡的事，與深愛的人相伴，一起品味築夢路途中的千滋百味，這個過程本身？

「心羿？」耿霽的聲音喚回她的思緒。「會無聊嗎？要早點去吃晚餐嗎？」

「不會，再坐一下也沒關係。」她這麼說，他才放心地跑去找老闆討教開店的問題。

假如……他們像這樣合開一間店，那家店會是什麼模樣？

當然咖啡與無咖啡因的飲料都要有，她也希望有幾款搭配的甜點……她從菜單開始，天馬行空地描繪起與他一起擁有的理想小店的模樣。

耿霽回來找她時，老闆跟老闆娘已開始清掃吧檯，他們離開打烊的咖啡店，坐上機車，不到五分鐘便到耿霽事先查好的文青風老宅麵館。

兩人點好菜，等餐點製作的空檔，沈心羿不自覺又觀察起店內的擺設。

與剛剛簡約現代的咖啡店不同，這家由老宅改造而成的小麵館，走的是森林系復古風，店內外擺放大量的植栽，家具與擺設則多由二手物品改造，呼應了老宅再利用的主題。

她的張望引起了耿霽的好奇：「妳在看什麼？」

「就覺得……這家店跟剛剛的咖啡店，風格完全不一樣，可是都讓我感覺很舒服。」她不好意思說出已擅自描繪兩人開店的畫面，畢竟這件事八字都還沒一撇。

此時，她點的牛肚三明治、還有他點的蕃茄牛肉麵上桌。

「這好像是我第一次聽到妳喜歡一間店的理由，不是因為食物。」他眼中亮起一抹突然明瞭什麼的光芒。

「食物當然也很重要……」她沒勇氣直視他彷彿看透她心思的晶亮星眸，拿起三明治咬了一口，下一秒便驚呼：「好吃！」

「真的？我吃吃看。」耿霽笑著抓過她握著三明治的手，作勢想偷一口。

「喂，你去吃你的牛肉麵……」

她護食的眼神瞪來，耿霽趁機望進她杏眸：「妳想當老闆娘，怎麼不告訴我？」

他是真的想開咖啡店，但回臺灣後事情一件接一件，直到最近一切塵埃落定，他才有心思著手計劃。因為還在剛起步的做功課階段，就沒急著問她，而且這是他的夢想，他不想給她必須參與的壓力……

不過，如果這也是她有興趣的事，能與她一起將夢想化為現實，他求之不得。

「老闆娘，妳對我們的店有什麼想法了嗎？」

被說破心思的沈心羿埋頭進攻三明治，無論耿霽怎麼搭話都不抬頭。

哎呀，他高興過頭，忘了女友大人臉皮薄，禁不得逗。

「我的牛肉麵也很好吃喔，要吃吃看嗎？最後一塊囉。」耿霽使出終極絕招，將牛肉夾到她面前誘惑。

「……」食物香氣引得沈心羿抬頭，掙扎半晌，才拿了湯匙，準備接過肉塊。

耿霽得意地想著這招從不失靈時，沒控制好鬆開筷子的位置，帶筋牛肉撞在湯匙邊緣，在桌面滾了兩圈後掉下桌，不偏不倚落進暫放在桌腳旁，裝了相本的大紙袋中。

「對不起！」他立刻將相本拿出擦拭搶救，還好湯汁只沾到壓克力封面的水晶相本，絨布封面的相本則安然無恙。

迅速處置完畢，耿霽視線飄到水晶相本封面，幼年心羿與母親的合照。

「妳會介意我看這本相簿嗎？」剛剛在姑姑家沒機會翻開它，老實說，他很好奇。

「你可以看。」她的表情有些不自在。「我只是自己不想看。」

她一秒僵硬的表情令耿霽心疼。

那天心羿與母親的意外相遇，以他旁觀者的角度，他覺得心羿的母親和心羿剛與他重逢時的反應很相似——因為愧疚，不敢明言思念，但仍從肢體、眼神等小細節不經意流露蘊藏心底的情感。但心羿的母親更不擅表達，明明與女兒重逢很感動，出口的言詞卻太拙劣，反而二次傷害了心羿。

兩人復合後，隨著她的心結一一解開，臉上的笑容也越來越多，今天甚至因緣際會地解了與奶奶的長年心結；母親的事，卻仍像個黑洞，能瞬間扭曲她的好心情。

他明白這不容易，但如果這個她心中最大的結至少能鬆綁一些，不再是會瞬間吞噬她所有快樂的內心深淵該有多好？

「封面還是有點油油的，我再去廁所處理一下。」

耿霽到廁所一邊用洗手乳徹底清潔相簿封面，一邊想著能為她做的事時，手機亮起通知。

「才剛吃飽喝足，還是放棄甜點店算了？我們可以找個地方散散步就好。」隔天早上，吃完兩人讚不絕口的焦香手工粉漿蛋餅當早餐，陪耿霽喝完咖啡，沈心羿拉住又要發動機車的男友。

「妳不是說，希望以後我們的店裡要賣甜點？這間甜點店既然讓妳念念不忘，難得來一次花蓮，沒去回味兼觀摩太可惜了吧？」耿霽笑咪咪地回握她的手。「不過距離不遠，離開門也還有段時間，就照妳說的散步過去好了。」

昨天耿霽發現她也對開店有興趣，從廁所清潔完相簿回來，便纏著她聊了整晚開店的話題，其間她隨口提起以前來移地訓練時造訪過的甜點店。沒想到他記下了這話，她累得先睡去後，他還滑了一陣子手機研究，今早興沖沖地宣布要在原本安排的行程外加碼觀摩甜點店，活力十足地拉著她開始跑行程。

拗不過他的堅持，沈心羿任他牽著，往甜點店漫步而去。

抵達時，店門口已排了一列人等候入店，他們很幸運地成為最後一組能當場入座的客人，被引導坐進最外側靠落地窗的雙人座。

沈心羿認真研究菜單跟甜點櫃中每個看來都精緻美味的法式甜點的對照關係，陷入選擇困難想問他意見時，卻發現他沒在看菜單、也沒在看甜點櫃，用一種溫柔而慎重的眼神凝視她。

「怎麼了？」他看起來，像想請求她一件重要的事，又怕她拒絕。

「心羿，」他伸手覆住她放在桌面上的手，「如果我說，有個人很想再見妳一面，妳會願意嗎？」

預期外的請求讓她愣住。

「如果妳不願意，拒絕也沒關係，我能理解……」他小心地揀著用詞，「我只是想創造一個機會。」

沈心羿還沒回應，便透過落地窗看見熟悉身影，令她瞬間全身僵硬——

Sean、母親與她的丈夫，人剛在對街下了計程車，她在眼神交會前撇過頭。

「你找他們來的？」沈心羿沉下臉，依對男友個性的理解下了結論。

耿霽急忙解釋：「昨天 Sean 主動丟訊息給我，說妳媽很懊悔上次沒準備好就與妳見面，希望回美國前能再見妳一面。我們一聊，發現今天他們一家剛好環島到花蓮，他就問我能不能約個時間——」

「然後你沒先問我，就替我約好了？」她難以克制怒氣飆升。

「事情並不是——」耿霽想解釋原委，卻被發現他們身影的 Sean 熱情地輕敲玻璃打招呼中斷。

母親一家人此刻與自己僅隔一片落地窗的距離，熱切的注視令沈心羿坐立難安。

「你為什麼要先斬後奏？」她用力抽開被耿霽握住的手，久違地感到負面情緒如獸般失控暴長。

「事情變成這樣我很抱歉……」耿霽望著平常都能心意相通，此刻卻緊閉心門的女友，決定放棄解釋原委，改為傳達更重要的，他明知不討好仍想努力一試的原因：「我只是想，上次妳媽也許只是表達得太拙劣，如果能再見一面，說不定妳反而會比較釋懷。」

他為什麼要為母親說話？

沈心羿原本想，只要世界上還有他在她身邊，即使她帶著被母親拋下的傷，也能堅強地活下去。但現在連最親密的他都不站在她這邊……她感覺前所未有的孤單。

「聽我說，回來找妳前，我也曾經很害怕受傷。但我很慶幸我沒有因為妳第一次見到我的反應不如我預期，就放棄繼續來找妳，才能發現事情根本不像我想的那樣。或許妳跟妳媽也是——」

「你不要再說了！」他竟將他們的重逢，和她與母親的再會類比？這令沈心羿難以接受。

即使理智明白他無意指責她曾和母親做了同樣殘忍的事，這比較卻太扎心，令她氣憤又受傷。

「現在我誰也不想見，」情緒巨獸即將暴走前，她用最後一絲理智說出，「包括你。」

沈心羿瞥到對街又停下一臺下客中的計程車，無視耿霽的叫喚與母親一家的錯愕，衝出店攔車離去。

阻止不及，機車又停太遠，只能目送計程車帶走她的耿霽，在店門口懊惱地長嘆一口氣。

他不該這麼心急的……

盛怒下跳上計程車，一時也不知道能去哪裡的沈心羿，請司機在市區繞了一陣，才決定去她在花蓮最熟悉的地方——以前在S大、培訓隊時曾多次來移地訓練的縣立運動園區。

她在園區路口下了車，沒特別想著要去哪，漫步走過棒球場、體育館、田徑場，等聽到砰砰砰的放箭聲，才發現自己無意識地走到位園區內的L高射箭場。

雖然現在是過年期間，仍有幾位L高的選手來自主練習，像她當年一樣勤奮。

她記得場地右側有塊小草坡，可以在爬滿藤蔓的圍欄外，旁觀選手練習而不被注意到，便過去找了個隱密性與視野兼具的位置坐下。

選手們用射箭場的音響播送抒情歌，柔美旋律乘著微涼的空氣傳來，規律的放箭聲成了沉穩的副聲軌，交織為一首溫柔中帶著熟悉安心感的協奏曲，讓沈心羿沸騰的情緒漸漸冷卻下來。

這是她第一次對他發脾氣。自小壓抑情緒慣了的她，怎麼會做出這種不像平常的自己的事呢……

引爆點竟是她與母親的心結。

不，應該說，是她無法面對他無意間點出的事實——她其實和母親一樣，曾為了自認無可奈何的理由，狠心拋棄深愛她們的人。

意識到自己曾與母親以相似得驚人的方式傷害所愛之人那瞬間，她失去了反駁的底氣，惱羞成怒地逃開，想從無地自容的自我厭惡逃離。

她是否很糟糕？她比誰都清楚他沒有惡意，只是成長背景不同所以不理解，也在一開始就給了她拒絕的選項，她卻被母親的出現亂了理智，任情緒如燒開水般越滾越燙，直到沸騰暴怒。

她風度盡失的樣子，會不會嚇到他，甚至……對她幻滅？

剛上計程車時，手機一直在包包中震動，她知道是他試著聯絡，但當時她還在情緒上，便沒有回應。

過一陣子，手機靜了下來，不知他是放棄聯絡她、還是因為她不接電話生氣了？

雖然他不該先斬後奏，她跑掉又失聯，連個溝通補救的機會也不給，只是讓狀況更糟。

他們好不容易才又在一起，她沒想鬧得這麼僵的……現在該怎麼辦？

至少，她得給他一些回應，才能打破此刻的僵局吧。

她深呼吸數次，才敢面對現實，拿出手機查看。

「啊！」她長按開機鍵，螢幕短暫顯示低電量畫面後，再度沉睡。

她昨晚和他聊到睡著，好像忘了幫手機充電了……

她翻找包包中的行動電源，卻一無所獲，才想起她今早嫌包包太重，將行動電源放在他機車的置物箱。

沈心羿挫敗地將臉埋入雙掌間，覺得自己真是搞砸一切的高手。

怎麼辦？

她觀察射箭場內的動靜，想著可能得厚著臉皮去跟選手們借借看充電器材，或借打個電話，她已經失聯快兩小時，至少也該先跟他報個平安。

她起身，正想往射箭場入口走去，背後卻響起熟悉嗓音——「心羿。」

她回頭，見耿霽的修長身影出現在小草坡上方的步道。

他沒了平常的從容笑意，神色緊繃的臉讀不出喜怒，只是緊盯著她，胸口因喘息起伏著。

他生氣了嗎？第一句話該跟他說什麼？

沈心羿不安又不知所措時，他大步走到她面前，伸手將她緊緊摟入懷中。

「還好妳沒事……」耿霽鬆下神經地長嘆一口氣，收攏雙臂，以她在懷中的扎實感觸安慰懸了半天的心。

不歡而散後的小小尷尬，在感受到他仍掛心著自己的那一刻變得不再重要。她輕輕回摟他，想安撫他胸腔中驚魂未定的心跳。

「對不起，我不該擅自替妳約人。」耿霽心跳平復後，才依依不捨地放開她。「但變成那樣也出乎我意料之外，願意聽我解釋嗎？」

「嗯。」她剛剛被情緒淹沒，聽不進任何話語，但現在，她想聽聽他的說法。

「昨晚我跟 Sean 說，我能製造見面機會，但我不能保證妳會同意。那時妳已經睡了，我請他今天等我訊息，確定妳有意願再出發，沒想到他們會直接殺過來……但未經妳同意就做了這些安排，讓妳遇到那麼尷尬的狀況，是我的不對。」他解釋完，看進她雙眸。「可不可以答應我，下次如果我又做錯事惹妳生氣，妳想一個人靜一靜，不回訊息沒關係，但別關機，讓我可以從定位知道妳在哪裡？不然我真的會擔心。」

「我不是故意關機，是手機沒電了……」她後知後覺地想起，復合後，耿霽便將她手機開啟定位以便接送，但再厲害的科技也有不管用的時候。「你怎麼找到我的？」

「還好我記得妳搭的計程車車牌，打電話去車行，司機大哥告訴我妳在這附近下車；但到剛剛找到妳之前，我都好怕妳萬一在外面突然發作、還是遇到壞人……」

她沒想到會害他這麼擔心，略感愧疚地低下頭。

「好啦，妳沒事就好。」他輕笑，伸手捏捏她臉頰。

「……你沒生氣？」她有點不敢相信，他們第一次起衝突居然這麼快就落幕了。

「有什麼好生氣的？」他不解。

「剛剛我的反應，不會讓你很失望嗎……？」她不安地問。

不聽人解釋，負氣逃跑失聯，不成熟的她……

「妳以為我會因為看到妳的一點脾氣，就不再喜歡妳？」他終於聽懂她的言外之意，「我說過吧？我喜歡妳，不是因為妳做了什麼，只因為妳是妳，有小脾氣的妳還是妳啊。我反而高興妳終於不把情緒壓抑在心裡，願意對我發脾氣了……這世上沒幾個人見過沈心羿生氣吧？一定是妳更信任我了，我才能解鎖隱藏版的妳。」他得意地笑起來。

聽到他這麼說，她才完全放下心中的忐忑，胸口湧上一陣暖意。

即使看到她不那麼美好的部分，這個人依然愛著她。

她好像終於明白，為什麼他說，他相信這次他們會走得很遠了。

因為，他們對彼此的感情足夠深厚，這份深厚，讓他們願意原諒彼此的不足、一起解決分歧，擁有強韌修復力的這段關係，沒那麼輕易破綻。

他學著她剛剛的語氣，可憐兮兮地追問：「那妳呢？我今天做了讓妳生氣的事……妳會不會不愛我了？」

她剛剛看起來有這麼呆嗎？他的模仿讓她好氣又好笑。

「怎麼可能？當然還是……」她吐不出最後那肉麻的「愛你」兩字。

「還是什麼？」他明知道她想說的，卻捧起她臉要她說完，她打死不肯再開口。「妳不說，我只好換個方法問囉——」

他的脣熨上她的，和好的吻，如春風拂過心田，輕柔和暖，融化了短暫的冰封。

確認了彼此不變的心意後，耿霽神情認真地望進她雙眸：「心羿，我希望有一天，妳心裡的這個傷口能好起來，不再成為會瞬間帶走妳所有快樂的黑洞。但我太心急了……妳有權利決定想在什麼時候、以什麼方式面對這件事，我會支持妳。」

她回望他深邃如海的黑眸，在其中讀出了滿溢的心疼，才終於明白——

原來，她的心傷，影響的不只她自己，也會使愛她的人疼痛。

只要她帶著這個傷一天，就還可能不經意地傷害他、還有他們的關係。

「好。我答應你。」

如果可以……她想好起來。

當他溫柔的吻再次落下，這個決心在沈心羿胸中滋長。

隔日下午，站在熙來攘往的火車站閘門外，沈心羿的心情還是有些忐忑。

昨天後來他們照常跑行程，晚上回到民宿，經過整天的思索，心意已定的她，鼓起勇氣和耿霽說她願意和母親再見一面，並和他討論她能接受的方式。

她不擅言詞，但如果只是簡單道個別，她想她能做到——於是約在母親一家北上列車啟程的十五分鐘前，在車站簡短地見一面。

雖然如果可以，她也想有更多時間做心理準備，但冷靜過後，她同意耿霽所說的，若她不想再讓這個心傷困擾她，就必須再度面對它，而今天就是母親離臺前能見面的最後機會。

她並不抱著能得到更釋懷的答案的期望，但她想透過坦誠直面傷口，踏出與自己和好的第一步。

「他們到了。」耿霽朝湯氏一家人揮手示意，和湯氏父子退到一邊前，捏了捏她掌心打氣。「別緊張，我就在那邊。」

「嗯。」她目送他的身影退開，告訴自己要為了這個人努力一回，才深吸一口氣，轉頭面對母親。

「昨天很抱歉，我那時沒準備好。」她將手上提著的名產紙袋遞給母親。「這給你們在火車上吃。」

「不，心羿，謝謝妳來……」施雁慈接過裝著麻糬禮盒的紙袋，仰望高了自己一個頭的女兒，極力忍住激動情緒。「能跟妳再見一面，媽媽真的很開心。媽媽來不及準備，不知道妳還喜不喜歡吃這個……」

她接過母親遞來的小紙袋，撲鼻的奶蛋香氣讓她一愣。

至少，母親還記得她們母女間的回憶。「謝謝，我很喜歡。」

母親揉合著欣慰、愧疚、感慨等情緒的複雜神情，使沈心羿憶起耿霽昨日所言——即使多年不曾聯絡、第一次再會的結果也不理想，背後的原因也未必如她所想。

年幼的她，只知道自己被母親拋棄；但隨著年歲增長，她也逐漸理解父親並非良配，同為女性，她也覺得離開這場讓身心耗竭的婚姻，對母親更好。

使她傷心的，是母親不曾聯絡，令她感到徹底不被愛。

此刻她以平靜的心情回望母親凝視她的眼神，才覺得或許自己多年來是想錯了。不是不愛，而是太過愧疚，覺得自己沒資格再去愛那個人。

她跟母親，竟在這一點上如此相似。

她很幸運，耿霽拉她離開了自陷六年的愧疚泥沼，而母親困在其中二十多年了……

「心羿……」施雁慈欲言又止了半晌，才道：「可以讓媽媽抱抱妳嗎？」

出乎意料的請求使她有些驚訝，但還是點了頭。

母親踮起腳擁抱她時，她發現母親的懷抱依舊溫暖馨香，自己卻不再是當年那個無能為力的小女孩，不止身量已超越母親，也有了接受母親是個不完美的凡人的能力。

如她當年覺得只有分手一途，當時的母親，大概也在有限的能力內，盡力去處理複雜的人生難題了吧。

她決定不再去執著那些無法改變的過去，將目光放在能由自己的心念定義的現在。

是啊，她無法選擇出生在怎樣的家庭、有怎樣的父母……但她不想再當自怨自艾、無能為力的受害者。

為了那個以愛治癒她的人，她想成為能坦然被愛、也能勇敢去愛的存在。

她伸出雙手，像想將母親從自責泥沼拉出似的，笨拙地輕輕回擁。

她的回應，使施雁慈突然情緒潰堤，在女兒懷中哭得像個孩子，喃喃地重覆著「對不起」、「我那時不知道該怎麼辦」、「媽媽真的愛妳」，讓不擅應對這種場面的沈心羿束手無策，最後由湯氏父子出面救援，將哭成淚人兒的施雁慈扶起，約定之後也保持聯絡，一家人才進站趕火車。

沈心羿看著湯氏一家人消失的方向，奇異的發現，那一家溫馨的畫面，不再使她心口疼痛。

「妳好棒喔。」耿霽伸出溫暖大掌包覆她的小手。「我花了好幾年才敢面對的事，妳一下就做到了。」

「那是因為有你在。」明白自己被堅定地愛著，使她有了勇氣面對這不完美的世界。「謝謝你。」

「謝什麼？」他雙眼晶亮，一副很想被誇的樣子。

一直愛著她、鼓起勇氣回來找她、為她做了好多好多事，讓她漸漸有了被深愛的自信……

「呃，很多啊……」明明剛剛能自然說出口，一旦被他期待，她就無法坦率表達。

「……」他小小失落後，瞥到她手上的紙袋，又振作起來。「那，為了表示妳的謝意，我可以跟妳共享這包看起來很可口的雞蛋糕嗎？」

她被他的垂涎表情逗笑，將紙袋遞到他眼前。

他卻沒動手，看著她，笑得好深：「我們買個飲料，去最後一個景點享用吧。」

「我們的火車是一個多小時後，還有時間跑景點嗎？」

這兩天，他們跑了很多家咖啡店、吃了不少在地美食、去山上健行、到海邊騎腳踏車，把兩天內該去、能去的景點都去了；沈心羿本來想，和母親見完面，就在車站附近買買名產，把機車還了，時間到就去搭車。

「別擔心，距離不遠，而且跟妳一起在那裡野餐是我的夢想，拜託妳陪我實現夢想？」

敵不過男友超犯規的無辜大狗式懇求，沈心羿被拉著往此行最後一站出發。

「跟我在這裡野餐，是你的夢想？」沈心羿被耿霽拉著在昨天和好的小草坡坐下。

「對啊。」耿霽從紙袋中掂出一個雞蛋糕送到她脣邊。「昨天在這裡找到妳，就覺得這裡好像我們高中認識的那個小草坡，讓我想起當時的夢想——總有一天，要跟學妹一起坐在這樣的小草坡，看別人射箭、吃好吃的東西。」

「之前是在你家看夜景、現在是在射箭場旁邊吃東西，你也太多夢要圓了吧？」她見四周無人，也就滿足男友的餵食慾，將香氣四溢的雞蛋糕吃下，漾出滿足微笑。

她又解開一個心結，像更亮了一號色階的笑顏使耿霽目眩神迷，伸手輕觸她唇畔甜美的小梨渦：「這都是拜妳所賜啊。」

「因為我？」

「認識妳之後，我才開始有很多大大小小的夢想，一一去實現它們，讓我的人生變得很有動力、也很有趣……」他在她唇上輕吻一記。「妳常說謝謝我，但其實，我才是那個該說謝謝的人。」

沈心羿沒料到他會忽然正經起來，雙頰泛起一層薄熱。「你不是要看人家射箭嗎……」

耿霽從善如流地和她一起將視線投向射箭場。初四的L高射箭場已恢復正規訓練，選手們此起彼落的放箭聲，像首懷念的樂曲，將兩人拉進回憶河流。

沈心羿想，如果他們高中時不曾在射箭場偶遇，現在想必各自過著截然不同、卻若有所失的人生吧。

「還好我那天蹺課，才會認識妳。」耿霽也在想著同一件事。

「還好我那天留下來加練……不然就沒人叫醒愛裝睡的學長了。」她迂迴道，他卻聽懂了，笑得開心。

「妳看，那個小女生有點像妳高中的時候，」耿霽突然指向場上練習的選手。「頭髮短短的、酷酷的不多話，可是射得超準，讓人覺得好帥氣。」

沈心羿順著他的指向，看見那個女選手正好射了連三箭十分，表情卻平靜如昔，像這件事輕而易舉。

「我高中時有這麼帥？」

「比這更帥，」耿霽一秒換上腦粉模式，「讓我每天都想翹課去看妳射箭。」

以前聽他這麼說，沈心羿只當是他張嘴就來的甜言蜜語，但自己成為旁觀者，看到這樣單純地、一心一意地做著喜歡的事的身影……

原來，真的會散發引人注目的光彩。

曾純粹地喜愛射箭、不經意散發光芒的那個自己，究竟是從何時開始迷失的？

每次看別人射箭，不由自主浮現的羨慕、與莫名失落的感受，又是什麼？

「心羿，妳對現在的生活滿意嗎？」看著她若有所思的神情，耿霽問出盤旋心頭多時的問題。

「為什麼這麼問？」

「Sean 揪團來玩射箭遊戲那次，妳在場上看起來好開心，讓我想起妳高中練箭時的樣子……我想知道，妳是真的甘心退役，完全沒有留戀了嗎？」

被問住的同時，沈心羿驚訝他居然看出她心底幽微的遺憾。

「那不一樣啊。」她苦笑，「玩玩遊戲，我能輕鬆勝任；但生病後，我就不適合競技了。」

她的回答，讓耿霽終於確定了這些日子的觀察與直覺，才敢道出心中看法：「當年妳會發病有很多原因：壓力、周圍的期待、分手的創傷；現在那些原因都消失了，如果妳想，可以再試試看，妳已經不需要用成績換取對未來生活的保障，可以只為了自己開心而射。」

「你怎麼跟總教練說一樣的話？」沈心羿突然想起「射手之翼」開幕時，也從任霆口中聽過相似話語。

「因為我希望妳開心。」他伸手握住她的手。「你們教練一定也是這樣想。」

沈心羿感受著交握處的溫暖，看著場上的選手練習的樣子，陷入沉思。

學生時代，因為成績關乎升學與就業前景，再加上奶奶不斷嚴詞提醒，她很自然地將目標放在追逐成績與獎項，久而久之，便將外部的成就與夢想的定義混淆，遺忘了原本純粹喜愛的初心，只餘壓力與滿身疲憊。

她不確定心中關於射箭的遺憾，僅是不甘心，還是仍有未竟的夢想。

而且，即使不考慮她的病，已非學生身分的她，要回歸現役，有許多困難得克服……

「可是，我已經有跟你一起開店的新夢想了，光這個就夠忙了。」

「誰說夢想只能有一個？」他笑，「不管夢想的大小，自己去定義它，想做就試試看，未必無法兼顧吧？」

「自己定義夢想？」他的樂觀與靈活，總能給她嶄新視角。

她重燃微光的眸，讓他笑意更深。「這些高中生的夢想，可能就像我們以前，是考上好學校、比賽得金牌之類的，那時候我們還不太明白自己要什麼，先接受周邊的人為我們定義的夢想去嘗試看看，那沒什麼不對；但當我們更了解自己，就可以跳脫這些框架，重新定義自己的夢想。其實，不管妳是想只為自己再挑戰一次最高殿堂，還是在我們的店開幕那天射氣球表演，都是一樣好的夢想啊。」

「有人咖啡店開幕是射氣球的嗎？」他天馬行空的舉例讓她笑出來。

「我們可以當第一個……」耿霽被她甜美的笑顏所迷，忍不住又靠近，擷取這份令他醉心的美好。

沈心羿感受著他吻中的情意與溫暖支持，覺得自己非常幸運。

若說兩人相遇使他開始有了夢想，重逢後，換她重新檢視自己對夢想的定義。

重新定義過的夢想會是什麼樣子，她還需要花些時間去釐清，但她已經確定一件事——

即使那些夢想最後未能實現，她也不會再因此否定自己了。

因為，他讓她明白，她本身的存在就值得被愛。

而夢想，都能夠隨著自己的變化，一再重新定義。

她不自覺地回應著他的吻，令他動情地吻得更深，兩人的心跳與呼吸同步騷亂，彼此的溫度與氣味逐漸交融——

耿霽預設好提醒搭車時間的手機鬧鈴響起，喚醒兩人即將消融的理智。

「為什麼美好時光總是這麼短暫……」他將頭埋在她肩窩，不願面對假期結束的現實。

沈心羿是兩人中先恢復理性的，哄孩子似地拉他起身。「乖，我們該去搭火車了。」

被她拉著往停車場走時，耿霽悶悶地開口：「妳都不會捨不得我們的第一次旅行就這樣結束了？」

他濃濃哀怨的語氣逗笑她。「會啊。可是我明天要開工，沒辦法啊。」

「如果妳也捨不得……」她的回答似乎正是他想聽到的，「要不要搬來跟我一起住？這樣妳每天都可以像旅行時一樣，有帥氣的男朋友在睡前陪妳談心、讓妳抱著睡，醒來又是妳的專屬飯友，只要妳一聲令下，休假時還會開啟專業伴遊服務喔！」

他不去當業務實在是浪費了，竟說得她有點動心。但……

旅行的這兩晚，兩人都在聊天中相擁而眠，並未踰矩，但依照他們親吻時次次破紀錄的升溫速率，住一起，那溫度應該很快就會衝過沸點，進入熱氣蒸騰的下一階段了吧？

「這只是個提議啦……妳不用覺得有壓力。」他補上一句。

沈心羿知道自己還需要一些時間做心理準備，但她想，應該不會太久。

他們已錯過太多歲月，接下來，她想與他談一場很長的戀愛，一起探索他們尚未見過的每道愛情風景。

「我準備好，會跟你說。」

原本只是想以輕鬆口吻提起，並不預期她會立刻回應的耿霽，不敢置信地愣在當場，下一秒笑著擁緊她。

「好，我等妳。」

感受著懷中失而復得的幸福，耿霽慶幸自己沒放棄，他們這段十二年前就起跑的初戀，才能在一度中斷後，改版重啟，繼續寫下比之前更加美好的新章。

「對了……」在他溫暖懷抱中的沈心羿，想鼓起勇氣提一件事。

「嗯？」

「我們真的住在一起之前，帶我認識幾個你的家人或朋友吧……不然我們突然同居，我怕他們會嚇到。」

其實是因為，他已經見遍她為數不多的親人與好友，她卻一個和他親近的家人或朋友都不認識；既然這次下定決心要好好在一起，她不想重蹈覆轍，也想走進他的世界……但直說太不好意思了，這理由還行吧？

「我還怕妳不想呢！」耿霽放開她，眼神驚喜。「不然我先介紹我妹跟我死黨給妳認識？他們現在住美國，我們定期會視訊。對了，我說過他們訂婚了嗎……」

他滔滔不絕地說起妹妹與死黨的曲折戀愛史，沈心羿做好回程要聽整路故事的心理準備。

雖然初次旅行到此為止，但，面前悠長的人生旅途，只要有這個時而鬼靈精、時而孩子氣、時而溫柔、時而固執、又熱愛分享的他相伴，她相信，那些經歷都會成為精彩的故事。

他們的旅途才剛重新啟程，他們改版後的初戀故事，還會繼續寫下更多不同的篇章。

她很期待。

Epilogue

Reset, Our Dreams

「各位觀眾，您現在收看的是世界室內射箭系列賽臺北站，即將登場的是反曲弓女子組金牌戰。由本次賽會最大驚奇，退役六年後復出的臺灣好手沈心羿，對戰來自美國的 Abby Edison 選手……」室內的投影螢幕上，比賽極具臨場感地播送著。

發射鈴響，沈心羿一派從容的舉弓，第一局便射出三箭十分，力壓對手的十、十、九，拿下第一局。

她走下發射線，與站在教練區的耿霽微笑擊掌。

「各位觀眾可能對沈心羿這位選手不太熟悉，她在八年前的奧運，曾經一路挺進個人賽銅牌戰，是位實力堅強的選手。這次她復出首戰，就以黑馬之姿殺進金牌戰，讓很多認識她的射箭選手跟教練非常驚喜；任霆教練，您是沈心羿大學的指導教練，請問您怎麼看她的復出？」計分的空檔，主播將話題丟給賽評。

「心羿是一名很優秀的選手，之前雖然遇到低潮選擇退役，但身為教練，我很高興她走出低潮，重拾對射箭的熱情。」任霆的語氣有著滿滿欣慰。「她現在射箭的時候臉上有了笑容。我想，她心態上變得更成熟，找到了享受比賽的方法。」

二、三兩局沈心羿都交出完美表現，連續射出六箭滿分；對手第二局也拿下滿分、第三局則以一分之差拱手讓出。三局結束，轉播畫面的比數顯示，沈心羿以五比一領先，下一局只要平手就能獲勝。

「以前我對沈心羿的印象是個酷酷的選手。但本次賽事中的她，臉上一直掛著微笑，感覺很樂在其中，或許這就是她能製造驚奇的祕密。」又來到計分的空檔，主播回應剛剛任霆的評語。

鏡頭捕捉到沈心羿在預備區與耿霽談笑的畫面，耿霽附在她耳邊不知說了什麼，讓她笑出唇畔深深的小梨窩。

第四局，沈心羿與對手第一箭都是十分。第二箭，依規則由落後方先行發射，美國選手屏氣凝神，再射出一隻十分。

「這真是一場高水準的比賽，對手也展現了不服輸的鬥志。」主播趁空檔評論，「我們來看沈心羿這一箭的表現如何！」

沈心羿出手，又是一支滿分箭。她回頭看向教練區，見耿霽比她還興奮地仰天振臂歡呼，泛出笑意。

美國對手的第三箭也是完美的十分，本局勝負將由沈心羿的最後一箭決定。

「各位觀眾，沈心羿這支箭如果射到十分，這一局就會與對手一樣拿下滿分，取得關鍵的平手積點一點，以六比一的比數拿下本場比賽的勝利。」

沈心羿面前的倒數鐘由二十開始倒數，她沒有立刻出手，而是回頭看了一眼教練區，才揚起微笑，以優雅流暢的動作引弓發射——

螢幕上的沈心羿放箭那瞬間，投影機被關上。

「你怎麼又在看這個……」沈心羿瞋了窩在兩人小店的沙發上的男友一眼，雙頰微臊。

「剛烘完豆好累，我想充電嘛。」耿霽將她拉到身邊坐下。「要一起重溫我們的美好回憶嗎？用大螢幕看超有臨場感喔。」

「別鬧，都這個時間了……」沈心羿卻坐立難安。

耿霽逗夠了女友，在她額頭吻了一記，就放她去由「射手之翼」原二樓用餐區改裝而成的咖啡店內，將倒置在桌面上的椅子放下、確認備品數量、與陳列今日甜點；他則回到吧檯，確認今天咖啡的沖煮參數。

他將在豆單上的五款單品豆、一款季節配方豆先拿出做杯測，確認每隻豆子今天的熟成狀況，記下沖煮時該微調或強調的方向，接著進行開吧前最重要的義式機校準；壓了兩把義式濃縮，找到今日最佳參數，再以這個參數做好一杯拿鐵，試喝確認滋味過關。

完成準備的耿霽從吧檯後抬頭，心愛的她，在融合了他喜歡的工業風、她喜歡的鄉村風改裝而成個性中帶著溫馨氣息的店內忙碌的畫面，心頭湧上一股難以言喻的幸福感。

決心開店後，他花了一年，平日下班後去上課精進專業知識、或在家練習沖煮與烘豆技巧，假日和她的約會則是去不同店家觀摩，尋找兩人心目中理想的店的樣貌，每月也抽出一個週末在「射手之翼」二樓自費擺攤、不時也到市集擺攤累積經驗值；第二年，他辭去工作，到大學咖啡社學長的店當了八個月咖啡師，磨練開店所需的實務經驗；離職後，他向「射手之翼」承租二樓空間，經過為期三個月的菜單規劃、飲品配方測試、設備購置、空間設計與裝潢工程，與數週的試營運調整，才正式開幕。

開幕當天，由沈心羿射破懸在二樓門口，裝滿彩色紙片的大氣球後，全臺首家開在射箭場裡的精品咖啡店「Reset」於今年春天正式開幕。

營業時間與模式，配合不同時段的主力客群做出區隔：因為平日早上地處市郊的「射手之翼」少有客人上門，營業自下午一點開始。下午場，是帶小孩來上射箭課的園區媽媽、到附近跑客戶的業務、自由工作者、或附近的大學生，各自找個角落小歇、聊天、工作或念書的社區型咖啡店；平日晚上六到九點，則變身為結合運動酒吧與咖啡調酒概念的運動酒咖，讓多為園區工程師的晚場客人們，喝點小酒、看運動比賽、和很懂工程師甘苦的老闆聊天發散工作壓力；射箭場客人多、專程來喝咖啡的客人也多的週末，從早上九點開到傍晚六點，並展現精品咖啡店的本色，提供週末限定的季節特調，讓客人能在打造得明亮舒適的店內，盡情度過一段美味又放鬆的時光。

針對客群提供差異化服務、咖啡與運動場館結合的特殊性、精心設計的空間、以及最重要的——從耿霽開始固定擺攤，便在常客的建議下開設社群，介紹販賣的咖啡與豆子品項、拍攝沖煮教學與科普咖啡知識的影片，累積起喜愛他的咖啡與親切易懂的教學、並熱情轉發的粉絲，讓「Reset」即使開在大眾運輸無法直達的市郊，因為在社群上已有聲量，一開幕便迅速在咖啡愛好者間竄紅，開幕僅三個月的現在，平日來客量已十分穩定，每逢週末更是一位難求。

這兩年，心羿也在他的鼓勵下，在工作之餘重拾射箭。從一開始拿起弓箭身體仍會反射性地緊繃，到慢慢能射出一箭、兩箭，再到能完整射完一局，每次有了小小進展，他便帶她去吃美食慶祝，一步步建立起正向連結；復合後在醫師判斷下逐步停藥，未曾再發作的她，漸漸擺脫害怕發作的心魔，重新感受到射箭帶給她的樂趣。

當心羿開始頻頻打破重拾弓箭後的自我成績紀錄，傳來世界室內射箭賽將於臺北舉辦的消息。這系列的賽事是為了推廣射箭舉辦，比賽距離僅有十八公尺，且不限參賽資格，從專業選手到業餘玩家都能報名；兩人討論後，同意獨自練習確實開始感到單調，決定以志在參加的心態，去體驗久違的比賽氣氛；豈料竟因與更高層級的賽事撞期、自海外專程來參賽的好手不多、國內也派出二線年輕國手練兵、心羿本人又手感絕佳的天時地利人和下，一路過關斬將，讓以教練身分陪賽的他，留下了此生難忘的美好回憶……

耿霽瞥了眼手機跳出的通知，笑道：「Sean說他跟妳媽剛剛一起看了妳這次比賽的影片。」

Sean的交換結束回美國後，努力當著不擅長表達的媽媽與姊姊間的聯絡人。但因為姊姊個性內斂省話，常不小心句點他，他和健談的準姐夫耿霽反而聊得更熱絡；在熱愛說話、是沈心羿的死忠粉絲這兩點上高度合拍的兩人建立起兄弟般的情誼，也成為生命中重要的女人們之間的傳聲筒。

沈心羿正將今天要販售的，她向轉職甜點師的大學校隊助教學來的自製巴斯克蛋糕、手工布丁、肉桂捲整齊放進甜點櫃，聞言僵了一下：「我不是說告訴他比賽結果就好，不要給他轉播連結嗎？」

「我發誓連結不是我給的。」她的反應讓耿霽忍俊不禁，「他跟我一樣是妳的頭號粉絲，聽說妳去年底復出比賽，就算我們一直不給影片連結，他還是想辦法查到了。」雖然他看Sean找了幾個月沒找著，好心給了點提示。

沈心羿一臉無言地起身。「……我先回去上班了。」

耿霽準備從學長的咖啡店離職，正式籌備開店前，沈心羿陷入是否該辭去射手之翼的工作，全時間投入店務、與繼續發揮射箭專業的夢想間的兩難——若全職顧店，必須放棄好不容易又重拾信心的射箭，但經歷了準備到參與室內賽的過程，令她又憶起做自己擅長也喜歡的事的美好感受，有了想繼續以只求自我突破的心態參加下一個比賽、也想回饋自己多年的經驗與專業的心情，但她也很期待和他擁有屬於他們的店……

她鼓起勇氣和耿霽坦承她的掙扎，他卻說她無需為了開店辭職，他有能兼顧兩人的夢想的辦法。

原來，在她開口前，他早看透她的心思，盤算著將咖啡店開在射手之翼的二樓。

兩人去找孫羽翎談此事時，孫羽翎很歡迎二樓有店家進駐帶動人氣，也順道問了沈心羿的打算。知道好友其實希望合作愉快的她能留任，沈心羿便趁機提出希望調整工作時段，讓她能兼顧射箭場的工作、與咖啡店顧店的要求。想留人、也能體諒創業辛勞的孫羽翎爽快同意了。

於是，沈心羿不再授課，專責原本就是她專業的器材進出貨、測試與維修，以及為有心進階的學員制定訓練計畫；上班時間也固定為平日早班，讓她在平日晚上與週末全天，這兩個咖啡店來客多的時段能幫忙顧店；她工作的中午休息時間，會上樓幫下午得獨撐大局的耿霽準備開店；下午若忙完交辦的工作，也像之前準備室內賽時一樣，被允許到射箭場練習。

同時兼顧兩個夢想，確實變得更忙碌，但既然兩者都是她真心想做的事，也幸運得到男友與好友的支持，就盡力去做，別讓心中留下遺憾。

下午的工作做完，應該能去練一下，再上來幫忙晚上酒咖的營運，還有製作明天販售的甜點……

「心羿，」耿霽喊住腦中填滿待辦事項的女友，遞來一份 Menu，「妳還有最重要的一項任務呢。」

她差點忘了……她視線掃過兩人一起設計的無咖啡因與低咖啡因飲品單，指向其中一個品名。

耿霽迅速為她沖好一杯專為她的需求與口味打造的低咖啡因手沖咖啡，看她喝下，綻出嚐到好滋味的幸福微笑，從每天的第一個客人得到滿滿信心，是他開店前最重要的儀式。

收拾吧檯時，他隨口提起先前話題：「妳不希望妳媽跟妳弟看到妳復出的樣子嗎？」

「不是，只是……」她的尷尬感瞬間回流。

他怎麼就不懂她不想讓家人看到那隻比賽影片的心情呢？想也知道是他洩密的。

「他們知道我們是男女朋友，不會大驚小怪的。」耿霽走出吧檯，將她輕摟入懷，「就像我們每次跟我妹他們視訊，他們放閃，我們也不會覺得怎樣啊。」

「那不一樣——」

他以脣封緘她剩下的抗議，用溫柔纏綿的吻，吻去她小小的彆扭。

「剩下的……我們回家再繼續。」耿霽強迫自己放開被吻得兩頰緋紅、雙脣水灩，可愛又誘人得要命的女友。「那我要一個人顧店囉。」

沈心羿被吻得氣息都亂了，已沒心思糾結剛剛的小插曲。「你……下午加油。」

「妳也是。下班如果太累，晚上別來店裡，讓孫羽翎順路載妳回家。」雖然心羿現在看來神采奕奕，但醫生叮嚀過，若太累、壓力太大，依然有復發的可能性，他雖支持她追夢，每天還是不厭其煩地提醒：「答應我，不可以逞強喔。」

「我以前在培訓隊的訓練更累好嗎？」但沈心羿很喜歡與他一起擁有、照顧一家店的感覺；也珍惜能重拾並貢獻自己長年培養的專業的機會。

她想，有一天，她會調整為兩個夢想付出的方式、比重、甚至做出取捨；但到那時候，她也一定有了不同想法，能了無遺憾地做出改變吧。

不管這些事的結果如何，這世界上都會有人深愛著她。這樣的確信，讓她不再恐懼失敗，有了去嘗試的勇氣。

目送女友離去後，耿霽再次打開投影機，趁客人上門前重溫他最愛的片段——

「十分！恭喜沈心羿選手以十二箭滿分的超完美表現，拿下反曲弓女子組金牌！」

主播激動的播報聲中，沈心羿走下發射線，微笑走向全程在教練區守護的耿霽。帥氣中帶點甜美、還多了份自信神彩的她，比初遇那天更令耿霽移不開目光。

那瞬間，他再次為她心動。

他張開雙臂，她一走近便將她緊擁入懷，抱得她雙腳騰空，發出驚呼。

「沈心羿，我愛妳。」

耿霽腦中浮現將她放下時，在她耳邊脫口而出的告白。

「我們可以看到她的教練也是非常感動的樣子……欸？現在是什麼情況?!」

主播被耿霽捧起沈心羿小臉熱吻的畫面驚呆，攝影師立刻給了一個兩人擁吻的近拍。

耿霽舔舔唇，方才與她親吻的滋味，與當時忘情熱吻的感受，在這瞬間重合。

「心羿，恭喜啊。」

在任霆一語雙關的祝福聲中，耿霽拿起試沖的義式濃縮一飲而盡，店內招牌配方豆的複雜香氣餘韻在口中恣意怒放——與她一起重新定義、實現夢想的過程，就像濃縮咖啡，酸、甜、鹹、苦，交織著百般滋味……

他緩緩揚起唇角。

但只要有她相伴，這樣的日子，就是他夢寐以求的人生。

〈全文完〉

番外　最治癒的陪伴

耿霽終於發現沈心羿從未向他透露的小祕密，是兩人初次在他家過夜的時候。

就寢前，他將主臥室的衛浴讓給她洗漱，自己則去用客房的淋浴間，當她穿著跟他借的衣物踏出浴室，早已洗沐完回房等她的耿霽，便見到自己的寬大T恤在她身上成了連身短洋裝的畫面。

即使清楚依她個性，衣下一定還穿著一併跟他借的短褲，她蜜色大腿在長度恰好的衣擺下緣若隱若現的畫面，還是使他一秒亂了呼吸與心跳。

他盡力露出一個鎮定的笑：「妳睡我房間，我去睡客房。」轉身想逃離太誘人的女友，卻被拉住衣角。

「……怎麼了？還有缺什麼嗎？」不行，再不走，他會走不了……

「那個……你有多的枕頭嗎？」

「床上的枕頭不合用嗎？」

「不是，只是……」她不好意思地道：「我習慣抱著東西睡覺，沒抱睡不好。我在家會抱娃娃，我想你這裡應該沒有，枕頭也可以。」

耿霽聞言愣住了。兩人此前從未有機會一起過夜，他不知道她有這個孩子氣的習慣。

又找到了一片解鎖未知的她的拼圖，他很開心，但……

他新房入住不到一年，家中用品只買了單身生活必需的，很多東西甚至只有一份，枕頭是那時與床包整組購入才有了兩個。

他在心中呻吟一聲，天使與魔鬼同時來造訪——

將另一顆枕頭也讓給她，或是……

帶著枕頭和可愛又性感得要命的她一起睡？

「算了，沒有的話沒關係……」

但她難得主動向他提出請求，而且，只是抱著睡，又不是要對她做什麼，應該沒關係吧？

「Sorry，我家只有兩個枕頭。」他迅速去客房抓來另一個枕頭，「不過我就是個溫暖又好抱的大娃娃喔。」

「啊？」沈心羿瞪大杏眼，不敢相信自己聽到了什麼提案。

「放心，我什麼都不會做，只是借妳抱而已。」他淘氣地朝她眨個眼：「不要趁我睡著時偷襲我喔。」

「你在說什麼，我才不會……」她忙著反駁時，他拉著她躺上床，蓋好被子。

天啊，抱著心愛的女人躺在自己床上的感覺……也太幸福。

「我還是去睡客房好了……」她卻止不住害羞，試圖翻身下床。

「客房沒有多的枕頭、更沒有大娃娃可以抱喔。」他嚐到甜頭，捨不得放她走，將她摟回身側。「睡吧，明天不是上早班嗎？」

「可是——」沈心羿稍早雖然想著與他進一步也無妨，引人遐思的場面真槍實彈地出現，她發現自己還是很沒用地怯場了。

「放輕鬆。」他在她額上印下不帶慾念的一吻，主動封印兩人稍早熱吻後，空氣中一直隱隱流竄的曖昧電流。「不然，來聊聊旅行想去哪？」

「我還沒有想法……」她還是有些僵硬。
「想出國、還是在臺灣？」他循循善誘。
「我們總共也才兩天時間，出國不可能啊。」她立刻實際道。
耿霽發現討論能舒緩她的緊繃，便與她討論起可行地點。
討論中，他突然心生一計：「還是我去花蓮找妳？」已有了順道拜訪她親戚的想法。
「……花蓮？」稍經討論，她已在他懷中放鬆下來，嗓音也染上一絲慵懶睡意。
「既然妳人在觀光區了，我算好時間出發，就能最大化一起旅行的時間，那邊也有我一直想去的咖啡店。」
「好像可以……」她喃喃同意後，竟在他懷中斷電，發出綿長的呼吸聲。
墜入夢鄉後，沈心羿無意識地伸手摟緊他，蜜色雙腿也來與他長腿勾纏，姿勢就像抱著心愛的大娃娃。
「……！」被女友以史無前例的親密姿勢態抱的耿霽，這才明白幸福與煎熬是可以同時並存的。
終於等到她全然放下防備，在他懷中安心入眠，這所代表的信任與交付，是他好不容易入手的頂級幸福。
但……懷中的她舉手投足間都流淌著揉和兩人氣味、溫度、與觸感的，刺激他感官的致命性感，她卻渾然不覺，還在他懷中越鑽越深、越摟越緊，對早決定今晚不能對她出手的他，實在是極度嚴酷的考驗……
為了對抗這甜蜜的誘惑，耿霽催眠自己今晚就是個無生命的填充大娃娃，任她捏圓捏扁都不可以反抗。
不過，這想法在沈心羿大概是第十次變換睡姿，又重新擁緊他時變了調——

可惡，當她的陪睡娃娃也太幸福了吧？他開始嫉妒那隻被平常很矜持的女友能抱過無數次的玩偶了。

她是什麼時候開始有這個習慣的？

沒有娃娃、也沒有多的枕頭的時候，她會失眠嗎？

未來一起生活時，當他與娃娃都在場，她會抱他還是抱娃娃？

不行，他無法接受輸給一隻娃娃，一定要先下手為強排除這個小情敵……

在懷中的幸福與腦中的胡思亂想中，耿霽過了幸福又折磨的一夜。

他沒讓當晚的萬千思緒隨風而逝，在日後一一求得了解答。

隔日早晨，她答了他的第一個疑問：「剛跟你分手的時候，我常失眠，室友就把她的大娃娃借我抱著睡。因為蠻有效，漸漸就成了習慣，自己也去買了一隻。」

原來，這習慣是他們分開後養成的，難怪他未曾聽她提起。

耿霽倒是樂觀地覺得這習慣挺可愛。他只要取而代之，不就能享有被女友抱睡的福利？

兩人初次旅行的首夜，在民宿，她回了他閒聊間提起的第二個疑問：「以前去外地比賽帶不了大娃娃，就拿旅館備用的枕頭代替。但有一次住到沒備品的住宿，那幾晚我睡得很差，之後就去買了可以塞進行李的小娃娃帶著以防萬一。」說完，從行李中抽出了一隻小的黑貓玩偶。

「……妳上次在我家不是睡得很好？今晚不需要它了吧？」他震驚地發現情敵不只一名。

「可是上次你睡得不好，我還是抱娃娃才不會害你失眠吧？」她面露愧色，認為是自己睡癖不佳造成的。

他堅稱那夜失眠與她的睡癖無關，又陪她聊天舒緩同睡的不習慣與緊張，才保住了那兩晚陪睡的地位。

半年後，沈心羿套房的租約到期，決定搬來與他同居。耿霽幫女友搬完家，沈心羿第一個拆封的，便是放了娃娃的紙箱，怕他們悶著了似的。

「……心羿，以後我是妳唯一指定的陪睡娃娃吧？」同居前，他偶爾會帶她回住處過夜，除了預習同居生活，也在她更習慣同睡後，順勢得到了承諾。但女友的舉動讓他心中警鈴大作，預感事情還沒告一段落。

「是沒錯，」沈心羿左手抱著大黑貓娃娃、右手勾著小黑貓娃娃，不解他為何突然有此一問。「但我自己追劇、看書的時候，也覺得抱著他們蠻療癒的。」

耿霽這才發現自己失算，竟忘了確認兩隻毛絨情敵還有沒有別的用途，錯失下手防堵的先機。

於是，同居後，耿霽常變著花樣與兩隻娃娃爭寵——

「我今天追的是愛情劇，讓大黑陪我就好了吧？不然你十分鐘就昏迷了。」沈心羿哭笑不得地看著抽走大黑貓娃娃，鑽進她臂彎賴著不走的男友。

「可是我想陪妳，」他眨著大眼，使出無辜大狗撒嬌攻勢。「大小黑在妳懷裡這些年都在睡，我至少還會醒著十分鐘……選我？」

「那你得答應我，你醒著的時候，不要一直跟我說話、也不准撲倒我，讓我好好看劇。」她約法三章。

他拉低她小臉印下一個吻：「我保證。」

不到十分鐘，耿霽就已被愛情劇催眠，睡倒在女友肩頭。

「傻瓜。」沈心羿按下暫停，轉頭凝望每次見她抱著大黑追劇、或摟著小黑看書，總愛來鬧鬧她、撒撒嬌的男友。「明明很累還硬撐。」

朦朧中，耿霽感到髮頂被她溫柔地輕撫，令他滿足得幾乎嘆息。

他忍不住啊……見她抱著娃娃，他總會心疼當年無法陪她度過那些孤寂難熬的歲月。時光無法回溯，但現在，他想讓她記住，當她需要陪伴，他都會在，她無需再抱著娃娃，獨自對抗寂寞。

耿霽感覺自己被輕移到沙發抱枕上靠好、蓋妥毯子，然後她重新抱起了大黑，倚著他繼續追劇。

唉……但娃娃們陪了她這麼久，早成為她生活習慣的一部分，比他最初想像的更難對付啊。

沒關係，他耿霽什麼沒有，就耐心跟點子最多了——他伸手將女友與毛絨情敵一起攬進懷中。

沈心羿在他溫暖懷抱中逐漸意識朦朧，劇追到一半，也沉沉睡去。

耿霽半夜醒來，電視上的劇還在演著，而沈心羿抱著他熟睡，娃娃不知何時已被她捨棄，滾落沙發。

他勾起脣角，允許自己享受這一刻，贏家般的小小勝利感。

他知道他沒必要吃玩偶的醋的……她總讓他享有陪伴她的優先權，他一點也不懷疑自己在她心中的地位。

但分離那些年，壓抑到心底深處，那些無以名狀的遺憾與思念，使他還是忍不住計較起錯過的那些歲月，不願再輕易將陪伴她的特權拱手讓出。

可當強逼女友放棄習慣的霸道男友不是他的作風，他更想逐漸成為她新的習慣、新的陪伴。

他關上電視，以由她額頭往下的一連串輕吻喚醒懷中的小無尾熊：「心羿，我們回房睡。」

「嗯？」沈心羿朦朦朧朧地被他吻醒，被抱起時，瞥見委頓在地的大黑。「大黑掉到地上了……」

耿霽瞇起眼，「他好得很。」也許是深夜的緣故，沒能以平常的玩笑口吻藏好內心微微的吃味。

「你怎麼了？」細心的她立刻察覺他的小情緒。

「沒事。」他難以啟齒連自己都覺得太孩子氣、太小題大作的妒意。

「真的沒事？」他將她放上床時，她清澈的眼直視他。

耿霽關上燈，在窗外透進的幽微月光下，才啞聲坦承：「……我也想要妳陪。」

心疼她過往的孤單是真的；需要在一次次的撒嬌與親密中，釋放那些曾不被自己承認的寂寞，也是真的。

「也想？什麼意——」她的疑問被他急切的吻封住，他將言語難以坦率表達的複雜情感，化為情人間最親密的唇舌與肢體交纏，再不顧忌與保留地，在剩餘的夜向她全數傳達。

相似的戲碼又上演了數次，沈心羿才終於領會男友說不出口的小心思，於是——

「要陪妳追劇嗎？」某夜，當她坐上沙發，耿霽又巴巴地湊過來。

「昨天你陪我追過劇了，今天換我陪你做你想做的事好了。」她主動提議。

「真的？」他愣一下，然後雙眼晶亮地追問：「什麼事都可以？」

「嗯。你有什麼想要我陪你一起做的事嗎？」她說完才發現這話有些曖昧，祈禱他別誤會。

「很多！想跟妳一起玩桌遊、滑雪、出國旅行……」還好他沒想歪，興奮地列出一長串活動。

最後他們一起玩了桌遊。零經驗的她當然不是他的對手，但他超級開心：「下次再陪我一起好不好？」

沈心羿在這瞬間才確定，自己無意間沿用著獨居的習慣，竟忽略了，他也渴求她的陪伴。

而她的習慣、與他的小情緒，是他們以不同的方式，撐過那段寂寞歲月的證據。

但，自從他成為她生命中的熱鬧日常，她曾以為會一生鬱積心底的寂寥苦澀，竟如冬雪遇到夏陽，一點一滴地融化蒸散。

從今而後，她也想成為能驅散他心底寂寞的溫暖陪伴。「好啊。」

陪伴。

「那，我還想跟妳一起做一件事……」他終究沒放過超譯她承諾的機會，向她索求了更炙熱的陪伴。

讓耿霽吃味的小情敵們，在同居生活逐漸上軌道後卸下陪伴重任，有了新角色——作為家中擺飾，默默見證這對戀人間各種不論公開或私密，都深深療癒孤寂靈魂的，最治癒的陪伴。

番外　早餐時間的戀愛追劇

「帥哥，想吃什麼？」身為在明星男校對面開店的早餐店阿姨，這是她每天最常說的一句話。

雖然這是人盡皆知的客套之詞，但客人開心、她有錢賺，皆大歡喜不是很好嗎？

不過，她也有真心地說出這句話的時候。

「帥哥，想吃什麼？」每當那個男孩來買早餐，她的心情總是特別愉快。

「兩份雙蛋蛋餅內用，謝謝老闆娘！」男孩從高一開始就是她店裡的常客，最愛招牌的雙蛋蛋餅，每次必用他陽光帥氣的討喜笑容點一份，多期待吃到似的，閱小鮮肉無數的她，也無法不喜歡、不記住這孩子。

「……兩份？」一時沉浸在男孩迷人笑容中的她，慢半拍才發現今天他點的數量不同。

「對，兩份。」他笑著指向身後的女孩。「今天帶學妹來享用阿姨的好手藝。」

學妹？這孩子第一次帶女生來呢！後頭客人在等，她無暇多觀察，只能壓下內心波瀾：「好，裡面坐！」

煎好一批蛋餅，她再也止不住好奇，迅速離開煎爐送餐去。將蛋餅放上男孩那桌時，男孩一如往常好家教地燦笑道謝，而她快速瞥了一眼學妹的廬山真面目。

她承認，她有一點驚訝。男孩高䠷帥氣、聰明活潑，在人群中是會被一眼注意到的類型，但學妹沒一樣特質與他相似——清秀有餘，但過分安靜低調，乍見並不亮眼；而且看身上的運動服，是隔壁綜合高中的校隊體保生。

明星男校的聰明男孩與綜合高中的漂亮女孩交往，她是看過不少，但像他們這般組合的，她倒是第一次見，不由得印象深刻，從此總會特別留意。

「別再看了，學長今天不會來了啦。」與她一起經營早餐店的老公，發現老婆竟追起客人們的青春戀愛戲碼，竟為年紀可當他們姪子、姪女的客人取了代號，還與她下起賭注：「準備好煎下一批的蛋餅喔。」

「不可能，學妹離開之前，學長一定會出現。」她忿忿反駁，「你才給我準備好！」

她的篤定是有根據的——學長與學妹每週六的早餐之約，遠遠早於學長上課日來買早餐的時間。平常都壓線來買早餐的學長，卻週週為了學妹起早，即使遲到，也從未缺席，她不相信學長會輕易失約。

學長也不負她的期望，每週都為她贏得少煎一批蛋餅的喘息時光。

即使那時間她通常也忙著結帳、送餐、或清理，但擷取他倆曖昧互動的可愛片段，是她忙碌工作中最棒的充電，比追任何愛情劇更能喚醒她沉睡已久的浪漫情懷——

學長熱情地與學妹分享生活中的大小事；不管學長說什麼，都聽得興味盎然的學妹……想被理解、與更理解心儀的人的樣子，好有愛！

學長貪看學妹用餐時偶爾流露的甜美笑容；學妹看似冷淡，望向學長的眼神卻藏不住柔軟……互動的細節裡都是糖分，好甜蜜！

雖然乍看不太有CP感，觀察了他們一陣子後，她卻非常、非常地希望他們真能終成眷屬。

「這年紀交的男女朋友，上大學沒分手的剩幾個？」老公又來潑她冷水。「而且他們未來的路差太遠了。」

這次她無法輕易地反駁回去。除了開店後，見過太多青澀戀曲的悲歡離合，身為多活了十幾年的人生前輩，也預期得到這兩人的前路確實更多挑戰。

沉靜的小學妹或許也有個老靈魂，才一直與學長保持著朋友關係，不敢越線吧。

就在升上高三的學長，因為升學壓力漸漸失了原本的活力與笑容，而學妹愛莫能助，她作為旁觀者，也開始有些悲觀的時候，劇情卻突然轉折——

「如果我順利考上T大，我們繼續當飯友好嗎？」學長石破天驚地提出這要求，讓她在心裡鼓掌叫好。

學妹思考片刻，說出答應之詞的時候，正在收桌子的她，差點都要丟了抹布尖叫出聲。

對嘛，年輕就是你們的本錢，喜歡就要勇敢試試看啊！

劇情卻沒有照著她想看見的發展演下去。接著學長畢業，不再出現在早餐店，學妹似乎也忙了起來，偶爾週末早上才會一個人來吃早餐，坐在同一桌、點同樣的蛋餅加豆漿，默默享用，像在回味那段時光。

是學長上大學後變心了，約定才沒有實現嗎？？雖然她好想問，但學妹是那種不會跟老闆閒聊、似乎不愛被打擾的客人，又總在尖峰時刻默默來去，她終究沒問出口。

她憋了好久的疑問，終於在半年後，學長大學放寒假回鄉的某個早上，得到了解答。

「怎麼沒約學妹一起來？」學長來得晚，已非尖峰時間，她送餐時忍不住問了。

「她現在訓練很忙，我系上的課業也不輕鬆，時間老是對不上啊。」學長有些無奈地笑了，她發現自己誤會了，便跟他說學妹有空還是會一個人來吃早餐的事。

「真的？」他的表情瞬間亮起來。「那我下次一定約她一起來。」

她不知道學長這話是真心或客套，下次再見到學長，是大約兩年後的事。

「兩份雙蛋蛋餅內用，謝謝老闆娘！」但他真的說到做到，帶著學妹出現了！

「好久沒看到你們兩個了。」她朝學長使個讚賞眼色，這孩子的專情實在太加分了。

「我們太想念這裡的蛋餅了，臺北吃不到這麼好吃的，對吧？」學長嘴甜，學妹也點點頭，讓她心花怒放，多招待了他們一盤蘿蔔糕。

她從兩人用餐時的言談間得知，學妹也考上了臺北的大學，兩人實現了當年的飯友之約。他們的互動，也變得更有默契、更親密了——但感覺仍是友達以上、戀人未滿的狀態。

她看著學長望向學妹時眼中不變的專注，以及學妹依然溫柔的眼神，想著他們究竟為什麼還沒在一起呢？

「天知道？妳為什麼特別在意他們的事？」她唯一的討論咖，她零浪漫細胞的老公，受不了地問。

因為，他們在一起時細節中都是糖分的曖昧氛圍、實現承諾的毅力，都跟她見過的其他情侶不一樣啊……但說了老公也不會懂，她還是省下這唇舌吧。

日子如流水般逝去，又是兩年多後，學長再次出現在早餐店。

「一份雙蛋蛋餅內用，謝謝老闆娘！」見他獨自出現，她有些失落。終究還是走散了嗎？

但，學長一拿到餐點就忙著拍照發訊息，臉上有藏也藏不住的幸福笑意，又給了她一線希望。

學長又是離峰時間來，她當然沒放過探聽的機會：「在跟誰介紹我們家的蛋餅啊？」

「嗯……我女朋友。」他說出「女朋友」三字時，那甜蜜與得意勁快閃瞎她。「因為她也很喜歡。」

「你女朋友該不會是……」拜託！快說是她！

他將食指放上微勾的唇，做了個「噓」的手勢。「阿姨要幫我保密喔，她很害羞，還不准我說出去。」

天啊！他們終於在一起了！她差點失聲歡呼，堪堪忍住後，又多追問了幾句才放過他。

學長即將出國留學，而學妹已是征戰四方的國手，兩人約定各自努力，數年後再相聚。

「他們讓我再次相信愛情了……」學長走後，她忍不住感嘆。

「不覺得他們的挑戰更多了嗎？都這麼忙、又是遠距離，不容易啊。」老公還是不看好。

「人家好不容易在一起，祝福一下很難嗎！」她沒好氣地罵了一聲，而老公摸摸鼻子主動去煎蛋餅。

學長出國一年後，她與老公在電視轉播上，看到了登上奧運舞臺的學妹。

當年，她不是很明白太陽般亮眼的學長，為何獨鍾這個內斂低調的學妹，直到此刻，她才發現做著自己擅長的事的學妹，冷靜沉穩，有種令人難以移開視線的魅力。

學長想必早就發現了這一點，才不願放開這顆乍見亮度尋常，仔細凝望，卻散發獨特光芒的星辰吧。

雖然學妹最後沒能拿下獎牌，但出色的表現，已令見證兩人成長的她與有榮焉。

希望他們都能實現自己的夢想，然後，有空再一起回來吃早餐，她一定好好招待他們。

但是，上天似乎沒聽到她這個心願，這回過了好久，她都沒再見到他倆任何一人的身影。

時光無情向前奔流，她漸漸不再想起曾追劇般地掛心著某對年輕客人的戀情，直到——

「一份雙蛋蛋餅內用，謝謝老闆娘。」熟悉的迷人笑容，將她沉睡的回憶瞬間全喚醒。

「好久不見！」她先是驚嘆歲月在學長身上彷彿靜止，接著察覺，依舊有著陽光笑臉的學長，身邊沒有了學妹。

她沒多問，好好為學長煎了一份蛋餅送上，他默默吃完，令她想起當年學妹獨自來用餐的情景。

最後還是分開了嗎……見的人與事多了，使她心下有幾分明白，沒敢追問，怕揭了人家的傷口。

學長來結帳時，她想他難得回臺灣，要招待他，卻被婉拒：「阿姨，我回臺灣工作了，妳請客我可不好意思再來喔。」

「以後都在臺灣啦？」雖然沒能見到他們修成正果，聽到學長落葉歸根，她還是挺開心的。

「嗯，因為對我重要的人都在這裡。」學長淡淡一笑，好像想鼓起勇氣問她什麼時，來了一群高中生要點餐，他便笑著向她揮揮手道別。

她好奇著學長是想問學妹有沒有來過嗎？但學長沒再出現，倒是在一年多後的某天來了個驚喜。

「一份雙蛋蛋餅內用，謝謝。」她沒有立刻認出那嗓音，但一抬頭，也沒變太多的學妹居然出現了！

「好……」專業的早餐店阿姨如她，只花了一秒發愣，「裡面坐！」

天啊，他們居然先後出現！而且都坐在他們以前常坐的位置！這是上天在暗示她什麼嗎？

她內心的浪漫細胞一秒全復活，好想去跟學妹說學長也回來過的事。

「妳跟人家很熟嗎？知道他們當初怎麼分開的、現在各自有沒有對象？」老公勸退她，「如果他們心裡還有對方，不用妳插手，也會想辦法聯絡上。妳乖乖當個觀眾就好，不要嚇跑客人啦。」

她也知道這樣太唐突，她跟學妹不熟，盲目熱心只會嚇到人家加上被當成怪阿姨，終是打消了念頭。

觀眾如她只能誠心地祈願，或許某一天，上天會允許她看見這個故事的後續。

一年後，極之普通的一個週末早晨：「帥哥，想吃什麼？」

「兩份雙蛋蛋餅內用，謝謝老闆娘！」活力十足的語調，還有讓人瞬間心情飛揚的迷人笑容再次出現。

她親眼看見了，學長與學妹手牽手出現在她面前，這個奇蹟般的後續。

「好，裡面坐！」她維持著專業，俐落地招呼完，才轉身搖晃在煎蛋餅的老公。「你快看！」

「好啦，終於給妳等到了，今天蛋餅都我煎就是了。」老公至此也認命了。

「給我煎，你幫我送餐。」她卻搶過煎鏟。

「這不就是妳想看到的劇情？幹麼不過去多看幾眼？」老公不解。

「我怕我會太激動嚇到他們……」她忍住湧上的感動淚水。即使不清楚故事的全貌，作為多年見證他們戀情的旁觀者，也想像得到中間一定經歷了很多、很多的曲折才走到了今天。

「妳也太入戲了吧？」老公失笑，抽給她一張餐巾紙。「他們的故事還沒結束，以後妳還有得追劇呢。」

總是烏鴉嘴的老公這次說對了。之後，她還見證了他們像一對感情穩定加深的戀人，偶爾出現在她店裡，邊吃早餐邊討論著一起去旅遊、同居、開店等等的話題，甚至拿到了學長給的咖啡店開幕邀請卡。

她因為生意太忙沒能去見證，但聽說咖啡店的生意好得不行，兩人開店後便沒再來吃過早餐了。雖然有些掛念，但身為開店前輩，她想小倆口一定忙翻了，如果她有空去他們的店看看就好了……

「兩——呃，三份雙蛋蛋餅內用，油少放一點，謝謝老闆娘！」學長開店三年後，終於又驚喜現身。

「三份？」她迅速一瞥，學長身旁只有他牽得緊緊的學妹，沒別人啊。

「我老婆懷孕了，吃太油膩會反胃，我又怕她不夠吃……」學長的臉上，寫滿新手爸爸的喜悅與無措。

接連襲來的重磅訊息讓她傻了一下，然後笑問學妹：「胃口怎麼樣？怕油膩的話，還是把蛋餅換成燒餅？」

「還可以，是他太緊張了。阿姨妳照平常的做法，兩份蛋餅加豆漿就夠了，謝謝。」

嗚嗚！這是學妹第一次跟她說這麼多話耶！還叫她阿姨！她感動得替學妹特製少油蛋餅，再招待一份比蛋餅耐放的蔥蛋燒餅、還有一小罐自製的醃梅子讓食慾減退的準媽咪回家享用，簡直當自家姪女照顧。

「阿姨，不用這樣啦……」學妹不好意思的樣子也太反差萌！她好像又更理解一點學長的心情了。

「我這是投資。」她可不容拒絕，「只要孩子出生後，你們再帶孩子一起來吃早餐，給我增加個小客人就行了。」孩子性別？像爸爸還是媽媽？她想繼續追劇啊！

「那就謝謝阿姨囉！」學長見她堅持，便笑著收下，臨走前沒忘再邀他們夫妻有空去他店裡喝咖啡。

她望著小倆口離去的背影，新手爸爸一邊護著孕妻、一邊注意著四周環境是否有危險的珍惜與緊張、新手媽媽雖然還纖瘦不顯肚，也刻意放慢步伐，想保護兩人愛情結晶的小心翼翼，令她忍不住泛出笑意。

「在笑什麼？今天都不用煎蛋餅了很開心？」老公鋼鐵直男的發言破壞了這感動的一刻。

「才不是。」

「不然咧？」

她不管老公是真不懂還是裝不懂，為了別澆熄感動的餘韻，她決定自己放心裡品味就好。

一路追著他們的戀愛故事，令她在充滿現實與遺憾的生活中，見證人間仍有奇蹟存在，也憶起了許多關於愛一個人的感受，還有……

「帥哥，想吃什麼？」客人上門，她一秒換上老闆娘模式，精神十足地招呼。

這些小小的、奇蹟般的動人時刻，讓她覺得，她這份看似平凡而勞碌的工作，其實，挺有意義的呢。

後記　一個關於愛與改版的故事

這個故事，就跟最後定案的書名《你改版了我的初戀》一樣，是個經歷多次改版才成書的故事。

第一版是在二〇一五年夏天動筆的。初始的發想，是源自男主角耿霽。他在我第一本商業誌小說《回到愛起點》中，作為女主角的哥哥初登場、在第二本商業誌《日照蔚藍海》中也以女主角表哥的身分活躍，當時我就對他非常感興趣，想知道他會談怎樣的戀愛，關於他的基本設定——外在陽光開朗、內裡精明執著、曾出國多年、熱衷極限運動等，也在那時就成形了。

初版的故事女主角一樣是我們可愛的心羿學妹、也一樣有校園、射箭與失憶的元素，最大的不同是，初版失憶的是女主角。當時在寫作上比較青澀，故事在六萬多字時觸礁，怎樣嘗試都無法再推進。在開稿一年、刪刪改改依然無法完稿後，十分挫折的我，陷入一段不短的無法提筆寫作的低潮。

走出低潮後，先寫出了本書配角孫羽翎與周少倫的故事《戀愛對抗賽》、與由之延伸的《灰姑娘掉落的甜點》，意外成了一個系列後，我總算抓住了故事的調性，才能開啟空白檔案，從零開始重寫它。

第二版始於二〇二一年夏天，失憶的，變成了男主角耿霽。滑雪失憶的劇情，融合了我三個朋友的真實經歷：當曾在滑雪場打工的朋友說，曾遇過客人摔到昏迷，醒來忘了剛跟女友分手、骨折的那位秀出他的疤痕、失憶的那位親口說他到現在都有記憶還沒恢復……這些在我開始寫小說之前與之後陸續出現的小素材，被我珍惜地蒐集起來，做些變化，最後用在了這個故事裡，謝謝朋友們無意間提供的靈感與素材（笑）。

因為有了系列前兩本的定調，這次改版從第一章到第七章都算寫得順利，本以為能很快寫完，但第七章結束，我又卡住了，當時我超級沮喪，想著難道我真的完成不了耿霽跟心羿的故事嗎？但我是如此喜歡他們。

我喜歡耿學長外表陽光忠良、內裡卻鬼靈精怪又執著深情的複雜迷人，也喜歡心羿學妹外在淡然高冷、內心細膩溫柔的反差萌。就這樣放棄這對讓我掛心多年的CP，我還是不甘心吶。

在那段又暫時卡住而沮喪的日子，我常對自己說，既然這對CP、這個故事讓我一直掛念，那它一定是個值得被寫出來的故事吧，再堅持一下，不要就這樣放棄。

後來，在不斷地小改版、精修前七章的稿子，與向外閱讀相關資料後，故事終於在二〇二三年春天完稿。

第三版，是二〇二三年夏天投稿前，將網路連載初稿一些不滿意的劇情與文字修改潤飾；第四版，則是二〇二四年春夏，實體出版前的校稿，又刪修調整了一些劇情，才成為成書出版的這個版本。

不知不覺，離第一版居然過了九年時光。大概是時間跨度長、中間遇到的挑戰也比較多，這個故事讓我特別刻骨銘心，所以就在後記紀錄一下這段過程吧（笑）。雖然寫得比較辛苦，卻也因此獲得了更多（比如因此多寫了兩個故事、領會更多寫作的心態與方法、或習得日文與咖啡技能），回想起來倒也收穫滿滿！

接著來說說故事本身。射箭系列的三個故事都跟「夢想」這個主題有關，《戀愛對抗賽》說的是堅持自己的夢想，《灰姑娘掉落的甜點》講的是對自己的夢想誠實；寫完前兩個故事後，我在想什麼是還沒被討論到的部分呢？考慮女主角的人設後，我想，這應該是一個探討「夢想的定義到底是什麼」的故事。

故事中的心羿學妹，年紀輕輕就走在追夢的路上，因此吸引了對自己的未來茫然的高材生耿學長，在挖掘學妹為什麼和很受主流價值稱讚、卻不快樂的自己不同，能閃閃發光地去做自己喜歡的事時，也不小心被學妹的可愛吃貨屬性跟貼心包容給俘虜。

心羿啟發了耿學長去認識自己、尋找自己的夢想，但其實，她自己對「夢想」的定義也有盲點——身在成績至上的競技體育圈中，她很容易將自己的夢想與競技時獲得的成就混淆；再加上她的成長背景造成的自卑，更使她一度將達成夢想作為自我證明的手段。當她表現很好時，那些問題沒顯現出來，但當她開始走下坡，她建立在那些成就上的自信就變得不堪一擊，因此成了故事剛開始時黯淡自卑的樣子。

不曉得是否有人也曾跟心羿一樣，將自己做的事情的成敗拿來評價自己？失敗了，就覺得自己很糟糕，我就會這樣（舉手承認），寫的時候對這部分很有共鳴。但在創作這個故事大大小小的挫折經驗中，我漸漸察覺，就像耿學長說的——真心愛你的人，他愛的是你這個人的本質，不是因為你做到了什麼事。

與心羿相反，耿霽生長在一個充滿愛的環境，這讓他有足夠的樂觀與能量去改變現狀。我很喜歡他慢慢陪伴、治癒心羿的過程，也很喜歡他在最後對「夢想」的嶄新定義。

故事中寫到的店家、景點、咖啡豆與沖煮器材、學校，幾乎都有原形。雖然因為篇幅關係無法在此介紹，之後有空會在社群（IG／FB）分享介紹文，有興趣的朋友可以去我的社群看看（或催我趕快寫XD）。

另外，由於篇幅與尺度（笑）的關係，這個故事還有更多無法收錄於實體書的番外，看完正文意猶未竟的話，歡迎去我的個人網站或社群找找如何看到剩下的番外。（這次會有些特別的安排！）

最後想說，這個創作過程略曲折的故事能完成面世，並不只是作者一個人的功勞。感謝家人九年間對我時常沮喪的作者人格的鼓勵與包容；感謝連載時平臺編輯給予的推薦；追連載的讀者們給我的暖心回饋與鼓勵；為連載與出版設計美麗的封面、又神來一筆幫抱頭苦思的我想出超貼切出版書名的也津；還有給我許多彈性與專業建議的秀威編輯意珺……等，因為許多人的溫柔與善意，這個故事才能成為它最終的版本。

曾懷疑這個故事永遠無法完成的我，在這段寫作旅程中學到的是——有愛，就一定能賦予故事新生。

願我們都有勇氣，去改版那些曾一度挫折遺憾、卻無法忘懷的事物，重新定義屬於自己的美好。

看完這個故事若有什麼心得，歡迎與我分享。我們下一個故事再見！

裴甯　二〇二四・夏

釀愛情20　PG3021

你改版了我的初戀

作　　者　　裴　甯
責任編輯　　邱意珺
圖文排版　　黃莉珊
封面設計　　也　津
封面完稿　　李孟瑾
圖片來源　　Freepik

出版策劃　　釀出版
製作發行　　秀威資訊科技股份有限公司
114 台北市內湖區瑞光路76巷65號1樓
電話：+886-2-2796-3638　傳真：+886-2-2796-1377
服務信箱：service@showwe.com.tw
http://www.showwe.com.tw
郵政劃撥　　19563868　戶名：秀威資訊科技股份有限公司
展售門市　　國家書店【松江門市】
104 台北市中山區松江路209號1樓
電話：+886-2-2518-0207　傳真：+886-2-2518-0778
網路訂購　　秀威網路書店：https://store.showwe.tw
國家網路書店：https://www.govbooks.com.tw
法律顧問　　毛國樑　律師
總 經 銷　　聯合發行股份有限公司
231新北市新店區寶橋路235巷6弄6號4F
電話：+886-2-2917-8022　傳真：+886-2-2915-6275

出版日期　　2024年10月　BOD一版
定　　價　　390元

Printed in Taiwan

讀者回函卡

國家圖書館出版品預行編目

你改版了我的初戀 / 裴甯著. -- 一版. -- 臺北市：釀出版, 2024.10

面； 公分. -- (釀愛情 ; 20)

BOD版

ISBN 978-986-445-987-2(平裝)

863.57 113012316